文春文庫

最後の相棒

歌舞伎町麻薬捜査

永瀬隼介

目次

凄腕 …… 7
擬態 …… 75
逆転 …… 143
追跡 …… 214
真相 …… 290
解説　村上貴史 …… 393

初出　「オール讀物」二〇一五年六月号、十一月号、二〇一六年二月号、
六月号、八月号
単行本　二〇一七年五月　文藝春秋刊（『凄腕』を改題）
DTP制作　言語社

最後の相棒

歌舞伎町麻薬捜査

凄腕

「そう、天丼を五つ。特上でお願いします」

午前十一時半。受話器を置き、ため息をひとつ。周囲を見回す。前方に人影が二つ。デスクの中年男二人だ。つまらなそうにペンを動かす角刈り頭と、書類をめくる丸顔。どちらも眼が死んでいる。

四月初旬。ガラス窓の向こう、桜が散り始めている。柄にもなく寂寥《せきりよう》を感じた。こんなことでいいのか?

電話の呼び出し音が鳴る。長机に設置した黒の固定電話。瞬間、忘れていた緊張が甦る。高木誠之助《たかぎせいのすけ》は弾かれたように立ち上がるや、録音ボタンを押しながら受話器を取った。赤いランプが点灯する。

「はい、捜査本部」

返答なし。が、かすかな呼吸音が聞こえる。迷っている? 高木は刺激せぬよう、優しく、朗《ほが》らかに語りかける。「もしもーし、聞こえますか」

無言。高木は柔らかな口調で続ける。

「見たこと、聞いたこと、あるいは噂。なんでもけっこうです。気になることがありましたら、どうか教えてください」

二呼吸分の沈黙の後、あのさあ、と潜めた声が返る。若い男だ。二十代半ばくらいか。

「おたく、おまわりさん？」

「そうです。捜査員、です」

捜査員、に力を込める。ほっ、と安堵の吐息が聞こえた。

「よかった。こんなこと、捜査員のひとにしか言えないし」

首筋が熱くなる。当たりか？　万に一つの幸運が巡ってきたか？　高木は受話器を持ち替え、右手にボールペンを持って告げる。

「ご安心ください。あなたに迷惑はかけません。お話しいただける範囲でけっこうです。なんなら直接、お会いしてもかまいません」

前方、角刈りと丸顔が視線を向ける。緊急事態を察知したのだろう。固唾《かたず》を飲んで見守る。がらんとした捜査本部の空気が緊迫してくる。運命の時、かも。心臓がドキドキする。いやだな――若い男が言う。

「面会は勘弁してよ。電話でいいや。警察、苦手だし」

若干の落胆を呑み込み、高木は優しく語りかける。

「じゃあ電話で話しましょう。どのような情報ですか」

息を殺して待つ。受話器を握る手が汗ばむ。心臓の鼓動が高く、速くなる。視界の端、角刈りと丸顔も緊張の面持ちだ。メモ用紙にボールペンで〝若い男の証言〟と記す。さあ、こい。

「おまわりさん、よーく聞いてくれよ。おれ、腹くくったんだから」

真剣な口調だ。一気に緊張が高まる。

「どうぞ」受話器を耳に強く押しつける。若い男は小声で語る。

「いいこと、教えてやるからさ」

耳を澄ます。三秒ほどの空白をおき、息を吸う音がした。やばいっ、受話器を離そうとしたが遅かった。

「ばかやろうっ」

ガツン、と怒鳴り声が鼓膜を叩く。耳がキーンと鳴る。

「たかがチンピラのケンカになにやってんだっ、おらっ、殺すぞっ」

巻き舌でまくしたてる。声が割れ、受話器が震える。いまにも砕けそうだ。

「犯人、はやくとっつかまえろや、この税金泥棒っ、やる気あんのかっ、デカ連中、ロハで遊んでんじゃねえかっ、パチスロとヘルス、ついでにキャバクラ、手分けして回ってみろっ、てめえら全員死ねっ」

グワシャンッ、と電話を叩き切る音がした。このおっ。受話器を振り上げるが、そっとフックに戻す。ダメだな。とことんダメだ。

ぷっ、と噴く音がした。角刈りと丸顔が笑いを堪《こら》えている。二人とも近隣所轄の応援組だ。またひとつ、高木は腹の底に怒りを落とす。そのうち臨界点を越え、爆発するときも近い気がする。

立川市を南北に貫く多摩モノレール。その線路近くに建つ立川南警察署。五階の全フロアを占める武道場は管内で凶悪事件が発生するや、捜査本部に変わる。

三週間前の深夜、ＪＲ立川駅南口の繁華街で殺しがあった。被害者、稲垣透《いながきとおる》（二十三歳、無職）は立川界隈を根城とする、いわゆる半グレと呼ばれるワルだ。

死因は胸を刃物で深く刺されての失血死。すぐさま武道場に事務デスク、長机、書類棚が運び込まれ、警察庁の東京都警察情報通信部スタッフが固定電話、パソコン、コピー機、ファクシミリ等を設置し、捜査本部に早変わりした。ドアには『立川駅南口殺人事件捜査本部』と縦長の垂れ紙、通称〝戒名《かいみょう》〟を掲《かか》げ、警視庁から捜査一課の刑事十名余りも合流し、本格的な捜査が始まった。が、所轄の新米刑事は蚊帳《かや》の外だ。

憧れの刑事になって半年。やっと帳場（捜査本部）に投入される、と張り切ったのも束の間。捜査現場を仕切る立川南署刑事課長から命じられた仕事はタレ込み担当。つまり、帳場に寄せられる情報提供の電話対応だ。しかし、電話は一日四、五本しか入らず、ほぼすべてがクズネタか、イタズラ。最近は犯人逮捕に至らない警察捜査への抗議も多い。そしてタレ対応以外の、残りの膨大な時間はひたすら雑用だ。書類の整理もお茶出しも、弁当の手配もやる。

事件解決の糸口はまったく見えない。被害者の交友関係、防犯カメラの解析、当夜の行動のトレース、トラブルの有無。手分けして捜査を行うも、芳《かんば》しい情報は皆無。鬱々とした膠着《こうちゃく》状態が続いていた。

高木は自席に戻り、力なく腰を下ろす。三十一歳。階級、巡査部長。所属、立川南警察署刑事課一係。こんなこと、他人には絶対に言えないが、難関の刑事登用試験をクリアしたノンキャリア出世組、と密かに自負している。それだけに、帳場で悶々《もんもん》と過ごす己が辛い。もう、うんざりだ。両手で頭を抱える。やり場のない苛々《いらいら》が募る。

「高木ぃ」

塩辛い胴間声が飛ぶ。背後だ。はいっ、とバネ仕掛けの人形のように立ち上がり、ネクタイを整えながら振り返る。

ドアの前で武骨な面《つら》が睨んでいる。逞《たくま》しい短軀《たんく》にパンチパーマ。険しい眼。知らない人間が見たら、凶暴な極道が捜査本部に殴り込んで来たとしか思えないだろう。実際、悪党相手に切った張ったの武勇伝は数知れず。立川南署きっての強面《こわもて》だ。

「カモン」ごつい指で招く。高木は走った。無人のデスクの間を縫いながら考える。なにか粗相はあったか？　弁当の手配は済んだ。書類の整理も滞りない。エラの張った武骨な面が迫る。斎藤次《さいとうじ》郎《ろう》、四十五歳。階級、警部補。立川南署刑事課一係　係長。高木の直の上司である。

「お疲れさまです」

踵《かかと》を揃え、直立不動の姿勢から素早く腰を折る。角度三十度。腿《もも》の横に置いた両手は指先まで伸ばす。硬直したホトケのように。

「どうだ、万事うまく進んでるか」

はっ、と顔を上げる。

「順調です。天井特上、五つも手配済みですし」

「そうかい」斎藤は満足げにうなずく。

天丼五つは幹部の会食用だ。出席者は立川南署側から署長と副署長、刑事課長。本庁側は捜査一課長と管理官。硬直化した現状を鑑み、捜査本部の縮小について話し合いがもたれるのだろう。

現在、捜査本部の人員は約六十名。立川南署刑事課十一名を中心に組織犯罪対策課、生活安全課、地域課の面々。警視庁捜査一課からは指揮官の管理官を含めて十二名。他、近隣所轄の応援部隊から成る。が、凶悪事件は日々、発生する。いつまでも同じ人数を割くことは不可能だ。通常、初動捜査を含む一期（三十日）を区切りに人員の見直しが行われ、捜査本部は縮小に向かう。

世間の耳目をひく大事件、たとえば一般人が被害者の連続殺人や猟奇事件となると逆に捜査本部は強化され、新聞記者、テレビカメラを招き、やる気を内外にアピールするが、本事件はチンピラが被害者の、世間的にはゴミのような殺人事件である。実際、捜査本部設置当日の記者会見に集まったマスコミは数えるほどだった。

一期を終えて捜査人員は三分の二程度に減らされるはず。

「タレは外れか？」

斎藤が笑い半分に問う。高木は硬い表情で答える。

「残念ながら」

「まあ百本に一本、当たれば御《おん》の字だ。そう気張るな」

高木の肩を叩き、あごをしゃくる。パーテーションで区切った即席の会議室だ。テーブルを挟んで二人、パイプ椅子に座る。

「つまんねえだろ」

タバコに火をつけながら斎藤が言う。新米刑事は答える代わりに眼を伏せる。

「おれもデカをやって十五年だ。ピカピカの一年生の本音が判らなきゃデカ失格だ」

眼を細め、ふっと紫煙を吐く。

「たしかに雑用だけじゃやってられんよな。おれも初めて帳場に放り込まれたとき、鬼瓦《おにがわら》みてえな先輩から、とっととクルマ集めろ、と怒鳴られて泡食ったぜ。刑事の仕事とは思えねえもん」

高木は苦いものを呑み込んで返す。

「わたしも同じでした」

だろう、と斎藤は話を引き取る。

「こっちは犯人とっ捕まえるぞ、初陣ででっかい手柄を挙げてやる、と眼ぇ血走らせて張り切ってんのに、まさかレンタカーとはな」

プカリ、と煙の輪っかを吐くベテラン刑事の、強《したた》かなタヌキ面を眺めながら、高木は捜査初日の命令を反芻《はんすう》する。一係の先輩から、まずはレンタカーだ、と命じられて戸惑った。

帳場が立つと警察車両の絶対数が足りなくなる。お偉いさんの視察用車両も必要だ。しかし、近隣の所轄署から借りようにも、どこもギリギリの台数で通常業務をこなしている。結局、レンタカー会社からセダン、ワゴン等を借りるしかない。高木は先輩の指示と助言でなんとか五台を確保し、帳場運営の奥深さを思い知った。

「帳場は大所帯だ。裏方が必要なんだよ。おまえら新米は雑用も仕事のうちだ」

斎藤が片肘をつき、顔を寄せる。ヤニ臭い息がかかる。

「高木、判るだろ」

はい、と両拳《こぶし》を握る。ここらが潮時だ。もういいだろう。随分我慢したと思う。

「裏方はたしかに必要です」

腹の底に力を込め、爆発寸前の怒りを放出する。

「ですが、雑用だけをやるために苦労して刑事になったのではありません。当番制とか、他にやり方はいくらでもあると思います」

斎藤は無言のままパイプ椅子にもたれる。遠くを眺め、黙然とタバコを喫《す》う。どのくらい経っただろう。灰がぽろっと落ちる。

「もしかしておまえ――」

短くなったタバコをアルミの灰皿にねじ込む。

「テレビとか映画みてえな爽《さわ》やか、やる気マンマンの熱血刑事を夢みてんのか」

眉間に筋を刻み、睨みをくれる。

「本庁捜査一課の人情刑事とコンビで動き、見事犯人をとっ捕まえ、勲一等で本庁に引っ張ってもらう、とか」

否定できない。刑事の花形は本庁捜査一課だ。刑事になった以上、いつかは、と胸に秘めた思いもある。だが、夢の実現には本庁の刑事に仕事ぶりを認められ、推薦してもらう必要がある。

「もちろん、わたしにも夢はあります。日々研鑽して実力を蓄え、いずれは桜田門に必要とされる刑事になりたいと思っております」

語りながら気持ちが昂揚してくる。

「しかし、チャンスを戴けなくては夢も現実になりません」

「強気だねえ」

ベテラン刑事はせせら笑う。こめかみがじりっと熱くなる。

「係長、お願いします。一度、捜査現場に出してくれませんか」

高木は両手でテーブルの縁をつかみ、直談判に出る。

「必ず結果を出してみせます」

なるほど、と重々しくうなずく。脈ありか？

「ところでおまえ――」

斎藤は背を丸め、顔を斜めにしてのぞきこんでくる。

「どうして急にやる気になった？」

言葉に詰まる。斎藤は片ほおをゆがめて嘲笑し、なぶるように続ける。

「直《じき》にヤマはお宮になり、本庁も引き揚げる。この際、捜査などどうでもいいから本庁のデカにゴマすって、土下座でもなんでもして、出世の糸口をつかんでやれ、というふざけた魂胆なのか」

「ちがいます」

あんたこそふざけるな、と声に出さずに返し、正面から告げる。

「タレの電話です」

武骨な顔からすっと笑みが消える。

「捜査員たちがパチスロやヘルスで遊んでいるとの内容でした」

それで、と斎藤は先をうながす。高木はパーテーションの向こうに眼をやる。

「わたしは一日中、帳場に詰めておりますが、日々、空気が弛緩していくのがよく判ります。一期が終わり、捜査陣容も縮小となればこの傾向はさらに強まるでしょう」

声が震えてしまう。

「わたしは立川南署の刑事として、人生初の帳場がこんな形で尻すぼみとなっていくことに堪《た》えられません。無念です」

斎藤は五秒ほど見つめ、ふっと鼻で笑う。

「たしかに桜田門のベテラン連中には不遜な輩《やから》もいる。こんなゴミみてえなヤマをマジメにやってられるか、と昼間から所轄刑事をガイド役に風俗に繰《く》りこんでいる連中もいるかもしれねえ。ゴマすってでも本庁に駆け上がりたい所轄刑事はおまえだけじゃないんだよ」

「わたしはゴマなど毛頭――」

黙って聞け、と斎藤は片手を掲げて制す。

「ヤマに軽重があるのは当然のことだ。人間の生命に厳然たる軽重があるように、な」

恐ろしいことを淡々と語る。

「刑事も人間だ。情の生き物だ。いたいけな幼子《おさなご》が犠牲になれば頭に血ぃ昇らせて昼も夜も駆け回っているだろう。だが、今回の犠牲者はチンピラだ。ゴミが減って清々すらあ、と思うやつがいてもおかしくねえだろ。長くデカをやってたら殺しに馴れちまうんだよ、多かれ少なかれ、な」

新しいタバコを唇に挟む。

「おれも、あんたらもうちょい真面目にやれよ、と思うさ。立川南署を舐めんなよ、という気持ちもある。ところが、おれ個人ではどうにもならねえ。判るよな」

判る。多摩の所轄の一警部補が天下の桜田門に意見などできるはずがない。仮に意見したとしよう。すぐさま、警察ピラミッドの規律を乱す不届き者、として左遷。山奥の交番か島嶼《とうしょ》部に飛ばされるのがオチだ。

「だが、おれにも所轄デカとしての意地がある」

オイルライターをひねる。ぼっ、とオレンジの炎が上がる。

「悶々とする可愛い部下を見るのも辛い」

タバコをうまそうに喫う。確認するが、と微笑む。

「捜査現場に出て後悔しねえな」

もちろんです、と即答しながら不穏なものを感じる。

「ならよかった」

眼をすがめ、恩着せがましく言う。

「本庁の捜査員と組ませてやろう」

一瞬、頭が空白になり、次に出た言葉は、ホントですかあ、という間抜けなものだった。ホントもホント、と斎藤が嬉しそうに言う。

「泣く子も黙る実力者が相棒だぞ。よかったな」

ちょっと待て。頭の冷静な部分が囁《ささや》く。捜査本部に未だフリーの本庁刑事がいたか？しかも実力者、だぞ。係長、と小声で訊く。

「余った捜一刑事なんていましたっけ」

「だれが捜一って言ったよ」

はあ？

「この由々しき状況を打開すべく、切り札が応援に駆けつけるんだよ。花の本庁組対《そたい》から、な」

組対。つまり組織犯罪対策部のエース。

「筋金入りのマルボウ担当だ」

ならば今回の件は暴力団がらみということか？　仮にそうだとしても我が立川南署組対課も初日から動いている。

「少々年齢《とし》くってるが、その実力はおれが保証してやる」

斎藤は自信満々に言う。

「頑固で偏屈の変わり者だけどな。ここはひとつ、チャンス到来と腹くくって、命懸けでやってみろや」

パイプ椅子にそっくり返り、短い脚を組んで紫煙を吐く。余裕綽々《しゃくしゃく》だ。いったい、なにがなんだか。

ジロウ、と低い声がした。瞬間、パーテーション内の空気が凍る。斎藤次郎の顔がこわばり、指先のタバコがぽろりと落ちる。眼の焦点が高木をスルーして背後に。

「だれが頑固で偏屈の変態野郎だよ」

いや、その、と斎藤は大慌てで組んだ脚を解く。立ち上がった拍子にパイプ椅子が倒れる。派手な音が響く。斎藤は腰を屈《かが》めてタバコを拾い、灰皿でもみ消し、素早く椅子を直す。そして直立不動の姿勢をとる。武骨な顔が真っ青だ。

「ちがいます」声がひっくり返る。

「変態野郎じゃなくって、変わり者です、はい」

ベテランの強面刑事が、まるで警察学校のヘタレ新人のように狼狽《ろうばい》している。信じられない。高木はそっと振り返った。長身の男だ。地味なグレーのスーツに紺のネクタイ。薄い唇が動く。

「おれが保証する、だとお」

重いバリトンが響く。

「調子こいてふかしている野郎がいると思ったら、やっぱりおまえか」

オールバックの短髪にそげたほお。がっちりしたあご。感情のない冷たい眼。〝冷徹〟の二文字が浮かぶ。

「は、はやいじゃないっすかあ、桜井《さくらい》さん」

斎藤は悪事が露見した街のチンピラのようにパンチパーマをかき、愛想笑いを浮かべて返す。

「約束まであと三十分もありますよ」

「年寄りはせっかちなんだよ」

黒革の靴で歩み寄ってくる。硬い音が響く。高木は腰を上げた。どう挨拶すべきか迷っていると、おう、と目尻にシワを刻む。微笑むと途端に眼が垂れ、人懐っこい顔になる。まるで別人だ。

「きみが高木くんかい。期待の新人デカなんだってな」

懐《ふところ》からよれた名刺を抜き出す。

「こういうもんだ。ひとつ、よろしく」

高木は両手で恭《うやうや》しく受け取る。

警視庁　組織犯罪対策部　第三課　桜井文雄《ふみお》
「階級は次郎と同じ警部補で、役職は主任」

桜井は屈託なく言う。

「定年まで残り三年弱。五十七歳のロートルだ。あんまりイジメないでくれよ、青年」

右手を差し出してくる。握り返す。肉厚のひんやりした手だ。

「というわけで高木くん、行こうか」

笑みを消し、握手を解く。返事も待たず踵《きびす》を回《めぐ》らす。

「桜井さん、待ってください」

泡食った斎藤が後を追う。

「打ち合わせを兼ねて久しぶりに昼飯でも食いましょうよ。天然もののウナギを食わす店、おれの方で予約しておきましたから」

桜井は音もなく振り返る。斎藤が透明なボードに遮られたように立ち止まる。本庁組対刑事は凍った冷たい眼で見下ろす。

「時間と血税の無駄だろう」

斎藤の額をひとさし指でぐいと押す。のけぞり、たたらを踏む。まるっきり小僧扱いだ。

「次郎、すでに三週間、経ってるんだぞ。いまさら打ち合わせの意味なんてあるのか？」

いえ、それはその、と下を向く。桜井は両手を腰に当て、短軀の斎藤にのしかかるようにしてまくしたてる。

「おまえらが生温《なまぬる》いからこういうことになっちまう、チンピラの殺しひとつ挙げられないでなにやってんだっ、もうお宮入り寸前だろうがっ、恥ずかしくないのかっ、捜査員全員、ガン首揃えて反省してろっ」

言うだけ言うや、パーテーションの向こうに消える。ふう、と斎藤が息を吐き、額の汗を手の甲で拭う。血走った眼が高木をとらえる。

「ぼさっとすんなっ」

八つ当たりの怒鳴り声が響き渡る。

「さっさと行け、ぶっ殺されるぞっ」

強面刑事のひきつった面《つら》。冗談に思えない。ダッシュした。五階から階段を二段飛ばしで駆け降り、一階ロビーの手前で桜井に追いつき、一礼して語りかける。

「斎藤係長とお知り合いなんですね」

そげたほおがゆるむ。

「おれが新宿署にいた時分の部下だよ」

なにを想い出したのか、口に拳《こぶし》を当て、笑みを嚙み殺して言う。

「クソ生意気な新米刑事でね。ちょいとしごいてやったら一発でおとなしくなった」

背筋が寒くなる。ロビーを歩き、玄関に向かう。

「しかし、あの程度だ。しごき方が足りなかったよ」

薄く微笑み、鋭い一瞥《いちべつ》をくれる。

「今度、似たケースがあったらしっかりやらなきゃな。鉄は熱いうちに叩けってわけだ」

高木は逃げるように顔を伏せた。桜井は上機嫌でピューピュー口笛を吹き、お疲れ、と立ち番の制服警察官に声をかけるや、おりゃあ、と気合一発。玄関口の階段をリズミカルに降りる。年齢を感じさせない軽やかな身のこなしだ。

「まずは現場だ」

大股でさっさと歩く。事前に調べ上げてあるのだろう。歩道を一直線に繁華街に向かう。

「桜井主任」返事なし。無視だ。

「クルマ、出しましょうか」

「どうして」

それはその——焦る。

「レンタカーがありますし、クルマのほうが効率的に回れるかと」

桜井は足を止める。歩道で向き合う恰好になる。

「高木くん、二つばかり注意がある」

はい、と背筋を伸ばす。

「まず、桜井主任はやめてくれ。桜井さんでいい。市役所の暇な小役人じゃあるまいし、役職で呼ばれるのは好きじゃないんだ。おれはただの刑事だからな」

「判りました」

ただの刑事。誇りに満ちた言葉だった。

「二つめ」顔を寄せてくる。重い声が這《は》う。

「クルマじゃなくて足を使え。デカは可能な限り、足で稼ぐんだ。新米なら尚更だ。そうすりゃ街の風も臭いも、行き交うひとの気風も判る。そのうち殺された仏の声も聞こえてくる」

はあ、と言うしかなかった。

「ましておれは最近の立川は詳しくない」

首を回し、高層ビルの群れと高架を走るモノレールを眺める。

「大都市だねえ。昔、多摩地方の中心は甲州街道の宿場町、八王子だったが、いまは元米軍の街、立川だな。再開発と大企業誘致で大賑わいだ。その分、悪党も犯罪も多い。やつら、美味《うま》い蜜の味を求めてワッサワッサと群がるからな」

視線を高木に戻す。

「東隣は国立市だろ。ダブル山口の高級住宅地じゃないか。せわしい立川とは実に対照的だね」

　黙っていると、ほら、山口百恵だよ、と肘でつっ突く。

「国立は百恵ちゃんが住んでいる街だろう」

「大昔のアイドルですね。名前は聞いたことがあります」

　大昔かよ、とつまらなそうに横を向く。

「おれらの世代の女神だぞ。ＡＫＢとやらが束になっても敵わないスーパースターだからな。それを大昔のアイドルとはねえ。大胆不敵というか、デリカシーがないというか」

　機嫌を損ねたようだ。ここは素直に、下手《したて》に。

「無知ですみません。ダブル山口だと、もうひとり、いるんですね」

　桜井は憤然と返す。

「山口ヒトミに決まってるじゃないか」

　指で大きく〝瞳〟と書く。山口瞳。知らない。が、なにか言わなくては。

「山口百恵と同世代のアイドルが御近所同士、ということですか」

　桜井は珍しい生き物を見つけたようにまじまじと凝視する。

「そうか。きみはあのアイロニーとペーソス、含羞《がんしゅう》、警句に満ちた名作、『男性自身』を知らない世代なんだな」

　男性自身。ちょいと妖《あや》しい感じの昭和歌謡だろうか。

「高木くん、年齢《とし》、いくつだっけ」

「三十一です」

ほう、と眼が柔らかくなる。

「おれの息子と同じかい」

嬉しそうだ。こっちまで嬉しくなる。

「息子さんのお仕事は」

途端に表情が昏《くら》くなる。前を向いて歩き出す。

まあいろいろあるけど、と小声で言う。

「元気にさえしていてくれたら、おれはいいよ」

横顔に複雑な色が浮かぶ。深刻な事情がありそうだ。三十一歳の息子が低賃金の非正規雇用労働者とか、あるいは無職の引きこもりとか。

この男、実に不可解だ。刑事としての実力は、あの強面の斎藤が恐れ入るのだから大したものなのだろう。だが、五十七歳で警部補はいかがなものか。四十五歳の後輩、斎藤と同階級で、息子と同年齢の新米刑事のひとつ上にすぎない。

もっとも定年まで昇進できず、年功序列のお情けで巡査長という形だけの肩書を与えられ、引退する警察官は数多い。平凡なノンキャリなら警部補でも御の字だが、本庁の実力派刑事としては物足りない。頑固で偏屈な変人ゆえ、出世を拒んだのか。それとも他に理由があるのか？　わけあり息子が過去、出世の妨《さまた》げとなる重大事件を引き起こした、とか。さすがに考えすぎか？

桜井はすべての疑問を拒絶するように黙々と歩く。

立川駅南口の繁華街に入る。パチンコホールや飲食店、風俗店が固まる一画だ。桜井は乱立するテナントビルの間を歩き、殺害現場へと向かう。迷いがない。この男、地理からガイシャの経歴まで、あらゆるデータを頭に叩き込んで立川に来たのだろう。

ふいに首筋がぞくりとした。嫌な気配を感じる。だれかが見ている。高木はさりげなく視線を回す。ティッシュを配る若い女に、スマホ片手に喋りながら歩く営業マン。道路工事の作業員。賑やかなサラリーマンのグループ。不審な人影はない。気のせいか？

「陰気な場所だな」

桜井があごをしゃくる。古い雑居ビルに挟まれた、日中でも陽が射さない路地裏だ。入口脇に情報提供を呼びかける捜査本部の看板。

「憎悪と無念が充満しているぜ」

本庁組対刑事は躊躇《ちゅうちょ》なく足を進める。高木も恐る恐る続く。生ゴミと小便、嘔吐物の臭気。ビルの左右で換気扇がゴーッとうなる。脂と香辛料をたっぷり含んだ生温い風が吹きつける。

鉛色のブロック塀に大きく描かれた赤と黒のスプレー文字。立川愚連隊参上、八王子ギャングスター最強、喧嘩上等——乱暴な文字を眺めながら脳裡に浮かぶ光景がある。

三月中旬、夜明け前。事件の一報が入り、自宅アパートから直行した。すでにパトカーが到着し、黄色い規制テープで現場を確保。顔をこわばらせた制服警官数名が白い息を吐き、夜の街から続々と押し寄せる野次馬の整理に当たっていた。

路地に倒れた黒スーツの若い男。血の海に大の字に転がり、ピクリとも動かなかった。半開きの眼が、なにかを求めるように虚空を見つめていたのを憶えている。

ガイシャの稲垣透は中学時代からグレ始め、暴走族仲間と万引きやひったくりを繰り返し、警察沙汰は数え切れず。十七歳のとき強盗傷害で半年、少年院に食らい込んでいる。二十歳前後で半グレと呼ばれるワルグループに所属。就職歴はなく、盗難車ビジネスや裏風俗の、いわゆるアンダーグラウンド稼業に従事していたものと思われた。

「ガイシャの稲垣だけど——」

桜井はアスファルトを眺めて言う。稲垣が倒れていた辺りだ。

「いまをときめく半グレらしいが、その背後関係は？」

突然の質問に戸惑いつつ、捜査会議で報告された事柄を告げる。

「特段のものはないようです。半グレといっても多摩のハンパなワルが集まっただけで、六本木で勇名を馳せる半グレのような結束力も資金力もありません」

なるほど、とうなずく。高木は情報を整理して続ける。

「交友関係をローラーしたところ、他人事《ひとごと》のような証言ばかりだった、と聞いております」

曰《いわ》く、酒癖が悪くて女をしばくのが趣味だった、ケチでゴウツクバリでサイテーの男、ぶっ殺されて当然、短気で超のつく乱暴者、おれが殺してやればよかった——。

「そういう話はいい」

桜井は強い口調で遮る。

「ゆるんだ帳場のクズ情報はとっくに次郎から報告済みだ」

高木は悄然《しょうぜん》と立ち尽くす。

「おれは立川で半年とはいえ、刑事として活動してきたきみの考えを聞きたい。アンダーグラウンドの勢力図はどうなっている？　ガイシャとの関係は？」

唇を噛む。振り返れば日々発生する傷害、恐喝事件等の捜査と膨大な書類の作成（現場見取り図、逮捕状請求書、実況見分調書、供述調書等）に追われ、立川の裏社会など調べる暇もなかった。いや、単なる怠惰だ。

「恥ずかしながら判りません」

「べつにきみが恥ずかしがる必要はない」

桜井は突き放すように返す。

「上がそういう捜査を強いてきたんだ。目先の点ばかり気にして線を見ない。点を結べば線となり、線を並べれば面になり、膨大な情報を提供してくれるというのにな」

面の捜査、か。頭の隅でよどんでいた疑問が、水に垂らした黒インクのように広がる。

「組対とはつまり、暴力団がらみですね」

桜井は首をかしげる。高木は説明する。

「捜査が停滞するなか、本庁組対部の桜井さんが来られたんです。当然、暴力団がらみですよね。それも所轄組対課では手に余る難物」

桜井は鼻で笑う。

「いまの組対はどこもかしこもボンクラ揃いだよ。立川南署に限らず、な」

つまり、精鋭揃いの本庁も、ということか？　逆に訊くが、と桜井が言う。

「帳場がいい加減な証言しか得ていない理由、判るか」

いいえ、と首を振るしかなかった。

「複雑化する闇社会を知らないからだよ。どういう人間関係でビジネスが回り、カネが動いているのか、まったく判らない。警察権力を楯にアジトや溜まり場に踏み込んでも、プロのワルに舐められるだけだ。当然だよ。相手は刑事とは名ばかりの、情報ゼロのトーシロだもの」

強烈な警察批判に唖然とした。

「さーて、やるかあ」

桜井はおもむろに革靴を踏み出す。大股で歩く。高木は問いかける。

「次はどこでしょう」

「辛気臭い話はもういいから、明るい話を聞きたいね」

明るい話？

「尾《つ》いてくれれば判るさ」それっきり口を噤《つぐ》み、表通りに出る。首筋がチリッとした。まただ。嫌な気配を感じる。間違いない。視線が注がれている。だれだ？　電柱の風俗看板を眺めながら尾行点検を行う。周囲に不審な人影なし。勘違いか？

桜井は獲物を見つけた猟犬のように突き進む。繁華街を抜け、南の方向に歩く。着いた先は都立立川高校の先、小さな都営団地だった。五棟ある団地の北の端、その一階角部屋。ガイシャ、稲垣透の実家だ。母ひとり子ひとり。いまは母親の和子《かずこ》が生活保護を受給して暮らしていると聞いた。高木は半ば落胆しつつ、告げる。

「捜査員がとっくに当たっていますが」

じゃあ、と桜井が振り返る。厳しい表情で問う。

「母親の証言はどうなっている？」

記憶を整理して返す。

「事件発生当初から何度も面会していますが、犯人は見当もつかない、早く捕まえてくれ、の一点張りのようです」

「一点張り、か。攻めが単調なんだな」

桜井はペンキが剝げ、錆《さび》が浮いたドアの前に立ち、チャイムを押す。二分後、出てきた母親は地味なワンピース姿の老女だった。いや、年齢は五十そこそこのはずだが、ぱさついた髪は灰色で、顔のシワはナイフで抉《えぐ》ったように深く、粉を吹いた肌には茶色のシミが浮いている。どうみても七十前後だ。持病の心臓病のせいばかりじゃないはず。

桜井が警察手帳を示し、穏やかな口調で、話を聞かせて欲しい、と告げると、母親は唇を震わせて怒鳴った。こっちは被害者だよ、大事な息子を殺されたんだよ、透が悪い事したみたいに言いやがって——。

高木の脳裡に、母親の聞き取りを担当した刑事の、半ば投げやりの報告が甦る。

「てんでダメです。怒鳴って泣き喚《わめ》いて話にならない。不良息子の数々の悪行は棚に上げて、こっちは犠牲者だ、とっとと犯人を捕まえろ、と警察を口汚く罵《ののし》るばかりでして」

本庁捜査一課の、髪を七三に分けた銀行マンのような刑事だった。

判ります、お怒りはごもっともです、と玄関先で桜井が懸命になだめる。

「わたしたちはあいつらとは違う。立川南署の捜査本部とは別で動いています」

ホントか、と思わず声が出そうになった。

「そうだよな、高木くん」

突然振られ、それはもう、と返す。

「あいつらとはまったく違います、はい」

だよね、と桜井は満足げに微笑むと、和子に視線を戻す。

「わたしは犯人が憎い」

拳を握り、力を込めて語る。

「ぜひ、敵討《かたきう》ちをさせてください。和子さんの哀しみと怒りの幾分かをわたしたち二人に背負わせてください」

長身を屈め、目線を合わせて切々と訴える。

「どういう事情があったにせよ、刃物で刺し殺すとは人間のやることではありません。

獣《けだもの》です、畜生です。わたしたちがとっ捕まえて、相応の罰を与えてやります。それが我々刑事の仕事です」

和子の表情が変わる。眼の縁が潤む。ハンカチを顔に当て、肩を震わせる。桜井は神妙な面持ちで立ち尽くす。高木も頭《こうべ》を垂れる。三分後、母親が泣きやむと、桜井は腰を屈めて囁く。

「どうか透くんにお線香を上げさせてください」

母親は、どうぞ、とか細い声を絞り出し、部屋に入る。五畳程度のダイニングに和室が二つ。奥の六畳間に小さな仏壇が置かれ、遺影の稲垣透が笑っていた。坊主頭の少年だ。

「中学校のときの写真です」

和子が申し訳なさそうに言う。

「手元にそれしかなかったもので」

桜井と二人で線香を立て、鈴《りん》を鳴らして拝む。少年の快活な笑顔がまぶしい。

「そのころはワルさもたいしたことなかったんですよ」

和子が涙声で言う。

「悪い仲間と付き合うようになり、あっという間でした。母子家庭なので、眼がいき届きませんでした」

透が生まれて間もなく、酒乱でＤＶの夫と離婚。以来、掃除婦や賄《まかな》い婦、工事現場の警備等で母子の生活を支えてきたが、五年前、持病の心臓病が悪化し、働けなくなったという。

「それ、素敵ですね」

桜井が目配せする。高木はその視線の先を追う。和子の右手。薬指に真珠の指輪が。

「誕生日に透がくれたんですよ」

和子は微笑み、愛おしそうに撫でる。淡いピンクの真珠だ。

「そのうちマンションを買ってやるから、いまはそれで我慢しろ、なんて偉そうに言ってね」

眼を細めて哀しげに言う。

「こんな立派な真珠、嵌《は》めていくとこもないし、タンスの奥にしまっといたんですけどね。初七日が終わったら急に形見みたいなものが欲しくなっちゃって」

桜井が慇懃《いんぎん》にうなずく。

「お似合いですよ」

「最初で最後のプレゼントだから」

「相当、羽振りがよかったんですね」

そんな、と和子は慌てて手を振る。

「ちょっと儲かったから、とくれたんです。イミテーションじゃないですか、これ」

右手を掲げる。太い節くれ立った指で淡いピンクの真珠が輝く。

「イミテーションでもいいじゃありませんか」

桜井が優しく言う。「透くんの気持ちがこもってますよ」

そうですかあ、と寂しげに笑う。すっかり打ち解けたようだ。

「親孝行の息子さんですね」

それはもう、と和子は大きくうなずく。

「たまにしか帰ってこないけど、あたしの身体を気にかけてねえ。心臓病に効くという秩父の温泉に連れていってくれたこともあります。世間ではワルでも、あたしには可愛い息子でした」

「仕事、なにやってたか判ります？」

表情がこわばる。

「しつこい刑事さんに何度も何度も聞かれたけど、判りません」

七三分けの銀行マンのような刑事。和子は眉間に筋を刻み、悲痛な声で訴える。

「判らないものは判らないんですっ、もうやめてくださいっ」

桜井が動いた。畳に両手を突く。

「警察を代表して謝ります」

深く頭を下げる。高木も続く。

「至らない捜査をお許しください」

和子は、おたくが悪いんじゃないから、と気まずそうに言う。桜井は顔を上げ、語りかける。

「バイタリティ溢れる若者だからいろいろ工夫して稼いでいたのでしょう。頑張って無理した分、トラブルとかありませんでした？」

返事なし。桜井はあきらめない。

「印象に残っていることでもいいです。笑ったとか、泣いたとか」

和子の眼が動く。指がワンピースのすそをいじる。落ち着きがない。桜井は獲物を前にしたハイエナのようににじり寄る。

「どんな些細なことでもいい。最後に会ったのはいつです」

和子は畳の目を指で押さえ、三日前？　と自信なげに呟き、次いで確信したように続ける。

「たしか事件の三日前でした。ふらりと現れ、晩ご飯を食べていきました」

「そのとき、変わったことは？」

晩ご飯の後、と和子は呟く。高木は息を詰める。

「携帯で怒鳴っていました」

「なんと言って？」

「ばいれんの野郎、ぶっ殺してやる、と」

バイレン？

「ドイツ人みたいな名前ですが、ハーフの友達ですか」

桜井の問いに和子は困り顔で首をかしげる。心当たりがないのだろう。

「バイレン、いたか？」

突然問われ、高木は「初めて聞く名前です」と答える。桜井がほおをゆがめて冷笑する。背筋がぞくりとする。しかし、と桜井は向き直る。

「ぶっ殺してやる、とは穏やかではありませんな」

「本気じゃありません」

和子は泣きそうな顔で訴える。

「あのコたちの間じゃ挨拶みたいなもんだから。本当は優しい子なんです」

「なるほど。判りました」桜井は腰を上げる。

「長々とお邪魔しました」

ダメか。重い落胆を抱え、高木も続く。和子が慌てて腰を浮かす。決死の形相で立ち上がり、見えない衝撃を食らったようによろめく。壁に手をつき、息を喘《あえ》がせて言う。

「本当です。刑事さん、信じてください。透は、透は——」

急な動作で心臓に負担がきたのか、顔から血の気が失《う》せていく。

「和子さん、承知していますよ」

桜井が小柄な身体を支え、笑顔でなだめる。

「素敵な真珠の指輪をプレゼントした息子さんじゃありませんか。心根は優しいに決まっている」

本庁刑事の垂れた眼に涙が光る。

「だから和子さん、頑張って」

ありがとう、と和子は桜井の腕にすがり、頭を下げる。

「本当にありがとう、刑事さん」


午後二時。稲垣透の実家を後にする。桜井は黙って歩く。機嫌が悪そうだ。切り札、と期待されているだけに収穫ゼロが気に食わないのか？　高木は焦った。なにか言わなければ。

「意外でした」

桜井は黙々と足を進める。

「イミテーションとはいえ真珠の指輪をプレゼントしたんだから、優しい男だったのでしょうね」

ちっ、と舌を鳴らす。なんだ？

「あれは本物だよ」

はあ？　桜井は解説する。

「アコヤ貝から採れた極上のピンクパールじゃないか。光沢も真球型の形状も文句なしだ。直径もアコヤ真珠では希少品とされる十ミリを超えていたぞ。リングはプラチナで台座には粒状のダイヤモンドがちりばめてあった」

へえー、と言うしかなかった。

「店頭価格で百万は下らないだろう。稲垣透にけっこうな稼ぎがあった証拠だよ」

「稼ぎって」

「だからそれをいまから探るんだろ」

「すごいですね」

思わず声が出ていた。なにが、と険しい視線を向けてくる。

「ひと目で指輪の価値を見抜いたじゃありませんか」

「おれは刑事だ。イミテーション、贋作、コピー商品の類は腐るほどチェックしてきた。驚くようなことかね」

高木は屈辱を嚙み締めて返す。

「わたしはまったく判りませんでした」

価値どころか、指輪の存在そのものに気づかなかった。

「刑事、向いてないんじゃないのか」

キツイ言葉だった。反論できないだけに惨《みじ》めだ。

「先入観は敵と心得ろ」

黙って聞き入るしかなかった。

「貧乏だ、母子家庭の生粋のワルだ、立川でくすぶるゴミのようなチンピラだ、と思い込んでしまえば、それを軸に物事を分析し、評価してしまう。視界が狭まり、曇るだけだ」

納得できることばかりだ。泣く子も黙る実力者——斎藤の言葉はウソじゃなかった。

「涙もコントロールできるんですね」

靴音が止まる。桜井が見下ろしてくる。

「どういうことだ」

凄みのある声が問う。いや、その。言葉を選んで返す。

「最後、涙を見せたじゃありませんか」

太い首をかしげる。「それで？」

「母親と良好な関係を保つには、涙は最高の武器だと思います」

桜井の唇がゆがむ。

「くだらん野郎だ」ほおが隆起し、視線が尖《とが》る。

「息子がぶっ殺されたんだ。貧しく病弱な母親はこの先、一人で生きていくんだぞ。いくらワルでも息子は息子だ。きみは遺された母親の哀しみが判らんのか、それでも刑事か、恥を知れっ」

背を向け、歩いていく。わけあり息子を抱えたロートル刑事。高木は弾かれたように走る。

「桜井さん、これからどこへ」

無視だ。高木は横に並び、語りかけた。

「さっきの言葉は謝ります。わたしが未熟でした。あなたはわたしの師匠です。弟子としてとことん食らいつきますから」

横顔が薄く笑う。

「新宿、だ」


立川からJR中央線で三十分余り。新宿駅前の雑踏を縫い、通りを二つ渡る。午後三時。人とノイズが溢れる歌舞伎町を歩く。

暑いねえ、初夏みたいだ、と桜井が青灰色の空を仰ぐ。雑居ビルの間で白銀の太陽がギラついている。傾いた陽射しがきつい。

「きみは大学、出ていたよな」

唐突な質問に戸惑い、神妙に返す。

「ボクシング三昧でした」

二流私大の弱小ボクシング部。なんの自慢にもならない。

「ホントかよ」

桜井が驚きの顔だ。少し傷つく。中肉中背の地味な容貌。とてもボクサーに見えないのだろう。

「おれ、こいつが好きでさあ」

おりゃあっ、と気合一発、路上に屈みこむ。なんだ？　次の瞬間、アスファルトを蹴って跳ぶ。右のパンチを繰り出す。咄嗟《とっさ》によけたが、拳がほおをかすめる。ふざけてるのか？

「カエル跳びだよ、ワジマの」

ワジマ、輪島。たしか元世界チャンピオンだ。が、試合は見たことがない。

そうか、世代が違うもんなあ、と桜井は肩を落とす。

「輪島は苦労人でね。北海道の開拓村から上京して、土木作業員として働きながら二十五歳でデビューしたんだ。並のボクサーなら引退している年齢だぞ。それで三度、ジュニアミドルの世界王座を獲得した、別名〝炎の男〟だ。憧れたねえ」

冷たい視線を投げてくる。

「きみは大学に通いながらボクシング三昧かい。羨ましいよ」

いや、そんなすごい世界王者と較べられても。

「おれも高卒の叩き上げだ。栃木の山奥から花の東京へ出て腕一本でのし上がったんだ。本庁の〝炎の男〟ってわけだ」

そうか、苦労人なのか。実力はピカ一なのに、切なくなる。

「久しぶりにカエル跳びを披露したら腹が減ったな」

そういや昼飯抜きだ。腹がぐーっと鳴る。

「ちょいと腹ごしらえをしようや」

桜井はさっさと歩く。緊張の欠片《かけら》もない。この男の真意が見えない。立川から歌舞伎町へ。いったいなにがどうなってる？　広い背中を追いながら疑問が渦を巻く。

「ここら辺りだよ」

目配せする。左右に風俗店やビデオショップが並び、目付の鋭い男たちが行き交う、キナ臭《くさ》い、ガラの悪い通りだ。一気に緊張が高まる。

「次郎の野郎、刑事の実地訓練と称してしごいてやったら、泡食ってなあ」

十五年前、生意気な新米刑事、斎藤次郎はここで――。

「真夜中、気の荒いチャイニーズマフィアどもに職質《バン》をかけさせたんだ。一人でやってみろ、おまえならできる、怯《ひる》むな、と励ましてさ」

桜井は拳を口に当てて含み笑いを漏らす。

「刑事デビューしたばかりの次郎の武器は気合のみだ。案の定、頭の悪い三下ヤクザみたいに巻き舌で凄んでね。激怒したマフィアが青竜刀を持ち出して、あのバカ、真っ青になったよ」

「斎藤係長は相手のこと、なにも知らなかったのですね」

「知ってたら普通、職質、かけないだろ。チャイニーズマフィアの全盛時代だぞ。自殺行為だ。おれにはできない」

ひ、ひどい。

「腕を叩っ斬られてもおかしくなかった。寸前でおれが間に入って収まったけど、危機一髪だよ」

口笛を吹いて歩く。背中が遠ざかる。高木はその場から動かなかった。肌がひりつく。強い気配を感じる。立川と同じだ。間違いない。だれかが見ている。周囲を警戒しながら足を進めた。

桜井が入った先は歌舞伎町の最奥、職安通りに面した大きな中華料理屋だ。中国人のツアー客や若い連中でけっこう混んでいる。日本語と中国語をミックスしたノイズが響き渡る。

テーブルに大皿の料理が並べられる。腸詰に海老チリソース、水餃子。

「若いんだからどんどん食いなよ」

桜井は丸テーブルの向こうで眼を細める。

「おれの前で遠慮なんかしなくていいぞ」

はあ、と生返事を返し、箸をとる。食欲がない。

「どうした。なにか悩みでもあるのか」

そういうわけではありませんが、と箸を動かす。言うべきか否か、悩む。あの気配、尋常じゃない。

「元気ないねえ」

桜井は腸詰をつまんで口に入れる。頑丈そうなあごで嚙む。

「いずれは本庁、と思ってるんだろ」

それはもう、とうなずく。桜井が意味ありげに微笑む。

「サツカンは出世してナンボだ。まして難関の登用試験を勝ち抜き、刑事になったのなら尚更だ。きみの野心は正しい。おれは支持する」

胸に沁み入る言葉だった。

「だが、腕に自信があり、抜群の成績を上げても出世できない刑事がいる。おれみたいに」

なんと答えていいのか判らない。高木はウーロン茶を飲み、海老チリを食べる。

「おれが出世できなかった理由は二つあってね」

桜井は厳《おごそ》かに前置きして語る。

「まず、家庭をぶっ壊したことだ」

あっさりプライベートを暴露する。

「刑事として頑張りすぎたんだな。息子が五歳のとき、小学校入学前に別れたい、と女房は去っていったよ。ワーカホリックのおれが気に食わなかったらしい」

そうか。三十一歳の息子は母子家庭で育ったのか。殺された稲垣透と同じだ。

「刑事としては辛いところですね」

「女房は元女性警察官だ。判ってくれていると思ったが、甘かったな」

目尻をそっと指で拭う。

「結婚は諸刃の剣だ。警察組織は捜査の最前線で戦う兵隊の結婚をなにより評価する。家族を持てば組織への忠誠心も格段に高まるからな」

「しかし離婚は——」

思わず口にすると、そうだ、と重々しくうなずく。

「家族も守れない野郎に善良な市民を守れるか、というわけだ。離婚で自暴自棄になり、酒やギャンブル、女で身を持ち崩す危険性も無視できない。評価は最低レベルだ」

五十七歳で警部補。恵まれない境遇の凄腕刑事が語るだけに説得力十分だ。きみは、と充血した眼で問う。

「結婚の予定があるだろ」

カッと首から上が炙《あぶ》られたように熱くなる。どうして判った？　まだ斎藤にも言ってないぞ。

「おお、トンガラシみたいに真っ赤だぞ」

桜井がせせら笑う。

「カマかけたら当たりかい。判りやすい野郎だ」

テーブルに両肘をつき、街頭の人相見のようにのぞき込んでくる。薄い唇がゆがむ。

「刑事の適性に問題ありかもよ」

ぐっさりと胸に突き刺さる言葉だった。実績ゼロの新米刑事は力なく笑い、うつむくしかない。

婚約者の顔が浮かぶ。学生時代の後輩、二十八歳。職業、図書館司書。性格、キツめ。念願の刑事になり、長すぎた春にピリオドを打たねば、とは思っている。が、しかし、元女性警察官でもダメだったのだ。ブラック企業も真っ青の刑事の生活に耐えられるか？　いや、その前にこの自分が刑事としてやっていけるのか？

「二つ目の理由は——」

そうだ、二つ目だ。高木は息を詰めて待つ。桜井は宙を睨む。五秒、十秒——表情がゆるむ。

「やめとこ」

あらら。

「いまは仕事だ」海老チリを食べ、ウーロン茶を干す。

「高木くん、いよいよ本番だぞ」

口をナプキンで拭い、腰を上げる。そうか、ここ歌舞伎町が本番か。

「将来のカミさんのためにも頑張らなきゃな」

高木は大きくうなずく。やるしかない。賽《さい》は投げられたのだ。

「犯人をしょっぴいてやろうぜ」

な、なんと。殺人犯がこの街に？　どうして判った？　いやその前にたった二人で身柄拘束できるのか？　応援部隊は？　足元から震えが這い上がる。これは武者震いだ、と言い聞かせる。

「その前に小便」桜井は片眼を瞑《つむ》る。

「あんまりいれこむなよ、相棒」

店の奥に消える。甘美な高揚感が身を包む。相棒、か。凄腕刑事が認めてくれた。これで本庁への途《みち》も一気に――。いやいや、まずは殺人犯だ。すべてはここから始まる。気合を入れて待つ。ウーロン茶のお代わりをもらい、心静かに待つ――待つ――来ない。すでに五分経過。いや、十分近い。と、視界の端を二つの人影が移動する。革ジャンパーにハーフコート。いずれも屈強な男だ。眼を血走らせて奥へ向かう。ただごとじゃない。瞬間、高木は立ち上がった。おかしな気配の正体はあの男たちじゃないのか？ならば桜井が危ない。

席を立ち、奥へ走った。薄暗い通路を抜け、トイレに入る。いない。老人が一人、用を足しているだけだ。個室をチェックし、店のスタッフを呼んで警察手帳を示し、女性トイレも見てもらう。いない。桜井も、さっきの屈強な男たちも。全員、煙のように消えてしまった。

その場からスマホで帳場の斎藤に連絡を入れる。心臓がドクドク鳴る。

「どうした」塩辛い声が返る。

「消えました」新米刑事は噴き出す汗に眼を瞬きながら説明する。

「桜井さんが消えました」

「どこで」

「歌舞伎町、です」

なにぃ、と声が高くなる。

「どういうことか、ちゃんと説明しろっ」

高木は冷や汗をハンカチでぬぐい、順を追って告げた。立川市内の殺害現場に赴いた後、稲垣透の実家で母親と面談したこと。新宿歌舞伎町に移動し、中華料理店での遅い昼食中、トイレに向かい、消えた、と。

「やられたな」一転、声のトーンが下がる。

「もういいから帰ってこい。帳場の雑用に戻れ」

「携帯の番号を教えてください」

「だれの」

「桜井さん、です」

バカタレッ、怒声が炸裂する。

「おまえは刑事失格だ。桜井さんは新米の実力を見切ったんだよ。携帯番号を交換するまでもない、ということだ」

そんな。崩れそうな身体を壁で支え、係長、と喉を絞る。

「桜井さん、だれかに張られていませんか」

返事なし。

「ずっとおかしな気配がありました。消えた桜井さんを物騒な連中が追いかけて行きましたし」

当然だろ、と低い声が返る。

「歌舞伎町は元々桜井さんのシマだ。凄腕のデカに昔、痛い目にあった極道連中が警戒しても不思議じゃない」

いや立川でも、と言ったが、聞いちゃいない。

「とっとと戻れ、以上っ」

電話が切れる。高木はがっくりとうなだれ、外に出た。

「おまわりさん、どろぼう」

カタコトの日本語が追ってくる。若い女性店員が険しい顔だ。窃盗なら管轄の新宿署へ連絡すべきだと思う。こっちは立川南署だし、もうエネルギーが一滴も残ってないし。

「おかねはらわないとおまわりさん呼ぶよ、どろぼうだって」

手を差し出してくる。そういうことか。赤面しながら財布を出し、頭を下げつつ二人分の料金を払う。もう涙も出ない。

夕刻、立川南署へ戻ると、帳場の縮小が決定していた。明日から半分の三十人体制になるという。通常は三分の二程度で収めるのに。つまり、上層部のやる気はゼロ。迷宮入りほぼ確定だ。

翌朝、上司の斎藤の姿は帳場になく、行方も知れず。午前十時、高木が書類の整理をしていると、家宅捜索の一報が入った。その瞬間から帳場は沸騰したような喧騒に包まれた。何も知らされていない捜査員らが大慌てで戻り、電話にとり付き、怒号が乱れ飛んだ。帳場にやり場のない怒りが充満する。新米刑事は蚊帳の遥か外で見守るしかなかった。

情報は錯綜し、複数の〝事実〟が乱れ飛んだ。容疑者の身柄が拘束された、いや振り込め詐欺のアジトのガサ入れだ——。

午後になり、明らかになった事実はこうだ。その日の早朝、立川南署刑事課長を中心に、斎藤以下、信頼のおける捜査員数名が密かに集められ、出動。立川市の南、多摩川近くの古いマンションの一室に家宅捜索をかけ、振り込め詐欺のグループを摘発。証拠物件を押収すると共に、在室の暴力団員、北山明弘《きたやまあきひろ》（二十九歳）以下、五人を詐欺容疑で逮捕した。

北山は都内港区赤坂に本部を置く暴力団梅川《うめかわ》連合の一員で、億単位の現金を詐取した振り込め詐欺のグループの元締めである。立川南署内の取調室に入って間もなく、北山は、金銭的なトラブルでグループの一員である稲垣透を刺し殺した、と自供。ちなみに、取り調べを担当した刑事は本庁組対部の桜井文雄——。

午後六時、捜査本部は記者会見を開き、詰めかけたマスコミの前で『立川駅南口殺人事件』の解決を公式発表した。

「わるかったな」

桜井は頭を下げる。

「だますつもりはなかったんだ」

高木は無言でビールを飲む。いやに苦い味だった。

午後八時。立川駅北口のロータリーに面した大衆居酒屋。一時間ほど前、刑事課一係のデスクに、会いたい、と電話があり、高木は了承した。勤め人や学生で賑わう店内の隅で向き合う。

「判ってくれよ、おれの相棒」

いらっとした。

「大手柄、ですね」

木製の卓の向こうで桜井はグラスをかたむける。家宅捜索と取り調べ。さすがに疲労と睡眠不足で参ったのか、生気がない。眼が濁り、肌もくすんでいる。身体もひとまわり縮んだような。

「北山、カンオチですね」

「詐欺で年寄りを騙す卑劣なヤクザだ」

桜井は肩を上下させて嘆息し、小声で語る。

「外堀を埋め、事件当夜の行動を徹底して質《ただ》せばウタうもんさ。昔の斬った張ったで漢《おとこ》を売った武闘派極道とは根性がちがう。カネに眼が眩《くら》んだせこい野郎だ。臆病で虚勢を張っている分、キレると見境がない。だから取り分で揉めた地元のワルをナイフ一突きで殺しちまう」

「どうやって北山に辿り着いたのですか」

濁った眼が高木をとらえる。唇が、かんたんだよ、と動く。

「ばいれんさ」

ばいれん、バイレン――。稲垣透の母親、和子の証言だ。事件の三日前、ばいれんの野郎、ぶっ殺してやる、と携帯に向かって怒鳴った透。

「もう判るだろ」

「いや、まったく」

桜井は生気のない顔をしかめ、梅川連合だよ、とぼそりと言う。

「梅と連でさ」

ばいれん。

「闇社会だけで通じる隠語だ。カタギの前では決して口にしない」

昨日、桜井が見せた冷笑が浮かぶ。あれは侮蔑と諦めの笑いか？　この新米は使えない、と。

「気落ちする必要はない。たいていの刑事は知らないから」

桜井は卓に片肘をつき、身を乗り出して語る。

「半グレと梅川連合が繋がるなら振り込め詐欺に決まっている。梅川連合の米櫃《こめびつ》は振り込め詐欺で、稲垣透は羽振りがよかった」

ピンクパールの指輪。和子の笑顔。

「じゃあ、歌舞伎町は」

「おれのネタ元に当たるためだ」

ことをなげに明かす。

「振り込め詐欺で稼ぐ立川方面のバイレンをピックアップし、稲垣との関係を探ればいい。簡単なことだ」

眼の前の刑事が魔術師に見えてくる。高木は渇いた喉をビールで湿らせて問う。

「だからトイレに行くふりをして消えたのですね」

「ネタ元にはおれ以外、会えない。一対一の面会が原則なんだ。悪いな」

しれっと言うと、キュウリの漬物をポリポリ嚙む。歌舞伎町のネタ元。闇社会に精通した謎の人物。もしかして。新米刑事は声を潜め、喘ぐように訊く。

「二つの理由があると言いましたよね」

なにが、と虚《うつ》ろな眼を向けてくる。

「桜井さんが出世できなかった理由です。ひとつは家庭を壊したこと。もうひとつは――」

白い靄《もや》がかかっていく眼を見つめながら問う。

「闇社会との付き合いじゃありませんか」

にっと笑う。目尻がさがった笑顔が、いまは悪魔のようだ。低い声が這う。

「死ぬ思いで闇社会にコネをつくり、極秘情報を吸い上げ、事件の解決につなげると上司は喜ぶ。課長も署長も喜ぶ。が、その裏で、ワルと付き合う危ないやつ、とのレッテルを貼り、決して昇進させない。なぜ極秘情報が取れるのか、その理由も問わない。知ってしまえば共犯者だからな」

　くすんだ肌が脂汗に濡れる。

「おれはいつの間にか組織内のアンタッチャブルになっていた。上司も同僚も背を向け、距離をおき、捜査の時だけ重用するんだ。卑怯だろ」

　なんと答えていいのか判らない。

「ちょいと小便」

　蒼白な顔が薄く笑う。

「今夜は逃げないから安心しな」

　ふらつく足でトイレに向かう。気分が悪いのか。それとも疲労のせいか、いまにも倒れそうだ。昨日の、カエル跳びまで繰り出した桜井とは別人だ。やるせない思いが胸を抉る。

　七分後、桜井が戻ってくる。その姿を見た瞬間、えっ、と声が出た。ハアハハッ、と快活に笑う。眼が輝き、肌艶もいい。どうした？　生気が戻っている。しかも異様にテンションが高い。両手を叩き、踊るように、軽やかに歩く本庁組対刑事。高木は息を殺して凝視した。笑顔がおかしい。鼻の下が白っぽい。仮装途中の陽気な酔っ払いのようだ。

瞬間、首筋がビリッとした。殺気だ。四方から迫る。しまった。己の迂闊《うかつ》さを悔い、素早く立ち上がった。が、遅かった。

おるああっ、怒声が炸裂し、屈強なジャンパーの男が桜井に組みつく。極道だ、凄腕刑事に恨みを持つ極道連中だ。桜井は仁王立ちになり、鬼の形相で両腕を振り回すが、次々と男たちが飛びかかり、組み伏せる。椅子が倒れ、ビール瓶が割れ、客たちの悲鳴が轟く。ちくしょう、高木は拳を固め、突進した。助けなきゃ。おれの師匠を。

警察だっ、やめんかっ、高木が大声を張り上げ、拳を引き、アイロンパーマの男にストレートパンチを叩き込もうとした刹那、それは起こった。後ろから腕をとられ、足を払われ、あっけなく背中から落ちる。これは？　スーツ姿の中年男が見下ろす。

「落ち着け、本庁だ」

警察手帳を示す。鮮やかな逮捕術と同様、無駄のない動作だ。

「警務部人事一課監察係だ」

絶句した。監察係。別名、ゲシュタポ。警察官の不正や不祥事を摘発するセクション。警察官個人の身辺調査に加え、所轄署や本庁各部署への定期監察を行い、ターゲットを定めたら最後、追尾から張り込み、さらには盗聴、家宅侵入まで、なんでもやる。証拠が揃えば即、取調室へ連行。弁護士が付かず、法律の縛りもないサツカン同士の取り調べはシビアだ。時間無制限のデスマッチのような事情聴取で音《ね》を上げ、泣きを入れるケースも珍しくないという。

「桜井警部補はこっちに任せろ」

冷たく言う。

「のっぴきならぬ事情であのとおり、頭がいかれちまった」

怒鳴り声を上げ、顔をゆがめて抗《あらが》う桜井を数人で囲み、両手に手錠をかまして店外へ連れ出して行く。鼻の下の白い粉が哀れだった。

「コカイン、ですね」

返事はなかった。パトカーのけたたましいサイレン音が迫る。


新米刑事には理解できないことばかりだった。コカインの常習者なら懲戒免職および逮捕、起訴が発表されてしかるべきだが、不思議なことに桜井に関する事後情報は一切なく、マスコミ報道も皆無。斎藤も知らぬ存ぜぬを通し、高木は三日間の特別休暇を経て通常業務に戻った。

桜井が消えて一週間後の早朝、斎藤より奇妙な指示が下る。至急、本富士署へ行け、と。


本富士警察署は特異な所轄だ。文京区の片隅に位置する小規模署ながら、東京都の中枢を警護する麴町署や丸の内署といった大規模署と同等の格で、優秀な警察官ばかりが配属されている。理由はただひとつ。管轄に高級官僚養成機関の東京大学があるためだ。

新人警察官も初任地が本富士署なら出世は約束されたも同然である。赤羽警察署の地域課から警察官人生をスタートさせた高木にとって、本富士署は別格。遥か雲の上の存在だった。

午前十時。少し緊張して訪ねると、五十がらみの副署長が出てきた。署長室へ案内するという。本富士署の署長ならまず間違いなくキャリア組。東大法学部出身のスーパーエリート。将来の警視総監、警察庁長官も視野に入れた若手警察官僚だ。呼びつけられた理由は、恐らく桜井がらみ。それ以外、考えられない。しかし、なぜ本富士署の署長が？　疑問は深まるばかりだった。

副署長は咳払いをくれ、ドアをノックして厳かに開ける。正面に大ぶりのデスクがあり、濃紺のスーツ姿の署長が立ち上がる。ごゆっくり、と副署長が消え、ドアが静かに閉まる。

「よくいらっしゃいました」

長身に甘いマスク。軽くウェーブした髪と浅黒い肌。若い。恐らく三十代前半だろう。スマートな手つきで名刺を差し出す。

本富士署署長　警視正　倉田《くらた》辰文《たつふみ》

勧められるままソファに移動し、木製のテーブルを挟んで座る。

「ぼくは高木さんと同期で三十一歳です」

眼の奥が熱くなる。警察庁採用のキャリア約二十人は国家公務員であり、都道府県採用地方公務員のノンキャリから見たら別世界の人間。階級もキャリアは警部補からスタートして二十代半ばで警視、つまり小規模署の署長クラスに出世する。

このシビアな階級社会でおれとあんたが同期だとぉ。ジョークにもならない。三十一で本富士署の署長なら秀才揃いのキャリア組でもトップクラスだろう。さすがにむっとする。

「今回はお世話になりました」

倉田は屈託なく頭を下げてくる。いえ、と返礼しながら、苛立ちは募るばかりだった。が、次の言葉で固まった。

「父は真面目すぎたのです」

父？　だれが？

「桜井文雄はぼくの父です」

一瞬、頭が真っ白になり、出た言葉は「そうですか」の一言。

「ぼくが五歳のとき、父と母は離婚しました」

倉田は淡々と語った。離婚後、母親の旧姓である倉田姓を名乗ったこと。元女性警察官の母親は昔の上司のツテを頼りに自動車学校の事務職として働き、辰文を育てたこと。母親は辰文が警察庁に採用されて二年目の夏、乳がんで亡くなったこと——。

「ぼくは刑事の父に憧れ、警察に入りました」

照れ臭そうに微笑む。垂れた眼が桜井にそっくりだ。

「離婚した後も父は養育費を欠かさず振り込みましたし、学費もすべて面倒をみてくれました。入学や卒業の節目には三人で食事もしました。母は亡くなるまで父を愛していたと思います」

「離婚する理由がありませんね」

正直な気持ちだった。倉田は苦笑し、これですよ、と前髪を上げる。秀でた額に白い傷があった。横に三センチほどの裂傷の痕だ。もしかして、家庭内暴力か？　桜井が酔って暴れて幼い辰文にケガを負わせた、とか。

深まる困惑をよそに、スーパーキャリアは淡々と語る。

「ぼくの誕生とほぼ同時期に父は刑事になりました。二十六歳ですから、優秀だったのでしょう」

優秀もなにも、間違いなく警視庁同期のトップだろう。改めて桜井の凄さを思い知る。

「家では優しい父でした。たまの非番になると、疲れた身体に鞭うち、母と一緒に公園や遊園地に連れていってくれました」

幸せな過去を追慕するように遠くを見つめる。

「芝生の広場で弁当を広げ、三人で笑いながら食べました。ぼくらはとても仲のいい家族でした」

離婚の理由がますます判らなくなる。

「でも、父は仕事になると鬼と化し、大卒の連中に負けたくない、と昼も夜も頑張ったようです。マルボウ一筋の父は持ち前の度胸と愛嬌、機転で闇社会に入り込み、様々な情報を吸い上げ、捜査に役立てたと聞いています。しかし――」

表情が冥《くら》くなる。

「刑事として成果を上げるほど、恨みを抱く連中も増えてきます。いかなる事情があったのか判りませんが、ある夜、宅配便を装ったヤクザ二人に踏み込まれまして」

「自宅に、ですか」

はい、とうなずく。

「五歳のぼくは、母を守らなければ、と連中にむしゃぶりつき、突き飛ばされ、テーブルの角に額をぶつけ、昏倒してしまいました。ぼんやりした視界の向こうで、母が二人組に襲われ、必死に抗う姿を憶えています」

ひと息おき、語る。

「そこへ飛び込んできた父の姿も」

高木は呼吸するのも忘れて聞き入った。

「いつもは午前様の父がたまたま早く帰宅したのです。鬼の形相で二人を叩きのめし、血達磨《ちだるま》にしました。母が止めなければ殺していたでしょう」

「その事件が原因で」

「母は元女性警察官です、大抵のことは耐えますが、ぼくが傷つけられたことは許せなかったのだと思います。結局、刑事を続ける限り一緒には暮らせない、と別れました」

「桜井さん、辛かったでしょうね」

ええ、と倉田は眼を伏せる。

「家族と別れた父は仕事一筋に生き、闇社会との付き合いを深め、ミイラ取りがミイラとなってしまったのです」

「じゃあ、コカインも」

「孤独と緊張のなかでつい手を出したのでしょう」

高木は苦いものを噛み締めて問う。

「では、監察の監視は倉田署長の指示ですか」

どうですかね、と首をひねり、冷徹なキャリアの貌《かお》になる。

「ある筋から父の荒《すさ》んだ生活を聞き、最終的に了承したことは確かです。息子として最善の策をとりたかったもので」

つまり、と高木は言葉を引き取る。

「懲戒免職もなく、逮捕・起訴もない異例の事態は息子がキャリア警察官だからですね」

「どう解釈しようとあなたの自由です」

声音《こわね》が冷えてくる。

「ここ半年、汚れたロートル刑事として疎《うと》まれ、窓際に追いやられていた父は最後の最後、素晴らしい仕事をしてくれました。ぼくの尊敬は変わりません。その気持ちも含めてあなたに桜井文雄警部補の真の姿をお伝えしたく、こうやってご足労願ったわけです」

「桜井さんも素晴らしい息子を持って誇らしいでしょう」

　高木は正面から見据えて告げる。

「あきらかな犯罪をもみ消してくれたのですから」

　倉田は肩をすくめ、苦笑する。

「父もいい潮時でしょう。暴対法に加え、二〇一〇年から一一年にかけて全国自治体で施行された暴力団排除条例により、一般市民と暴力団関係者の交際は実質禁止となりました。暴力団員には部屋を貸すな、銀行口座もカードも作らせるな、結婚式場も葬儀場も使わせるな、と命じておいて、警察官が付き合うわけにはいきません。父は昭和の遺物、時代遅れの刑事なのです。悲しいことですが」

「そうでしょうか」

　倉田の顔から笑みが消える。高木は言葉を重ねる。

「桜井さんは組対の捜査力の低下を嘆いておられました。このままでは日本警察は大変なことになります」

　倉田はかぶりを振る。

「失礼ながら、あなたは刑事になってまだ半年でしょう。日本警察の捜査方針は我々にお任せください」

キャリアの誇りを滲《にじ》ませた言葉を前に、新米刑事にはこれ以上述べることもなく、一礼し、腰を上げた。倉田は立ち上がり、ドアまで歩く。ふいに背中が固まる。どうした？　実は、とか細い声が漏れる。

「理解できないことがありまして」

ドアノブに右手をかけ、独りごとのように言う。

「あれほど父を愛していた母がなぜ、離婚したのか、ぼくは判らないのです」

「額の傷のせい、とおっしゃったじゃありませんか」

倉田は左の手で傷を触る。うつむき、確かめるように撫でる。三呼吸分の沈黙ののち、そうですね、とドアを押す。短い挨拶を交わして別れた。


五日後、桜井から呼び出しがあり、東京郊外の精神科病院を訪ねた。武蔵野の面影を残す自然林に囲まれた閉鎖病棟に入り、陽光が射し込むサンルームのような応接室のソファで待つ。ガラス戸に面した廊下を医師や看護師、ガードマンが行き交う。文字通り、ガラス張りの空間だ。

現れたパジャマ姿の桜井は顔色がよく、表情も穏やかで、とてもコカイン中毒の治療中には見えない。ただ、微妙に翳《かげ》りを帯びた眼だけが、普通ではない精神状態を窺わせる。

「トンビが鷹、だろ」

開口一番、父親の貌で言う。

「ホントに桜井さんの息子さんですか」

だよな、と笑う。眼が垂れる。やっぱり息子とそっくりだ。元刑事はガラスの向こう、光を浴びて輝く新緑を眩しそうに眺める。

「高木くん、きみは――」

外に眼をやったまま語る。

「キャリアの息子が手を回したから罪に問われなかった、と思っているだろ」

「ちがいますか」

「警察組織がそんなに甘いもんかい。大事なキャリアを守るため、おれの身柄を拘束し、ここへ放り込んだんだよ。実の父親がコカイン中毒だと困るだろ。黄金色の経歴に致命的な瑕《きず》が付く」

返す言葉が無かった。

「弁解するわけじゃないが、コカインの使用には理由があるんだ」

「孤独と緊張をまぎらわすため、ですよね」

桜井は首を回し、新米刑事を見る。

「辰文がそう言ったのか」

そういう意味のことを、と曖昧に返す。

「相変わらず尻《けつ》の青い野郎だ。キャリアといってもその程度だ」

鼻で笑い、続ける。

「シャブとコカインはおれのメシのタネだ」

驚くべき告白に息を呑んだ。

「離婚後、おれは仕事に没頭した。闇社会と本気で付き合うには相応のカネが必要だ。派手な飲み食いに加え、S《エス》と呼ばれる情報提供者に渡す小遣いもある。食い詰めたワルに泣きつかれ、生活費を用立てるケースも出てくる。辰文の養育費もある。おれは給料とボーナスをつぎこみ、それでも足らずにサラ金と闇金から借りまくり、自己破産寸前となった。せっぱつまったおれはシャブに目をつけた」

「極道の商売物、ですね」

「そうだ。卸値と売値の差は三倍から五倍だ。おれは兄弟分の極道から仕入れたシャブをせっせと売人に流し、借金を返済してカネをストックした。そのうちコカインも扱うようになった」

警察官の言葉とは思えなかった。いや、警察官だからできたのだろう。世界がねじれていく。

「おかげで辰文も評判のいい学習塾に通い、学費がバカ高い私立の中高から東大法学部へ進み、念願のキャリア警察官になった」

目尻にシワを刻む。

「あいつの半分くらいはシャブとコカインで出来てるな」

笑えない冗談だ。いや、事実か。

「だが、闇社会の捜査はきつい。緊張もハンパじゃない。おれは疲弊し、加齢による心身の衰えに悩み、重度の鬱から自殺願望にとり憑かれ、コカインを使うようになった。もう三年になる。鼻からコカインを吸引した途端、伸びきった古いゴムのような老体がシャンとし、気持ちも昂揚して超人のように動ける。それはもう感動的なほどだ」

「監察に身柄を拘束されてよかったです。超人から廃人まで、それほど距離はありませんから」

おいおい、と快活に笑う。

「おれを舐めるなよ」

軽い調子で言う。

「監察の尾行くらいとっくに判っていた。あいつらが何人で、どんな格好をしているかも、だ」

絶句した。この男はすべてを承知のうえで新米刑事を従えて――。世界がぶつっ、と音を立ててねじ切れる。

「半年ぶりの現場復帰だ。監察のやつら、ヨーイドンで下手くそな尾行を始めやがった。しかも出張《でば》った先の立川の帳場は三週間、結果が出ていない。諦めムードも濃厚だ。切り札と期待されたロートル刑事は張り切って捜査に乗り出し、ネタ元に突っ込んでいく、と思ったんだろうな。期待に応えてやったよ」

「わたしを囮《おとり》にして、ですね」

「高木くん、怒るな。やつらの狙いはおれのネタ元なんだから」

はあ？

「コカイン刑事の身柄拘束はサブで、メインはネタ元だ」

「しかし、倉田警視正は——」

「あいつは尻の青い若手キャリアだ。世間知らずの若殿だ。警察組織のすべてを承知しているわけじゃない。上層部のタヌキから、極秘裏にコカインを断ち切らせるからきみの親父のことは任せろ、とかなんとか、吹き込まれたんだろ」

口元にふてぶてしい笑みが浮かぶ。

「警察組織はおれのネタ元が欲しくてたまらなかった。当然だ。闇社会を相手にまともな捜査ができる兵隊は年々減っている。キャリアがいくら怒鳴ろうが喚《わめ》こうが、現場の兵隊が経験不足の腑抜けでは話にならない。おれは何度も協力を要請されたが、すべて断った。死ぬ思いで築いた信頼関係を壊すなどまっぴらだ。いいかい、高木くん」

指で己の胸をさす。

「ネタ元はこのおれだから闇社会の複雑な情報ネットワークに組み込んでくれたんだ。警察のキャリアどもはそれが判っていない」

サンダル履きの足を組む。筋肉が削《そ》げ、痩せ細ったふくらはぎが露《あら》わになる。

「捜査の弱体化を招いたのはてめえらのせいだろ。暴力団排除条例の施行で極道はヘソをまげ、警察に背を向けた。やつらの協力なしに捜査などできるはずがない。子供が考えても判ることだ」

　廊下を歩く女性看護師に手を振りながら、桜井は警察の裏面を嬉々と語る。

「そもそも、排除条例は警察官の天下り先を増やすことが狙いだ。かつて警察ＯＢの主要な受け入れ先だったサラ金業界は凋落《ちょうらく》の一途だし、パチンコ業界も若者離れが著しい。ならば新しい市場開拓を、と排除条例が施行された。条例に従って暴力団との関係を断ち切った民間企業は用心棒役に大量の警察ＯＢを受け入れざるを得ない。つまり、国家ぐるみのマッチポンプだ」

　唇をへしまげ、憎々しげに言う。

「甘い蜜をたらふく味わった末に、アンタッチャブルと忌み嫌った刑事を頼ろうなんて、そうは問屋が卸すかい。おれはネタ元の秘密は墓場まで持っていくと決めている」

　高木はネクタイをゆるめ、大きく息を吸って問う。

「歌舞伎町に潜むネタ元は相当の大物ですか」

　さあねえ、とすっとぼけ、声のトーンを落とす。

「歌舞伎町は日本のアンダーグラウンドの総元締めみたいなところだ。六百メートル四方、東京ドーム八個分の歓楽街に極道から半グレ、外国人犯罪者、テロリストの情報まで、ありとあらゆる闇のデータが集まってくる。おれはあの街の臭《くさ》い泥に首までつかって泳ぎ、時に死を覚悟して深く潜り、いくつもの貴重なネタ元を探り当てた。並の刑事には犯罪が多発する忌まわしい歓楽街でも、おれには眩《まばゆ》い黄金の街だ、エル・ドラドだ」

組んだ両手を膝におき、じっと高木を見つめる。くすんだ灰色の眼に吸い込まれそうだ。雰囲気が変わる。表情が冥くなり、眼が焦点を失う。それはこの世の地獄を見た男の顔だった。ヒビ割れた唇が動く。

「しかし、光が眩いほど、闇も深い。判るな？」

はい、と答える。桜井はぼそぼそと語る。

「闇の深い底には得体の知れない生き物が潜んでいる。たとえば——」

灰色の眼が宙を彷徨《さまよ》う。突き出た喉仏がごくりと動き、かすれ声が漏れる。

「たとえば、シーラカンス」

「シーラカンス、ですか」

そう、と桜井はほおをゆるめ、薄く笑う。

「アフリカやインドネシアの眩い海の底に棲むでっかい古代魚、生きた化石だ。そういう化け物みたいなやつが闇にまぎれて人知れず潜んでいるかもよ」

「歌舞伎町に、ですか」

桜井は笑みを消し、喋りすぎたな、とひと言。固いほおと引き結んだ唇に後悔の色がある。二人、黙り込む。

「高木くん」

ひとが変わったような陽気な声が飛ぶ。

「きみはおれの最後の相棒だ」

すべてをふっ切ったような晴れ晴れとした表情で語る。

「つまり、きみとの捜査がおれのラストミッションってわけだ。しかし頑張りすぎたな。身も心も疲れ果てたおれは最後、監察のバカどもに華々しく、陽気に捕まってやろうと思ってね」

「だからコカインを」

そう、とうなずく。

「ドカンと決めたら監察も動かざるを得ない。気を揉んでいた孝行息子も安心するだろ。父親がコカイン中毒のままじゃかわいそうだ」

さて、と両ひざを叩き、腰を上げる。

「このへんでお開きにしようか」

終わりか。身体が重い。吐き気もする。警察組織の毒が回ったのか。そうそう、と桜井が振り返る。屈託のない笑顔が新米刑事を見下ろす。

「離婚のこと、なんか言ってたかい」

高木が黙っていると、ヤクザ二人組だよ、と明るい口調で付言する。

「辰文の額に傷があっただろ」

ああ。空咳を吐いて返す。

「おくさんは刑事を続ける以上一緒には暮らせない、と幼い辰文さんを連れて出て行かれたと聞いております」

「辰文は納得してたかい」

いえ、と首を振る。

「離婚は理解できないとおっしゃっていました」

「だろうね」

桜井は真顔で言う。

「女房は元女性警察官だ。おれという男を理解して結婚したんだ。覚悟して刑事の妻になった女だ。ヤクザに踏み込まれたくらいで離婚するタマかい。辰文の傷も想定内だ」

両手を膝におき、腰を屈める。薬臭い息がかかる。

「原因はおれが本物の刑事だからだ」

本物の刑事？　どういうことだ？　桜井は声を潜め、この世の秘密を暴露する悪魔のように囁く。

「常に午前様の刑事がたまたま早く帰り、たまたまヤクザ二人組と鉢合わせになり叩きのめしたなど、幼い息子には輝かしいヒーロー物語でも、女房には地獄の悪夢だ」

じゃあ——。そうだよ、と桜井はうなずく。

「おれは二人組が自宅を襲撃することを事前に知っていた。一人で尾行し、頃合いを見て躍り込み、クズどもをぶちのめしてやった。女子供を襲った卑劣なヤクザ二人を返り討ちにしたんだから、上司は喜び、同僚は大喝采だ。唯一、女房だけがおれの正体に勘づいた」

　顔が悲しげにゆがむ。

「おれは出世が家族の幸せだと信じていた。女房の涙を無視し、本物の刑事なら家族を囮《おとり》にすることもある、おれは間違っていない、警察ピラミッドを駆け上がってやるからしっかり見てろ、と嘯《うそぶ》く始末だ」

　眼の縁が潤み、涙がこぼれる。

「女房はこう言ったよ。愛してるけど、もう一緒には暮らせない――」

　かすれ声を絞り出す。

「賢明な判断だ。あのまま暮らしていたら、おれの行動はエスカレートする一方だったと思う。案の定、コカインにすがり、辿り着いた先がこの閉鎖病棟だ」

　パジャマの袖で眼を拭い、腰を伸ばす。

「おれはやりすぎたんだよ」

　桜井は泣きながら笑う。濡れた眼が垂れる。じゃあな、と背を向ける。

　高木はソファから動けなかった。サンダルがペタペタと遠ざかる。その後ろ姿は枯れた老人だった。コカインに侵された元刑事が洞穴のような暗闇に溶けて消えるまで見ていた。


　四日後、斎藤のデスクに呼ばれた。

「高木、喜べ。本庁へ栄転だ」

黙って突っ立っていると、本富士方面からいい風が吹いたんだよ、と猫撫で声で言う。

「夢の本庁捜査一課に行けるんだぞ。倉田警視正の推薦だ。よかったなあ」

高木は「お断りします」と一言。口を半開きにして固まる斎藤を見据え、静かに告げる。

「異動なら本庁ではなく、新宿署を希望します」

強面刑事は椅子を軋《きし》ませ、茫然と見上げる。高木は言葉を重ねる。

「セクションも刑事課ではなく組対課でお願いします。それ以外はお断りします」

三呼吸分の沈黙の後、斎藤が表情を引き締めて問う。

「本気なのか」

「もちろんです」

「おまえは桜井さんとはちがう。地獄を見て終わるぞ」

いいえ、とかぶりを振る。

「黄金の街、エル・ドラドを見てやりますよ」

高木は不敵に笑った。

擬態

冷たい靴音が響く。三つの黒い影が深夜の葬列のように移動していく。淡い蛍光灯の下、おれはコンクリートの廊下を歩く。

青紫の煙が漂う。強烈な香辛料と油の匂い。異国の刺激臭が眼に沁みる。漏れ聞こえる笑い声と怒号、テレビのノイズ。まるで香港のダウンタウンの、スラム化したアパートだ。

三人、押し黙ったまま歩く。先頭はスーツ姿の優男《やさおとこ》。隣に相棒。おれはそっと目配せする。

耐えろよ、いいな。

声に出さずに告げる。相棒は神妙な面《つら》でうなずく。ぼさぼさの長髪に黒縁メガネ。古びたトレーナーとジーパン。年食った貧乏学生みたいな冴えない男だ。脇に抱えた黒のクラッチバッグが震えている。ビビるな。ここからが本番だ。あとは全部、おれに任せろ。

先頭の優男が立ち止まる。右側、最奥のスチールドア。この部屋か？　心臓の鼓動が太く、速くなる。優男は辺りに警戒の視線を向け、インタホンに短い言葉を送る。

おれは掌《てのひら》の冷や汗をそっとズボンで拭う。

「厳重なんだよ」

優男はドアスコープを見つめたままぼそりと言う。「待たせてわるいね」

おれはこわばった舌を動かす。

「当然でしょう」平静を装って返す。

「扱うモノがモノだし」

カマをかけてみる。返事なし。当たりか否か、判断不能。おれは次の展開を待った。

優男が動いた。首を回してこっちを見る。唇をねじって微笑む。当たりか？　整った顔とジェルで固めた短髪。引き締まった身体にストライプスーツ。磨き上げた革靴。一見するとやり手の営業マン風のこの男、名前は結城卓《ゆうきすぐる》。三十二歳。職業、ワル。性格、狡猾で冷酷。趣味、暴力とカネ儲け。つまり、人間の皮をかぶった獣《けだもの》。

ギイッ、と鉄が軋《きし》む。ドアが開く。ぬっと人影がのぞく。迷彩服の大男。厳《いか》つい面《つら》が おれと相棒を交互に見る。戦場の殺し屋のような視線だ。

「入りなよ」

結城があごをしゃくる。

「じゃあ、失礼して」

おれは頭を下げ、なかに入る。相棒も背を丸め、緊張の面持ちで尾《つ》いてくる。職安通りの北側。大久保の路地に建つ古い雑居ビル、四階。午後八時すぎ。まだ宵の口。

「ようこそ、って感じだね」

結城はドアを閉めてロックし、チェーンをかける。凍った金属の音が調子外れのレクイエムのようだ。

おれは腹の底に力を入れる。間違いない。この部屋だ。完全な密室だ。もう逃げられない。賽《さい》は投げられた。這い上がる震えを奥歯を嚙んで抑え込む。

「こっちへ来な」

グローブのような手がおれの肩をつかむ。さっきの迷彩服の大男。名前はたしか赤西《あかにし》。ケンカ上等の前科三犯。十七のとき、ヤクザを刺し殺して少年院に三年食らい込んだ、生粋《きっすい》の狂犬だ。

力任せに壁に押しつけ、重い声で命じる。

「両手を上げて」

圧倒的な肉体が迫る。分厚い胸と太い腕。百八十センチのおれより五センチは高い。横は三割増しだ。

おれは渋い面でホールドアップの格好をとった。相棒もクラッチバッグを両手でつかみ、高々と上げる。顔がひきつる。ダサい黒縁メガネも震える。おれは抗議も込めて赤西に言う。

「さっきも結城さんにしっかりチェックされたんだけどね」

歌舞伎町にある水商売専用のマンションの一室で念入りにやられた。おれの持ち物は財布と自宅アパートの鍵、運転免許証。スマホは最初から持っていない。ＧＰＳと微弱電波で外部と繋がっている可能性があるため、こういう場での所持は論外、闇社会の取引の常識だ。つまり身体ひとつでここまでやって来た。それは相棒も同じだ。

おれは膨れ上がる不安を押し殺し、軽い調子で告げる。

「おれたちはビジネスの相手だ。敵じゃないよ。殴り込みならこんな弱っちい二人で来ないって」

赤西は無視してジャケットの裏表、ズボン、ベルト、靴の底まで入念にチェックする。手慣れたプロの動きだ。次いで相棒を調べる。トレーナーとジーパン、黒縁メガネ、安物のスニーカー。赤西はボディチェックを終え、クラッチバッグを取り上げる。ジッパーを開き、抜き出す。帯封付きの札束六個、計六百万。指でピン札を弾く。ごつい面がゆるむ。札束を誇示するように軽く振り、バッグの底を念入りに調べる。追跡型のＧＰＳ発信機を縫い込んでないか、確認しているのだろう。万事抜かりがない。赤西は札束を戻し、ジッパーを閉める。

「ＯＫ」

相棒は差し出されたクラッチバッグを、援助物資を受け取るアフリカ難民キャンプの孤児のようにつかみ、胸に抱きしめる。横顔が沈痛だ。その心中は後悔か、それとも希望か。

「はじめようか」

結城が眼でうながす。部屋の広さは二十畳程度。オレンジのライトが灯る殺風景な空間だ。玄関脇にトイレと洗面所。部屋の右側、壁に沿ってスチールキャビネットが並び、奥に一枚の絵。緑滴《したた》る森とエメラルドの湖。縦横七十センチくらいの美しい油絵がなにかの冗談のように壁に架けられていた。

左側に縦長の事務用デスクとソファセット。正面にモスグリーンの分厚い遮光カーテン。

おれはさっき見たビルの外観を思い浮かべる。通りに面してベランダがあった。つまり、カーテンの向こうはガラス戸。外部の眼を完全に遮断した空間だ。

部屋の隅にブラックスーツの色男が控える。元ホストの佐伯《さえき》。リンチが得意なサディストにしてナンパ師。たらしこんで殴って蹴って、ベルトでひっぱたいて脅して、風俗に売り飛ばした女は十人じゃきかないとか。

いよいよだ。全身が熱くなる。が、その後の展開は想定外だった。

結城は事務用デスクの手前で立ち止まり、タバコをくわえる。佐伯が素早くライターを取り出す。結城は目を細め、火をつける。そして壁にもたれ、遠くを眺めて喫《す》う。

おれと相棒は突っ立ったまま動けなかった。雰囲気がおかしい。タバコをくゆらす結城の表情が冥《くら》い。相棒の喉仏がごくりと動く。

タバコ半分を灰にして結城は壁から離れる。かったるそうに身体を揺らし、相棒に歩み寄る。

「なんか、釈然としねえんだよな」

言葉に剣呑《けんのん》なものがある。

「ここは『新宿ギャングスター』でもおれたち三人しか知らねえ、大事な〝倉庫〟だぜ」

倉庫、とは裏社会で非合法のブツを隠す秘密部屋をさす。結城は相棒に向かって冷たく言う。

「おまえ、まったくの他人だろ」

眼に酷薄な色が浮かぶ。

「それがトントン拍子じゃねえか」

相棒は逃げるようにうつむく。真っ青だ。気圧《けお》され、ビビっている。無理もない。相手はワルのカリスマ、結城卓だ。相棒の前を塞ぐようにして凄む。

「ここまで来て、いい加減な話だったらどうする気だ。取り返しがつかねえぞ」

この期《ご》に及んでそんな。おれはぼろの革靴を踏み出す。

「結城さん、おれの紹介だから間違いありませんよ」

猛ったオオカミをなだめるように二歩、三歩、慎重に距離を詰め、笑顔で語りかける。

「このおれが保証しますって」

平手で胸を叩いて訴える。

「信じてくださいよ」

結城は首をかしげ、おれを見る。ビー玉のような眼だ。背筋がぞくりとした。感情の無い鉛色の眼に吸い込まれそうだ。おれは両足を踏ん張って耐える。このワルが引き起こした幾つもの悪事の噂が頭をよぎる。金属バットを使った撲殺に拉致生き埋め、集団レイプ、敵を屈服させる陰惨なリンチの数々——こんちくしょう、負けねえぞ。言葉に力を込める。

「約束の現ナマ六百万だって持参したんだ。ちゃんと確認したでしょう」

なあ、と相棒に眼をやる。クラッチバッグを抱えたままうなずく。黒縁メガネの奥、眼が焦点を失い、唇が震えている。恐怖に言葉も出ない。ダメだ。てんぱってる。耐えろ。

おれは結城に向き直り、強い口調で訴える。

「六百万分のシャブ、現ナマで買います。それがビジネスの第一歩だ。約束しましたよね」

結城は指にはさんだタバコを喫い、棒のように硬直した相棒を見る。冷たい眼に疑念がある。怯《ひる》むな、うろたえるな。おれは言葉を重ねる。

「結城さん、おれたちもハンパな覚悟じゃない。約束は守ってくださいよ」

返事なし。結城は蛇のような眼で相棒を観察する。おれはこれまでのやりとりを反芻《はんすう》する。どこかで地雷を踏んだか？

結城に電話を入れたのが三日前。名古屋の暴力団『東海組《とうかいぐみ》』に顔の利く知り合いがいる、と告げると、スマホ越しに興奮が伝わってきた。当然だ。結城はいま、大量のシャブを抱え、往生している。

結城はワル三十人から成る『新宿ギャングスター』を率い、盗難車の横流しや売春、闇金、違法ドラッグの売買等で荒稼ぎする、自称経済派半グレだ。

その経済派が上物の覚醒剤を大量に所持しているという。確かな筋の情報だ。が、半グレには換金の手段がない。覚醒剤の販売ルートは極道ががっちり握っている。覚醒剤は極道がもっとも大事にする、いわば黄金の米櫃《こめびつ》だ。

半グレが引き起こす派手なケンカも窃盗も強盗も、極道は大目に見る。暴対法と暴排条例で警察の締め付けが厳しくなるなか、半グレとトラブルを起こせばパクられるのは極道だ。

しかし、覚醒剤は別だ。黄金の米櫃に手を突っ込めば絶対に許さない。新宿の路上で一パケでも売ろうものなら、暴力のプロの面子《メンツ》にかけて全力で潰しにくる。

もっとも東京を離れてしまえば状況は変わる。地方の資金潤沢な極道に密かに、素早く横流しできればなんの問題もない。だが悲しいかな、新宿の半グレには地方の有力極道につながる人脈も情報網も皆無だ。

ところがこの相棒、見た目は貧相なヘタレ野郎だが、名古屋で系列を持たない独立系、いわゆる一本どっこの極道『東海組』と太いパイプがある。

三日前、おれは運転免許証で相棒の身元を確認した上で、『東海組』の関係者に電話を入れさせた。途中で代わり、おれは『東海組』の関係者と直接、話をした。そいつは相棒のフルネームを口にし、「おれの代理です」「東京でシャブを仕入れられるなら大概の条件は呑んでもいい」と明言した。

電話を切り、その場から結城に話を繋いだ。

「約束はしたよ」

結城は短くなったタバコを赤西に渡す。

「現ナマ六百万もきっちりそろえやがった」

片ほおをゆるめて笑う。

「普通、キャッシュオンデリバリーなら信頼度百パーセントだよな。シャブビジネスは現金支払いが鉄則だ」

そうだ、そのとおりだ。疑う余地はない、はず。

「しかも紹介がおまえだ」

尖《とが》った眼がおれをとらえる。

「チキンのマサヤだ。罠などあるはずがない」

屈辱が全身を炙《あぶ》る。そう、チキンのマサヤ。戸田《とだ》昌也。ガタイも態度も立派、口も達者だが、いざというとき勝負から逃げる臆病者。結城は舐めきった口調で言う。

「おれらを裏切ったらどうなるか判ってるよな」

もちろんだ。死んだほうがましっていうリンチを食らい、運が悪ければ撲殺。運が良くても心が折れた廃人だ。結城がせせら笑う。

「どう頑張っても所詮、チキンだ。おかしな真似をするわけがねえ」

おれは力なくうつむいた。荒川沿いの下町で生まれ、両親は五歳で離婚。酒乱の親父にひどい折檻を食らいながら育ち、中坊のとき地元の暴走族のパシリに。高校は入学一週間でトルエンの売買がばれて退学。以後、水商売のバイトで食いつなぎ、いつかは、と思いながらもう三十だ。

持ち前の調子のよさと口の上手さでワル連中にくっついて歩き、いざケンカとなると尻《けつ》をまくって逃げ、強盗や事務所荒らし等、パクられたら即懲役のデカいヤマは寸前でビビってトンズラ。

小岩、秋葉原、上野、池袋と流れ、新宿歌舞伎町に落ちついたのが二年前。パチンコホールでバイトをするうちに『新宿ギャングスター』のメンバーと知り合い、時々一緒に飲んだ。酒のツマミに語られる凄まじい暴力と、並のワルとはケタ違いの荒稼ぎに圧倒された。幾度か仲間に誘われたが、愛想笑いでスルーしてきた。カネは欲しい。ケンカが強いワルにも憧れる。が、己の分は身に沁みて判っている。

それでもたまに闇情報を流してカネをもらった。敵対するワル連中のアジトとか、事務所荒らしにもってこいの裏カジノの詳細とか。

「昌也、おまえは身内みてえなもんだ」

結城が一転、猫撫で声で言う。

「しかも歌舞伎町屈指の事情通だ、地獄耳だ。訳ありシャブの噂を聞き付けてもおかしくない」

ゆっくりと歩み寄ってくる。

「ビジネスに繋げようという機転もたいしたもんだ。案外、根性あるんじゃねえの」

にやついた面が迫る。

「すんません」おれは頭を下げた。

「ちょいと噂を小耳にはさんだんで」

ひと呼吸おいて言う。

「でもトップシークレットです。おたくのシャブのこと、極道も他のワル連中もまったく察知していません。おれだけです。信じてください」

気にするな、と結城が囁く。ヤニ臭い息がかかる。

「おまえは身内だからいいんだよ。上手くいけばウィンウィンだ。みんな儲かってハッピーだ。問題は――」

あごをしゃくる。「こいつだ」

相棒が口を半開きにして突っ立っている。ぼさぼさの長髪に黒縁メガネの冴えない男。

「伊藤《いとう》、といったな」

そう、伊藤隆《たかし》、三十一歳。本籍、静岡県浜松市、現住所、愛知県岡崎市。ただし、現在のヤサは歌舞伎町のビジネスホテルだ。

「なんでてめえみてえなヘタレ野郎がシャブを扱うんだ？　普通、あり得ねえだろ。ええっ」

伊藤はなにも言えない。濃い暴力の匂いに圧倒され、怯《おび》えきっている。結城の顔色が変わる。こめかみの血管が膨れる。ヤバイ。おれは一歩踏み出す。

それはですねぇ、と前に出た瞬間、どんと肩を押された。

「チキンは黙って見てろっ」

結城が歯を剝《む》いて怒鳴る。

「てめえ、殺すぞっ」

一瞬にして燃え上がった青白い怒気に思わずのけぞった。が、このビジネスの主役はおれだ。戸田昌也だ。ここが勝負時だ。両足を踏ん張り、肩をねじ込むようにして返す。

「こいつの身元はしっかりしてます」

野太い声を叩きつける。

「伊藤は嘘偽りを言うような男じゃない。その証拠に六百万、ちゃんと用意できたでしょう」

結城は二日前、伊藤と初めて顔をあわせたカラオケボックスで、シビアな条件を突きつけてきた。六百万円分のシャブを現ナマで仕入れたら本格的なビジネスを考える――。しかも、特別に一グラム三万円で流してやるから、と恩着せがましく言い添えて。

いま、覚醒剤の相場は末端価格で一グラム十万程度。卸値はその三分の一から五分の一。大元の極道ならともかく、トーシロの半グレなら一グラム二万円で卸せたら御の字だ。莫大なお釣りがくる。それを三万円とはさすがに吹っかけすぎだが、信用力も問われる初ビジネスだから仕方がない。伊藤は結城の目の前で『東海組』の関係者に電話を入れ、条件を告げ、了解を得た。

おれは自信を漲《みなぎ》らせて言う。

「ズブのトーシロに現ナマ六百万も即金で用意できるわけがない。バックに『東海組』がいればこそ、ですよ」

結城が黙りこむ。あごをしごき、中空を眺める。もうひと息。

「結城さんも電話で話しましたよね。『東海組』の人間、おたくにちゃんと説明したでしょう」

伊藤が『東海組』の関係者と初ビジネスの話をまとめた後、結城は半ば強引にスマホを奪い取った。そして丁寧な口調ながら、『東海組』の詳細を問いかけた。簡単な歴史と本部の場所、それに組長、幹部の名前――。前日、おれが電話を入れた後、速攻で調べたのだろう。

おれはその用意周到ぶりに舌を巻き、『東海組』の関係者――おそらく幹部――に堂々と質問を繰り出す度胸に改めて恐れ入った。

おれは切々と語りかける。

「疑う点なんて、これっぽちもありませんよ」

ほう、と結城は険しい眼を向けてくる。

「随分と強気じゃないの。おまえ、ホントにチキンの昌也か？　ひとが変わったみてえだな。さすがに三十になって焦ったのか？」

おれは拳《こぶし》を握り、こみ上げる覚悟を噛み締めた。もうチキンじゃない。ここで踏ん張らなくてどうする。伊藤との出逢いは運命だ。千載一遇のチャンスだ。

「おれだって人生、かかってますから」

ぷっ、と吹く音がした。赤西と佐伯だ。顔を見合わせ、笑いを堪《こら》えている。冗談だろう、と言わんばかりだ。たしかに以前のおれなら極道と半グレの間でシャブの取引なんて怖い真似、絶対にやらなかった。が、いまはちがう。状況が変わった。脳裡に女の泣き顔が浮かぶ。

おれは平静を装って続ける。

「信用のおけない野郎なら紹介しません」

なるほど、と結城は口元で冷笑する。

「相棒が調子こいたイモ野郎なら、おまえもまとめて埋めるまでだ」

この男ならやる。口笛を吹きながら叩き殺し、荒っぽい子分どもに命じて奥多摩か秩父の山奥に埋めるだろう。

「結城さん」

悲痛な声が飛ぶ。伊藤だ。くしゃくしゃになった顔が真っ赤だ。

「おれは六百万を用意したぞ」

クラッチバッグを両手でつかみ、掲げる。決死の形相だ。

「あんたらが大量のシャブを持っている、と信じたからここまで来た。おれはビジネスをやりたいんだ、それだけなんだよっ」

悲痛な声だった。伊藤もおれと同じだ。人生を賭けている。

「おれは『東海組』からカネを預かった。もう後には引けないんだ」

思わず舌打ちをくれた。逃げ場のない密室で凶暴な半グレに疑われ、しょんべんをちびるような恐怖に襲われた伊藤。もう止まらない。駆け引きもへったくれもなく、手持ちカードのすべてをぶちまける。

「このビジネスがぽしゃったらおれも昌也さんも、そして――」

黒縁メガネの奥、血走った眼が痙攣《けいれん》する。

「結城さん、あんたもぶっ殺されるぞ」

なにぃ、と低い声が漏れる。結城の顔から血の気が引いていく。白っぽい唇が動く。

「おれら『新宿ギャングスター』が田舎ヤクザに殺されるだと」

「そうだ、百パーセントぶっ殺される」

伊藤は唾を飛ばして吠える。

「『東海組』はカネを用意した。あんたらの条件、破格のグラム三万も呑んだ。それでぽしゃるなら、『東海組』は東京のトーシロに舐められたことになる。イケイケの武闘派だ。命知らずの極道どもが頭に血ぃ昇らせて、得物《えもの》持って名古屋から続々上京してくるぞ」

なんだ、こるああ、と巻き舌で赤西が凄む。

「ヤクザが怖くてワルがやってられるか」

ガキの時分、ヤクザを刺し殺した巨漢。でかい拳を回して威嚇する。

「こいつ、刺しちゃおうか」

佐伯が懐から飛び出しナイフを抜き出す。ピン、と金属が弾け、銀色のブレードが光る。殺気をはらんだ舎弟二人が迫る。伊藤はクラッチバッグを胸に抱え、泣きそうな顔で退《さ》がる。おれも同じだ。腰が抜けそうだ。殺される。

「やめとけ」

結城が右腕を伸ばす。舎弟二人、渋い面で後退する。

「おれらが扱っているブツはシャブだけじゃない」

パチン、と指を鳴らす。「佐伯、持ってこい」

元ホストは一礼し、洗面所のドアを開けて消える。結城が笑顔で言う。

「田舎もん、新宿のワルを舐めてもらっちゃ困るぜ」

陶器のような白い歯が輝く。隣で赤西が笑う。逞しい肩を揺らしてクックッと気色の悪い声を出す。おれはその場に固まった。とんでもないことが始まろうとしている。

佐伯が戻る。右手に持つそれを認めた瞬間、おれはうめいた。うそだろ。

「よーし」

結城は満足げにうなずくと、佐伯が差し出した鋼《はがね》の塊、回転式の小型拳銃を受け取る。馴れた手つきでシリンダーを振り出し、装塡済みの銃弾を確認して戻す。そしてグリップを握る。

「伊藤よお」

目尻を下げ、蕩《とろ》けそうな声で迫る。左腕を伸ばして伊藤の胸倉をつかみ、引き寄せ、額に銃口を突きつける。親指でハンマーを起こす。鋼が擦《こす》れ、シリンダーがぐるりと回る。発射ＯＫだ。トリガーを軽く引くだけで銃弾が飛び出す。相棒の頭蓋が砕け、鮮血と脳みそが飛び散る。

伊藤の顔が恐怖にゆがむ。喉がキュッと鳴る。

「どうも気にくわねえんだよ」

結城は拳銃を押し込む。銃口が額に食い込む。伊藤は歯を食いしばって耐える。

「生理的に好かねえというか、おれはおまえの全部が気に障《さわ》る」

結城は首をかしげて問う。

「どうしてかねえ。伊藤くん、判る？」

伊藤はクラッチバッグを抱えたまま、そんなあ、とか細い声を漏らす。

「おれはただ、人生を変えたいだけなんだ」

黒縁メガネがずれる。潤んだ眼がおれをとらえる。お願いだ、助けてくれ、と言っている。

「結城さん、もういいじゃありませんか」

おれは笑みを浮かべて語りかける。

「こんなのジョークにもなんないっすよ」

瞬間、視界が揺れた。足がもつれる。こめかみに爆発したような衝撃があり、気がつけば床に四つん這いになっていた。

「チキン、言葉に気をつけろ」

でかい拳をかまえた赤西が見下ろす。

「もう一発、いこうか」

おれは朦朧《もうろう》とした頭を振り、もういいっす、とかすれ声を絞った。吐き気が込み上げる。

ひいぃぃ、と哀れな悲鳴が聞こえる。おれは震え上がる相棒を見上げ、こいつとの出逢いを振り返った。

一週間前、梅雨《つゆ》の湿っぽい夜、歌舞伎町のバッティングセンターだ。二ゲーム五十二球の計六百円でホームラン五本をかっとばし、汗を拭きながらボックスから出てくると、声がかかった。

「新庄みたいだ」

中肉中背の黒縁メガネ。丸首シャツに作業ズボンの冴えない男が手を叩き、上気した顔で称讃の言葉を繰り出した。

「最速の百三十キロボックスだよ。ホームラン五本だよ。全部ライナーでホームランゾーンへ叩き込んだもの。あんた、プロ並だね」

ほおが熱くなる。忘れていた夢が甦る。作業ズボンのださい野郎は明るい口調で続けた。

「豪快なフルスイングが新庄そっくりだよ」

そうかあ？　と素っ気なく返しながらも、おれはこみあげる笑みを隠せなかった。沈んでいた気持ちがぱあっと晴れていく。

新庄剛志の大ファンだというその男、伊藤隆と意気投合し、誘われるまま近くのバーで飲んだ。伊藤の人生はおれに負けず劣らず悲惨だった。愛知の母子家庭で育ち、小学三年から新聞配達で稼いで病弱な母親を助けたのだという。

「新庄と同じ赤いリストバンドを両手首にはめて、冬も夏も頑張ったんだ」

家が貧しくて少年野球チームに入れず、赤のリストバンドで我慢したという少年時代の話を聞きながら、おれは不覚にも涙ぐんでしまった。まるで自分を見ているようだった。

伊藤はハイボールを飲みながら訥々《とつとつ》と語った。高校卒業後、地元愛知の自動車工場で工員として働き、市営住宅で寝たきりの母親の面倒をみていたが、四年前死亡。葬式を終えるとその足で自動車工場を退職し、以後は福岡と大阪で気楽なバイト暮らしの日々。

これではダメだと花の東京で一旗揚げるべく半年前、新宿へ。

ピンサロやゲームセンターの店員、キャバクラの客引きを転々とし、現在は無職という伊藤に、バイト先のパチンコホールならいつでも紹介してやるから、と言うと、ありがとう、昌也さんの気持ちだけで充分だよ、と黒縁メガネを外してポロポロ泣いた。おれも伊藤の肩を叩いてガキのように泣いた。固い鎧《よろい》みたいなものが脱げ落ち、素《す》の自分に戻れた気がした。

おれたちのヒーロー、新庄の数々の伝説（敬遠球サヨナラ安打や突然の引退宣言と撤回、オールスター史上初の単独ホームスチール、試合前のド派手なイリュージョンショーにゴンドラ降下、等々）で大いに盛り上がり、飲んで笑って酔っ払い、ああ、シャブでもなんでもいいから新庄みてえにどかんと稼ぎてえ、と言ったのはおれか、それとも伊藤か。追い込まれて崖っぷちの現状を嘆いたのはおれか、それとも伊藤か。

ともかく真夜中の小便臭い児童公園で酔った頭を冷ましながらシャブビジネスの話になり、薄汚れた雑居ビルの間に鉛色の曇天がのぞき、早起きの土鳩《どばと》がクルックーと鳴くころ、具体的な話が始まっていた。おれは周囲を警戒しつつ『新宿ギャングスター』の噂を語りながら、柄にもなく運命を感じた。こいつとならでかいカネをつかめるかも。マジでそう思った。

それがどうだ。最悪の展開じゃないか。三人の半グレに囲まれ、拳銃を突きつけられる伊藤——刹那、心臓がドクン、と跳ねた。伊藤の様子がおかしい。大きく見開いた眼と痙攣するほお。恐怖の余り精神が崩壊したのか？　クラッチバッグを抱えたままかすれ声を漏らす。

「もしかして、結城さん」

喉仏がごくりと動く。

「あんた、シャブがないのかい？」

なにを言ってる？　意味が判らない。結城もトリガーに指をかけて次の言葉を待って
いる。伊藤は、だから、と言い添える。

「シャブなんか、この部屋のどこにもないんだろ」

瞬間、おれの頭は真っ白になり、鉄板でぶん殴られたような衝撃にうめいた。そんな
バカな。伊藤は顔をひきつらせ、早口でまくしたてる。

「わざとシャブ情報を流して、おれみたいな愚か者が食いつくのを待っていたのかい？」

結城はなにも言わず、ただ銃口をねじ込み、睨みをくれる。おれは全身の力が蒸発し
ていくのを感じた。嵌《は》められたのか？　これは『新宿ギャングスター』が仕組んだ巧妙
な罠なのか？　現ナマ六百万をゲットするための。

「あほらし」

伊藤は放り投げるように言うや、大事なクラッチバッグを床に落とす。鈍い音がした。

現ナマ六百万円の音だ。

「もういいや。さっさと殺せ」

額に銃口を突きつけられたまま、両腕を広げる。

「シャブがなきゃ、どっちみち『東海組』にひでえリンチを食らい、ぶっ殺されるんだ。六百万、くれてやるから持ってけよ」

おれは壁に手をつき、なんとか腰を上げた。開き直った伊藤は別人のように強い口調で言う。

「あんたらも六百万をぽっぽに入れて殺されろ。極道が本気になったら逃げ切れるもんじゃない。昌也さん――」

両手を合わせ、拝む格好をする。

「悪いな。こういうことになっちまった。おれを恨むなよ」

そんな。伊藤は屈託なく笑い、片目を瞑《つむ》る。

「おれもあんたを恨まねえから」

手が、足が、震える。封をしていた恐怖が音を立てて溢れ出す。おれはわななく膝を両手でつかみ、崩れそうな身体を支えた。所詮、チキン。シャブビジネスなど分不相応もいいところ。似合わない夢を見たおれがバカだった。

ククッ、と含み笑いが聞こえる。結城だ。拳銃を下ろす。

「面白いねえ。相当、追い込まれてやがる」

あごをしごき、品定めするように伊藤を見る。

「しょぼい見てくれに似合わねえクソ度胸は大したもんだが――」

伊藤は呆然と突っ立つ。結城は苦笑しながら告げる。

「命は大切にしなきゃな」

拳銃をスーツの懐にしまい、指を鳴らす。

「佐伯、一個だけだ」

元ホストは一礼し、壁の油絵を外す。次いで飛び出しナイフを握り、壁に指を這わせ、慎重に切っ先を差し込む。壁の一部、約五十センチ四方が外れる。おれは息を殺して凝視した。嵌《は》めこみの隠し金庫が現れる。佐伯は二個のダイヤルを順に回す。

昌也、と結城が呼びかける。おれは弾かれたように顔を向けた。

「熱心に見てんじゃねえよ。色男が照れるだろ」

緊張しまっせ、と元ホストは含み笑いを漏らしながらダイヤルを操作する。

「それよりこのヘタレ野郎だ」

結城は突っ立ったままの伊藤に目配せする。

「おまえの十倍は根性あるぜ」

おれに眼を移し、嬲《なぶ》るように言う。

「シャブビジネスのパイプ役としてカネを稼ぐ魂胆だろうが――」

唇をゆがめて冷笑する。

「おまえはじきに伊藤にこき使われることになる。覚悟しとけ」

おれは肩を落とし、下を向いた。そうかもしれない。こいつの度胸はハンパじゃない。

ふいに頭をよぎったものがある。伊藤は酒を飲みながら、よく歌舞伎町の闇社会のことを訊いてきた。暴力団とワルの勢力図から闇の有名人の素性、裏風俗、裏カジノの場所まで、ありとあらゆる事柄を知りたがった。

おれも歌舞伎町屈指の事情通、地獄耳と言われる男だ。そして相手は運命を共にする相棒だ。知る限りのことを教えてやった。伊藤は感心し、やっぱり歌舞伎町は凄い、スケールが桁違いだ、名古屋とはまったく違う、とうなった。気分がよかった。

伊藤は日本最大の歓楽街、歌舞伎町でのし上がろうと、強烈な野心を抱き、上京したのだろう。結城の言うとおりだ。チキンのおれとは根性も覚悟も、そして執念もちがう。

「なあ、伊藤」

相棒を見る結城の視線が柔らかくなる。

「おれらの仲間にならねえか。おまえは見どころがある。毎日、面白おかしく暮らせるぜ」

「いまはおたくとの初ビジネスであっぷあっぷです」

それだけ言うと腰を屈め、床に落としたままのクラッチバッグを取り上げる。結城は、残念、とばかりに肩をすくめる。

佐伯が油絵を戻し、ビニール袋一個を持ってくる。白い粉。覚醒剤だ。そっと事務用デスクに置く。結城は眼を細め、愛《いと》おしそうに撫でる。

「五百グラムある」

末端価格一グラム十万円として五百、いや五千万円。頭がクラクラする。

「卸値で一グラム三万。現ナマ六百万で二百グラム。約束通り、特別に分けてやろう」

いや、と伊藤は首を振る。

「念のためにチェックさせてくれ」

毅然とした口調で言う。

「混ぜ物があったらおれが殺される」

結城は、たいしたヘタレ野郎だ、とせせら笑い、佐伯に目配せする。元ホストは飛び出しナイフを使い、ビニール袋に慎重に切り込みを入れる。赤西が小皿に水を入れ、耳かきを添えて持ってくる。結城が耳かきを使い、ビニール袋の切り込みからほんの微量の粉をすくい取る。そして息を詰め、そっと小皿に落とす。白い粉は水面をツッと、まるで生き物のように移動する。純度の高い覚醒剤は水に浮かべるとミズスマシのように動く。

「極上の雪ネタだぜ」

結城が輝くばかりの笑みを浮かべる。

「ホントだ、こりゃあすごいや」

伊藤はクラッチバッグをビニール袋の横に置くや、ちょいと失礼、と右の指をむぞうさにつっこむ。あっという間の出来事だった。切り込みに三本の指を入れて白い粉をつまみ取り、砂糖のように舌でぺろりと舐める。その間、二秒もない。結城も舎弟二人も呆然だ。

「いいねぇ」

伊藤は眼を細め、感に堪《た》えぬように言う。

「舌にピリッときて、たしかに極上だ。モノホンの雪ネタだ。これなら三万でも安い……」

顔が岩のようにこわばり、真っ青になる。黒縁メガネの奥の眼がピンポン玉のように膨らむ。両手で喉と胸を押さえ、背を丸める。はあっ、と苦悶の声が漏れた。

ばかやろうっ、結城が怒鳴る。

「おまえ、映画とかテレビの観過ぎだ。ショック死するぞっ」

そうだ。覚醒剤の致死量は〇・五グラム程度。常習者の一回分の使用量は耳かき一杯。〇・〇二グラムくらいだ。そしていま、伊藤は確実に〇・五グラムは舐めた。つまり、死ぬ。

うああっ、両手で宙をかき、錯乱した伊藤が突進する。死にたくねえーっ、と絶叫し、そのままカーテンに突っ込み、ガラス戸に激突する。派手な破砕音が響き渡る。伊藤は両手でカーテンを握り、ひっくり返る。カーテンが派手に裂け、砕けたガラス戸から風がびゅうと吹き込む。伊藤は叫び、海老反りになり、のたうち回る。黒縁メガネがふっ飛ぶ。

密室は一瞬にして修羅場と化した。額から鮮血を吹き、喚き、荒れ狂う伊藤におれは度肝を抜かれ、なにもできなかった。が、さすがに結城は馴れている。水を飲ませろ、吐かせろ、と舎弟二人に命じ、大柄な赤西が馬乗りになって抑えつけ、佐伯が薬缶《やかん》を運んでくる。

いやだ、やめろ、と伊藤は両腕を振り回して暴れ、薬缶を蹴飛ばす。水が飛ぶ。結城にかかる。

てめえっ、ずぶ濡れの結城が凄む。血走った眼がぶっとび、ほおが紅潮する。やばい。キレた。

「殺せ、殴り殺しちまえっ」

鬼の形相で吠える。馬乗りの赤西がうなずく。左手で伊藤の喉を押さえ、右拳を振り上げる。逞しい上半身をそらす。ダメだ。一発で顔が熟《う》れたトマトみたいに潰れる。助けなきゃ。が、身も心も硬直して動けない。声も出ない。情けないチキン野郎――。

突然、伊藤が動かなくなる。手足を広げ、だらんと大の字になる。虚《うつ》ろな眼とゆるんだ唇。死んだ？　シャブのショック死か？　それとも観念したのか？　赤西の顔に戸惑いの色が浮かぶ。

なんだ？　おれは眼を疑った。伊藤がにっと微笑む。拳を振り上げた赤西に、そう張り切るな、とばかりに笑いかける。おれは震えた。結城が、佐伯が固まる。密室のすべてが音をたててフリーズしていく。

瞬間、伊藤が動いた。喉をつかむ赤西の左手。その太い手首を両手でつかむや、一気に身体をひねる。赤西の厳つい顔がひきつり、口が丸くなる。絶叫が迸《ほとばし》る。手首を極められ、巨体があっけなく横転する。電光石火の早業だ。おれはなにがなんだか判らなかった。

伊藤はヘッドスプリングで跳ね起きるや、右腕を引く。佐伯が腰を沈め、飛び出しナイフをかまえたときはもう拳が飛んでいた。シュッ、と空気を切り裂く音がした。見事なストレートパンチがほおをとらえ、振り切る。元ホストはあっけなく吹っ飛ぶ。手から離れたナイフがクルクル回り、キャビネットに激突して落ちた。

やろうっ、赤西が腰を上げ、怒号と共に突っ込む。伊藤は巨漢の突進を正面から迎撃つ。両拳をかまえるや、タックルを食らう寸前、軽やかなステップで半身を開き、抉り込むようなアッパーを見舞う。腰を入れた右拳がカウンターであごを突き上げる。鈍い音が響いた。ガクン、と両膝が折れ、白眼を剝く。返しの左フックが横っ面を張り飛ばす。意識を断ち切られた巨体がその場に崩れ落ちる。ずん、と地響きがした。

す、すげえ。半グレ二人を倒すのに十秒もかかっていない。しょぼいヘタレ野郎が、まさかこんな。合気道？　ボクシング？

「てめえ、伊藤っ」

結城が凄む。青白い悪魔の貌《かお》が現れる。

「脳みそ、撒き散らしてやる」

懐に右手を入れる。回転式の拳銃だ。マジか？　拳銃をぶっ放すのか？　伊藤がダッシュする。背を向け、一目散に玄関ドアへと突っ走る。

逃げるのか？　相棒のおれを置いて。落胆し、当然だと納得した。いくらケンカが強くても、度胸満点でも、拳銃には勝てない。そして伊藤が撃ち殺されたあとはおれだ。さよならだ。愛しい女の顔が浮かぶ。ゴメンよ。おれなりに頑張ったけど、これが限界みたいだ。やっぱおれの人生、ダメだった。

それは伊藤がロックを解き、チェーンを外したときだった。結城がその背中に拳銃を据え、トリガーを引こうとした瞬間、スチールドアが吹っ飛ぶように開き、どっと湿った熱が押し寄せる。

「おらっ、チャカを捨てろっ」

怒声が飛ぶ。自動拳銃が突き出される。スーツ姿の小柄な男が現れる。背後に人相の悪い屈強な男が数人。全員、触れれば切れそうな殺気をまとい、鬼の形相で拳銃をかまえ、怒号と共に踏み込んでくる。大量の覚醒剤を狙ったヤクザの殴り込み？　もしかして『東海組』か？　足元から震えが這い上がる。歯の根が合わない。先頭の小男が顔をへしまげて怒鳴る。

「警察だっ、投降しろっ」

拳銃を据えたまま顔写真入りの手帳を高々と掲げる。警察――。

「抵抗したらてめえら、鉛の玉ぶっ込むぞっ」

おれは突っ立ったまま両手を挙げる。終わった。全身の力が蒸発していく。

「悪党ども、覚悟しやがれっ」

威勢のいい小男は突進し、結城の手から回転式拳銃を奪い取るや、足を払って倒す。うつ伏せにすると同時に腰から手錠を引き抜き、後ろ手にはめる。流れるような動きだ。数人の刑事が雪崩《なだ》れ込む。おれは角刈りの刑事に腕をひねられ、ピンで留められた昆虫のように壁に押しつけられた。

小男が叫ぶ。

「見ろっ、シャブにチャカだ、覚醒剤取締法違反と銃刀法違反っ、現行犯逮捕だあっ」

広い額と鋭い一重の眼。桜色に上気したほおとしゃくれあご。見るからに鼻っ柱の強いこの小男には見覚えがある。新宿署組対課のスッポンこと、洲本栄《すもとさかえ》。非情で執念深い、新宿署の名物刑事だ。

「洲本、てめえ」

結城が床に這いつくばったまま歯を剝き、吠える。

「伊藤はどこ行った、あの野郎を連れてこいっ」

いとう、と洲本が首をひねる。結城は苦しそうに喘《あえ》ぎ、しゃがれ声を絞り出す。

「おまえらの手先だろ。おれは嵌められたんだっ」

顔を真っ赤にして訴える。

「ぼさぼさの長髪に黒縁メガネの、しみったれた貧相な野郎だよっ、さっさと連れてこいやっ」

はあ？　と眼をすがめ、洲本は部屋をぐるりと見回す。

「おまえら、そんな男、いたか？」

いえ、と全員そろって首を振る。パンチパーマの刑事が言う。

「この倉庫にはクズのチンピラが四人、いるだけです」

大の字に転がった赤西の巨体を軽く蹴る。眼を閉じたまま動かない。

「うち二人は仲良く失神してますけど」

壁際にうずくまった佐伯に眼をやる。

「シャブの利益は莫大ですからね。欲の皮のつっぱったクズどもが分け前で不満を抱き、トチ狂った末の内輪揉めでしょう」

ちがうっ、結城が真っ赤な顔をひきつらせて叫ぶ。

「そいつら、伊藤にやられたんだよおっ、殴られてＫＯだ」

あほか、洲本が薄く笑う。

「しみったれた貧相な野郎なんだろ」

後ろ手にかました手錠をつかみ、強引に立たせる。小柄な身体に似合わない怪力だ。

「ケンカ自慢の半グレ二人をＫＯかよ。ジョークにもほどがある」

結城は血走った眼を巡らせる。そしてひきつった声で訴える。

「洲本さん、クラッチバッグがあるだろ。現ナマ六百万入ったやつ。それが証拠だ」

縦長の事務用デスクに視線を向ける。瞬間、結城は眼を見開き、突進しようとする。

おおっとお、洲本が暴れ馬を制御するカウボーイのように手錠を絞り上げる。哀れな悲鳴が迸《ほとばし》る。

「大事な証拠物件だ。近づくんじゃない」

ぴしりと言う。おれもかなうなら間近でチェックしたかった。ない、クラッチバッグが消えた。デスクには覚醒剤のビニール袋があるだけだ。伊藤が覚醒剤をチェックする際に置いた、あの黒のクラッチバッグはどこにもない。瞬《また》きして再度見る。間違いない。消えた。

「いいか、結城、よく聞け」

スッポンが胸を張って言う。

「おれたちはとっくにこの倉庫を割ってたんだ」

結城は唇を噛み、うらめしげに睨む。刑事の張りのある声が密室にわんわん響く。

「が、下手を打って勘付かれでもしたらてめえら、即シャブをトイレに流しちまうだろ。ずうっと機会をうかがっていたわけだ」

気持ちよさそうに語る。

「ところが今夜、なかで騒動があるってんで駆けつけたら、案の定ドタンバタンやってやがる。おれたちは治安の維持が最優先の公僕だ。シャブ廃棄を覚悟して突進するしかない。だが――」

わざとらしく天井を仰ぎ見る。

「天はおれたちに味方したな。ドアが開いててよかったぜ。命より大事な倉庫だ。つぎはちゃんとロックしときな。念のためにチェーンも忘れるなよ。防犯の常識だ」

野太い笑い声が炸裂する。刑事どもが腹を抱えて笑う。

ありえねえ、と結城が呟く。

「こんなバカな話、あるもんかい」

刑事どもが赤西と佐伯に平手打ちを食らわして活を入れ、ばかやろう、いつまで呑気に寝てんだ、この悪党っ、クズのゴミども、とっとと起きやがれっ、と罵声を浴びせる。ほおをバチバチ張られ、意識が戻った二人は虚ろな眼で辺りを見回す。そして手錠をかまされた結城を認めて息を呑む。絶対的なキング、結城卓の哀れな姿が信じられないのか、涙眼でかぶりを振る。

「伊藤の野郎、いたんだよ」

結城がぶつぶつと呟く。

「たしかにいたんだ」

おれは床を見る。裂けたカーテンと刑事どもに踏み潰された黒縁メガネ。そうだ、伊藤隆はいた。間違いなく存在した。だが、凶暴な半グレ二人を素手で倒し、現ナマ六百万共々この密室から煙のように消えてしまった。まるで魔術師のように。

「伊藤くん、大変だったねえ」

スッポンこと洲本栄が笑う。

「撃ち殺されるかと思ったよ」

倉庫急襲の翌日、午後五時。西新宿の十三階建てビル、新宿警察署。署員数約六百名を誇る、日本でもっとも大きな警察署の五階、北奥。五〇五号取調室。コンクリートに囲まれた薄暗い部屋で二人、事務机を挟んで向かい合う。

「ホント、運の強い男だな」

主任、と手を振る。

「〝伊藤〟はやめてください」

疲れの残ったかすれ声で言う。

「もう仕事は終わったのですから」

そりゃそうだ、と洲本がさらに笑う。

「しかし、おれたちも入れ込んでいたからねえ。〝伊藤隆〟の名前が頭にこびりついて離れないんだよ。困ったもんだ」

一重の眼を細める。笑みが消え、表情に怖いものが浮かぶ。

「おまえも伊藤隆になりきっていたじゃないか」

声の調子が変わる。ドライでクール。やり手捜査官のそれだ。

「警察官の高木誠之助はどこにもいなかった。無職のヘタレ野郎そのものだ。クライマックスもド派手にやらかしてくれたしな」

高木はそっと額の絆創膏を撫でる。昨夜、ガラス戸に頭突きを食らわせた跡だ。五針、縫った。

「もう一カ月か」

洲本が感に堪えぬように言う。

「立川南から新宿へ緊急異動になって」

「あっという間でした」

高木は運命の歯車があらぬ方向へ回転し始めた、あの日を想う。

洲本から初めて連絡が入ったのは新宿署に正式配属の前日。まだ梅雨前の、晴れた朝だった。新宿署組織犯罪対策課二係主任の洲本栄は挨拶もそこそこに、至急会いたいと言ってきた。午後、指定場所の京王プラザホテルの喫茶ルームに赴くと、窓際の陽当たりのいい席で優雅にミルクティーを飲んでいた。濃紺のスーツに若草色のネクタイ。如才ない笑顔。立ち上がって握手を交わしたときは正直、組対刑事らしからぬ小柄な体軀に戸惑った。

身長百六十センチ前後。警察官採用試験の規定ギリギリだろう。しかし、その自信あふれる態度と無駄のない語り口には実力派刑事だけが持つオーラのようなものがあった。

洲本はこう言ってきた。「囮《おとり》捜査をやる気はないか」と。聞けば、歌舞伎町の『新宿ギャングスター』なる半グレ集団が、大量の覚醒剤を隠匿しているとの極秘情報があるという。そして、春秋の定期異動外の特例で緊急異動してきた組対刑事なら面《めん》が割れていないため、囮捜査に最適の人材であると。

高木が二つ返事で了承すると、洲本は一瞬、意外そうな表情をしたが、すぐに囮捜査員のシビアな準備事項を告げてきた。曰く、新宿署への出仕は禁止。理由は、署内に闇社会と通じた捜査員が少なからず存在するため。

高木は日本一の巨大警察署の恐るべき内情に度肝を抜かれたが、まだ先があった。今回の囮捜査は組対課二係内の極秘事項であり、他に承知している人間は捜査ラインのトップである組対課長と署長、副署長、それに警視庁組対部長の四名のみ。現場指揮官は洲本栄、三十五歳。階級、巡査部長。職位、主任。

秘密保持を最優先した捜査陣容から極めて特殊な事案であることが判った。

なお、高木は本件終了後、洲本の下で通常捜査に組み込まれる旨、告げられた。つまり、魑魅魍魎《ちみもうりょう》が跋扈《ばっこ》する新宿署でまともな刑事生活を送りたければ、今回の危険極まりない囮捜査を命がけで成功させろ、ということだ。

打ち合わせを終え、「頼むぜ相棒」と差し出してきた握手の感触はいまもこの右手に残っている。力感に溢れた、有無を言わさぬ迫力があった。実際、北新宿のマンション内に設けた指揮室を拠点に、翌日から始まった下準備は熾烈を極めた。

まず高木は『伊藤隆』なる架空の人物の名を与えられ、経歴とプロフィールを叩き込まれた。生年月日は高木自身と同じ。干支《えと》、時代背景等、会話のなかで齟齬《そご》が生じないように、との配慮だ。しかし、浜松で生まれ、岡崎で育った伊藤の人生は、当然ながら警察官高木誠之助のそれとはまったく異なった。

母子家庭の詳細。母親の病状。従事したアルバイトと仕事の内容。そのすべてを己の血肉にすべく、懸命に記憶した。岡崎市にも足を運び、その風土、言葉、食事、街並み、空気の臭いを体感した。母親と暮らした、との設定の市営住宅の風景も頭に叩き込んだ。

同時に大学時代打ち込んだボクシングのトレーニングを再開し、専任コーチの指導の下、凶暴な半グレ連中に対抗すべく格闘術にも磨きをかけた。

そしてターゲットの『新宿ギャングスター』準メンバー、戸田昌也の人物像と行動パターンの習得。熱狂的な新庄剛志ファンである戸田に接近すべく、新庄の現役時代の映像を視聴し、個人成績と個性的なエピソードの数々を覚え込んだ。同時に髪を伸ばし、黒縁メガネをかけて無職の伊藤隆に成りきった。

さらに洲本は捜査員のなかから強面をピックアップし、『東海組』の幹部に仕立て上げ、電話での応対を任せた。

洲本の指揮下、囮捜査の準備は着々と進んだ。変わったところでは現役マジシャンを講師役に、相手の眼を欺く手さばきのテクニック習得がある。正直、こんなものが必要なのか、とも思ったが、覚醒剤のチェックの際に役立った。倉庫にいた全員が致死量を舐めたと信じ、密室はパニックに陥った。

すべて洲本が考案した囮捜査官の教育カリキュラムである。仕上げにスマホと精巧な偽造運転免許証を与えられ、歌舞伎町のビジネスホテルに投宿。洲本と共に二日間戸田を尾行し、その人となりを観察。深夜のバッティングセンターで声をかけ、囮捜査がスタートした。

「高木」事務机の向こう、洲本が指で招く。

「免許証とスマホ、寄こせ」

高木はジャケットの懐から運転免許証とスマホを抜き出し、重ねて机に置いた。洲本は手早くしまう。

「六百万はこっちで回収した」

クラッチバッグの現金六百万。警察が用意した見せ金。

「拳銃をかまえて雪崩れ込むと同時に、どさくさに紛れて回収し、外へ持ち出した。結城は泡食ってたが、あれがワルの限界だ。警察の組織力を舐めるなよってわけだ」

集団強盗、いや熟練集団置き引きみたいなものか。洲本は嬉々として語る。

「押収した覚醒剤は約十二キロ。末端価格で十二億。警視庁管内ではシャブがらみの久々の超弩級事件だ。チャカ十挺もあるしな」

本日午前十時より新宿署で記者会見があり、署長以下、幹部がずらりと並び、本庁組対部長も同席して粛々と事件の報告が行われた。テレビニュースは各局ともトップ扱いで報道し、午後になって夕刊紙等が続々と報じ始めている。

半グレの無軌道ぶりを改めて世に知らしめる結果となったが、現在も捜査中ということで実名が出たのは『新宿ギャングスター』ボスの結城卓のみ。

机の向こう、洲本は公表されていない事件の裏側を明かす。

「覚醒剤の出処は台湾の組織だ」

恐ろしい事実を淡々と語る。

「結城たちはどこで情報を入手したのか、千葉館山《たてやま》沖で〝瀬取り〟、つまり洋上に於ける覚醒剤の受け渡しがあると知り、横からかっさらった」

海外の密売組織にとって瀬取りはごくオーソドックスな密輸方法だ。覚醒剤やコカインを頑丈なビニールでがっちり梱包《こんぽう》し、漁業用具を装ったポリ箱等に入れ、発信装置を装着したブイを取り付け、日本近海で洋上に流す。それを暴力団の息のかかった漁船やクルーザーが信号を探知しながら接近し、回収。一度に大量のブツが取引できることもあり、万全の密輸方法に思えるが、実際はちがう。急な悪天候や海流の読み違い、大海原での信号の探知失敗で回収できないケースも珍しくない。

過去、高知沖で約三百キロの覚醒剤が発見され、鳥取県の海岸に二百キロの覚醒剤が漂着したケースもある。これらは氷山の一角であり、日本近海では洋上を漂う覚醒剤をめぐって血で血を洗う闘いが日常的に繰り広げられているという。そして『新宿ギャングスター』は洋上のお宝を見事にかっさらったわけだ。

瀬取りに失敗した間抜けな暴力団はいまごろ血眼《ちまなこ》になって十二億円のシャブの行方を捜し回っていることだろう。

「署長からこれを預かっている」

洲本が真新しい警察手帳を机に置く。

「ミッション終了。ご苦労だった」

どうも、と一礼し、高木は警察手帳を開く。顔写真と所属、名前。

新宿署　組織犯罪対策課　高木誠之助
「明日から二日間、特別休暇を与える。通常勤務に備えて骨休めをしろ。新宿署は三多摩の田舎警察と違い、忙しいからな。覚悟しとけ」

望むところです、と返し、警察手帳を懐に収める。洲本は、いまさらだが、と断って言う。

「伊藤隆は存在しない。今回の件について、他言は一切無用。同僚、友人、家族にも同様だ。ここ五〇五号取調室を出た瞬間からおまえは本来の警察官、高木誠之助に戻る。伊藤隆のことは忘れろ。いいな」

うなずく。固い沈黙が流れる。

「どうした、気になることでもあるのか」

洲本が怪訝《けげん》そうに言葉を継ぐ。

「おまえは見事、任務を遂行した。正直、歌舞伎町のマンションから移動したときは慌てたぜ」

高木自身も内心、大慌てだった。歌舞伎町のマンションに入り、念いりにボディチェックを受けたときはここが倉庫だと確信した。が、結城はすぐにマンションを出て、大久保の方向へと向かった。背後で洲本の舌打ちが聞こえた気がした。

用心深い結城は何度も尾行をチェックしながら四つ角をまがり、路地を抜け、小走りに駆けて目的地へと到着した。

もっとも、洲本が尾行に失敗することはない。小柄な刑事は街に極《ご》く自然に溶け込み、ターゲットを執拗に追う。スッポンの異名通り、食いついたら離れない。尾行対象者のクルマにGPS発信機を装着するくらいは平気でやるし、必要ならトカゲと呼ばれる追跡専門のオートバイチームも用意するだろう。今回もあらゆる可能性を考え、万全を期していたはず。

だが、大久保の雑居ビルに入ってからは焦《あせ》った。仮に閑散としたビルの内部まで尾行した場合、警察と極道を警戒してハリネズミのように尖った結城に間違いなく察知される。しかし、外からはどの部屋が倉庫なのか判らない。まして外国人が多い雑居ビルだ。大半の部屋は又貸しに又貸しを重ねて現住人の身元など不明だろう。なにより緊急事態だ。捜査員が手分けして部屋を調べて回る余裕はない。

洲本が事前に想定し、命じた手段はシンプルそのもの。覚醒剤確認後は即座にベランダに出るか、ベランダが無い場合、窓を開けて身を乗り出せ。どちらも不可能なら窓をぶち破れ――。さらに仕上げとして部屋のロックの解除がある。首尾よく捜査員が倉庫を特定できても籠城されたら終わりだ。覚醒剤をトイレに流されて証拠隠滅。これまでの苦労が文字通り水の泡だ。実際、倉庫を特定しながら、大量の覚醒剤がトイレから東京湾へと流れて行ったケースは山ほどある。

今回はすべてが上手くいった。覚醒剤十二キロに加えて拳銃十挺。大金星だ。しかし高木の気持ちは晴れない。乾いた唇を舐めて問う。

「主任、あいつはどうなりました？」

だれだ、と片眉を動かす。

「わたしの相棒、戸田昌也です」

相棒ねえ、と洲本は不快感も露わに吐き捨てる。

「あのチンピラ、すっかりしょげて、全部ウタってくれた」

事務机に片肘をつき、ぐいと身を乗り出してくる。

「おまえ、拳銃を突きつけられたんだってな」

「ええ、まあ」

スッポンが凝視してくる。眼が微動だにしない。高木はひと呼吸おいて続ける。

「ワルの第六感でしょう。結城が土壇場で疑ってきまして」

「それで拳銃か。額に銃口をねじこまれ、ハンマーまで起こされたんだ。恐ろしかっただろう」

試すように言う。高木は首をかしげて返す。

「恐ろしくなかった、と言えばウソになります。しかし、喜びのほうが勝りました」

「どういうことだ？」

眉が怪訝そうにゆがむ。高木は言葉を選んで告げる。

「銃弾を装塡済みの拳銃があったわけですから、少なくともトイレには流せません」

「最低限、銃刀法違反で半グレどもを引っ張れる、と」

「そういうことです」

「なるほど」満足げにうなずく。

「シャブを食ってみせたのはどうだ？　事前に考えていたのか」

いいえ、と高木は小さく首を振る。

「咄嗟の判断です。ケンカを売って格闘に持ち込み、窓を打ち割ることも考えましたが、結城は拳銃を所持しております。その場で射殺される公算大でした。それでは任務が遂行できません」

その通り、と洲本が言葉を引き取る。

「ドアのロックをすべて解き、捜査員を入れて初めて任務完了だ。半グレ二人を倒し、最後が拳銃を持つワルのカリスマだからな。間一髪だった。あと一秒、遅ければおまえは撃ち殺されていた。シビアな状況でよく頑張った。褒めてやろう」

「わたしは刑事です」静かな口調で言う。

「歌舞伎町を主戦場に闘う以上、当然のリスクです。わたし自身、シビアとは思っておりません」

なるほど、と洲本は呟き、両手を組み合わせる。沈思するように親指を見つめる。

「実刑ですか」

洲本が顔を上げる。高木は再度問う。

「戸田は実刑ですか」

「気になるのか」

「彼がいなければ囮捜査は成功しませんでした」

そういうことかい、と洲本は鼻で笑う。

「一週間も一緒にいたんだ。情も移るわな」

高木は空咳を吐いて返す。

「悲惨な少年時代に同情したのはたしかです。新庄剛志に憧れ、小学生のときは地元足立区の野球チームに所属し、エースで四番の将来性豊かな少年でした」

「よく聞き出したねえ。さすがは元立川南署刑事課の雑用係だ」

軽口を無視して続ける。

「ところが強烈な横槍が入ります」

ほう、と洲本が口元で微笑む。面白がっている。

「酒乱で無職の父親に、草野球などカネの無駄だ、と強引に辞めさせられ、彼は泣く泣く野球の道を諦めました」

「我らが〝伊藤隆〟も負けてないだろ」

高木は舌に浮いた苦いものを噛み締めた。洲本は畳みかける。

「おまえは架空の伊藤隆に成りきって戸田を騙したんだ。同情する資格はない」

　高木は眼を伏せる。

「質問に答えよう」

　洲本は厳《おごそ》かに前置きして語る。

「警察は戸田昌也を『新宿ギャングスター』の準メンバーと見ているが、本人はまったく自覚なしだ。自称、パチンコホールの平凡なアルバイターだ。たしかにシャブを売買したわけでも、自ら使用したわけでもない。強く叩けば埃《ほこり》も出るんだろうが」

　しゃくれたあごをしごく。

「警察に全面協力だからな。『新宿ギャングスター』の余罪も知る限り喋っている。おかげでメンバー全員をしょっぴけるんだ。この功績は無視できない。矯正の意味でめいっぱい勾留することになるだろうが、反省もしているし、前科もない。検察もとるに足らない雑魚《ざこ》と見るはず。起訴猶予で収まるんじゃないのか。もっとも――」

　額にシワを刻み、渋い面になる。

「扱いが少々難儀なのは伊藤隆だ」

　取調室に重い声が這う。

「戸田は伊藤なる男と一週間、行動を共にした、と供述している。結城も伊藤が名古屋の『東海組』をバックにシャブを仕入れにきた旨を明言している。舎弟二人は殴られ、ＫＯされてもいる。現場には額から落ちた血痕も、眼鏡もあった。まったく存在しない、とつっぱり通すには無理があるだろ」

　そりゃまあ、と高木は曖昧に返す。洲本は続ける。

「だから、警察の言い分はこうだ。捜査陣が飛び込んだとき、伊藤隆なる男はいなかった、警察の強襲を察知してトイレか洗面所に隠れ、隙を見て逃げたのでは、とな」

「信じてくれるでしょうか」

　洲本は薄く笑う。

「歌舞伎町最悪の半グレ『新宿ギャングスター』の倉庫を潰したんだぞ。本庁も察庁も万々歳だ。伊藤隆なんて得体の知れない野郎、もうどうでもいいさ。仮に反権力の左巻き弁護士が吠えたところで、シャブ十二キロの前では無力だ。やつらは大量のシャブを扱う社会の敵、善良な市民が忌み嫌う極悪のワルどもだ。今回は全国民が我が警察の味方だ。もっとも——」

　焦《じ》らすようにひと呼吸おいて言う。

「おまえは功績抜群ながら、警視総監賞も署長の金一封も出ない。当然だ。伊藤隆はこの世に存在しないのだからな」

「表彰されたくて囮捜査をやったのではありません」

　そう怒るな、と洲本は片手を挙げて苦笑する。

「表彰はしないが、おれは認めてやる。おまえはいちおう合格だ。しかし、勘違いするなよ。まだスタート地点に立ったばかりだ。新宿署の組対刑事としてこれからが勝負だ」

はい、とうなずく。やり遂げた仕事に較べて、なんと冷たい言葉と評価か。昔の自分なら腹を立て、不満も抱いたろう。だが、いまはちがう。伝説の刑事、桜井文雄。目指す頂《いただき》は遥か遠くにある。やらねば。机の下で拳を握る。洲本の叱咤が続く。

「歌舞伎町のゴミのようなチンピラのことより自分の将来を考えろ。二日間もの特別休暇をやったんだ。とりあえず、明日はどうする」

　そうですね、と首をひねり、

「まずは散髪かな」

　脂っけのない長い髪に五本の指を突っ込み、かき回す。

「このぼさぼさの髪を切って、本来の自分に戻ります」

「その後はデートか？」

　顔が熱くなってしまう。洲本が冷たく言う。

「判りやすい野郎だ。おれの合格判定は早かったか？」

　そんなことはありません、と上ずった声で抗弁する。洲本が立ち上がる。

「早いとこ決めな。サツカンは結婚して家庭を持ってこそ、真の一人前だ。もう三十一だろ」

　ポン、と肩を叩き、取調室を出ていく。

「朗報を期待している」

　高木は慌てて腰を上げ、一礼する。忘れていた不安が黒々と渦を巻く。

弱った。話が続かない。午後二時。渋谷道玄坂下。大通りに面したビル三階の洒落たカフェ。白いテーブルの向こう、彼女はとても不機嫌だ。ティーカップをそっと戻し、窓の外を眺める。しらっとした表情だ。

梅雨期には珍しい、爽やかな青空が広がる昼下がり。しかし、高木の胸中は灰色の土砂降りだった。腿《もも》に両手をおき、深く頭を下げる。

「本当にもうしわけない。悪いと思ってるんだ」

返事なし。高木はカラになったアイスコーヒーのグラスを見つめながら、不安が現実のことになったと思い知る。

宮原由紀《みやはらゆき》、二十八歳。職業、区立図書館司書。大学時代の後輩で、付き合って早や十年。長すぎた春にピリオドを打たねば、と思いつつ、今日まで来てしまった。念願の刑事となり、機は熟したはずなのに――。

「急な異動で忙しすぎたんだ。新宿署はおれの想像を遥かに超えていた」

ウソじゃない。大筋では間違っていない、多分。

「電話もメールも制限されてね。まともな連絡もできなかった」

ここ一カ月、囮捜査でほったらかしだ。捜査が本格化した後半は私的なスマホの使用も禁じられた。怒って当然だと思う。異動前、立川南署時代の半年間にしても捜査と雑用に追いまくられ、デートも数えるほどだった。制服警官の時分は勤務体制に沿った休日も長期休暇もあったが、憧れの刑事になって全部ふっとんだ。

高木は言葉を尽くして弁解する。

「新宿署は日本最大の歓楽地、歌舞伎町を抱えているから刑事研修が厳しいんだ。早朝から夜遅くまで分刻みでカリキュラムをこなしてさ」

あら、とほっそりした首を回す。凛《りん》とした瞳が高木をとらえる。ストレートボブの黒髪と、秀でた額、眼鼻立ちの整った細面。黙っていればしとやかな女で通るが、いざ口を開けば、闘争心全開のキツい女だ。そこに惚れたのだが。

「誠《せい》ちゃん、歓迎会でお酒飲み過ぎたんでしょ」

あごをしゃくる。鋭い視線が額に深々と突き刺さる。

「酔っ払って転んだ、と言ってたじゃない」

ああ、これ。絆創膏を手で押さえる。今日、会ったとたん驚きの顔で問われ、咄嗟のでまかせが、歓迎会で飲み過ぎて転んだ、という間抜けな言い訳だ。

ごめん、と頭を下げながら、内心で愚痴る。密室で凶暴な半グレどもと渡り合い、撃ち殺される寸前だった、と明かしたら、いくら気の強いおまえでも震えるだろ、と。加えて――込み上げる笑みを堪《こら》え、高木は思う。昨日からテレビ新聞がトップニュースで報じている十二キロの覚醒剤と拳銃十挺を摘発した事件だ。危険な囮捜査を遂行し、見事摘発につなげた捜査員が、眼の前の恋人だと知ったら、どう反応する？

「せっかく憧れの刑事になったのに――」

由紀は悔しげに眉根を寄せる。

「わたしも自分のことのように嬉しかったのに――」

昂揚していた気持ちがどーんと落ち込む。その後は言わなくても判る。いったいいつまで待たせる気なのか。

「なあ、由紀」

テーブルに両肘をつき、身を屈め、声を潜めて語りかける。

「もう少しすれば落ち着くから」

瞳に疑念がある。当然だ。難関の刑事選抜試験に合格し、立川南署刑事課に異動が決まったとき、由紀はこれで結婚できる、と思ったはず。自分もそうだ。ところがいざ刑事になってみると日々発生する事件の捜査と膨大な書類作成および雑用に追われ、毎日が午前様だった。深夜の張り込みも、早朝の家宅捜索も、署への泊まり込みも珍しくない。悪名高きブラック企業も裸足でスタコラ逃げ出す激務。それが刑事である。結婚どころではなくなった。

「どれくらい?」

小首をかしげ、由紀は正面から問う。

「ねえ、誠ちゃん、どれくらい?」

切ない声だ。瞳が潤む。泣いている? あの、気の強さは天下一品の由紀が、まさか。

大学時代の眩《まばゆ》い日々が甦る。ボクシングのリーグ戦が始まるときまってリングサイドに陣取り、誠ちゃん、がんばれーっ、と声が嗄《か》れるほど叫び、負けると怒って口もきかず、勝つと満面の笑みで大喜びしてくれた。

読書家の由紀は好きな本、ポール・オースターや村上春樹、カズオ・イシグロを熱心に勧めても、よく判んねえや、と逃げる筋肉頭の恋人にため息をつき、それでも読書の素晴らしさを説いてくれた。試合前の減量に付き合い、サラダとヨーグルトと水で一週間過ごしたこともあった。胸に切ないものが満ちてくる。

テーブルの向こう、細い眉がゆがみ、唇が震える。瞳の縁が膨らむ。涙がこぼれそうだ。

由紀、と語りかける。濡れた瞳が見つめてくる。

「じつはおれ」

両手を伸ばし、由紀の右手を握る。そっと包みこむ。肌のぬくもりが伝わる。五秒ほど逡巡し、告げる。穏やかに、刺激せぬよう。

「この一カ月、会えなかったのはちゃんと理由があるんだ」

由紀が息を呑む。

「とても重要な仕事に従事していたんだ」

いいのか、と頭の隅で囁く声がする。極秘事項の囮捜査を、恋人とはいえ、部外者に明かしていいのか？　いいと思う。いまのこの危機を打開するには、本当の仕事を知ってもらう以外、ない。もちろん全部じゃないぞ。ほんの少し、さわりを明かすだけだ。

「おれ、春秋の定期異動から外れた緊急異動だっただろう」

うん、とうなずく。表情が怖いくらい真剣だ。さすがに尋常ならざるものを感じ取ったらしい。高木は厳かに続けた。

「当然、歌舞伎町の悪党どもに顔を——」

あれ？　由紀の様子がおかしい。視線が外れ、滑るように左へと移動する。なんだ？　面白くないのか？　よし、じゃあ核心に斬り込んで、ここはひとつ覚醒剤の恐ろしい現状を——由紀が目配せする。見ろ、と言っている。なに？　テーブルの左側。

視線の先を追う。傍らに人影。男が立っている。ポロシャツにゴルフズボンの小柄なおっさん。いったいどこのだれだ？　眼を上げ、その顔を見る。瞬間、頭が真っ白になった。うおっとおっ、両手を振りほどいて素早く引いた。顔が炙《あぶ》られたように熱くなる。

「おうおう」

広い額と一重の眼、しゃくれたあご。スッポンこと洲本栄が笑う。

「熟れたトマトみたいじゃないの」

いや、それはその。肩をすぼめて恐縮する。

「高木くん、さっぱりしたねえ」

洲本は散髪したばかりの髪を指で弾く。由紀は突然の闖入者《ちんにゆうしや》を前に怪訝そうだ。

「ああ、すみませんねえ。盛り上がってんのに、突然、割り込んじゃって」

洲本は如才なく頭を下げ、身分を名乗る。由紀は慌てて立ち上がり、丁寧に腰を折る。

均整のとれた身体にレモンイエローのワンピースが映える。

「宮原由紀と申します」

ほおを火照《ほて》らせて自己紹介をする。洲本は眩《まぶ》しそうに眼を細める。二秒、三秒。無遠慮に凝視する。なんだ？　由紀は逃げるように眼を伏せる。洲本は微笑み、どうぞ座って、と優しく言う。

「宮原さん、こいつをよろしくお願いしますよ」

高木の肩に右手をおく。ずっしりとした重い手だ。

「不器用だが、なかなか見所がある。わたしも期待していましてね」

肩をぐっと握る。五本の指がめりこむ。身体に似合わない凄まじい握力だ。

「なあ、高木」顔は笑っているが、眼は怖い。高木は喉を絞った。

「主任、どうしてここへ」

どうして？　と首をかしげ、五本の指に力を込める。肩に深く食い込む。痛い。

「久しぶりの非番なんだよ。カミさんの付き合いで買い物だ」

「おくさんはどちらです」

「デパートに決まってるだろ」

洲本は軽くため息をついて言う。

「サツカンの非番なんてこんなもんだ。カミさんが買い物に勤《いそ》しんでいる間、久々に渋谷の街をぶらついて、お茶でも飲もうと思ったら若い同僚が楽しいおしゃべりの真っ最中だ。しかも、真っ昼間から公衆の面前で彼女の手なんか握っちゃってよお」

容赦なく肩を締め上げてくる。高木は奥歯を噛んで耐える。

「まさか、無防備なプライベートの姿を見せられるとはな」

洲本は口をへしまげ、独り言のように呟く。

「偶然とはいえ、つくづくサツカンの業《ごう》を感じるよ」

にっと笑い、目尻に深いシワを刻む。

「邪魔したな」

手が離れる。高木は詰めていた息を吐く。

「どうぞごゆっくり」

由紀に向けて優雅に一礼し、去って行く。スッポンが店の外へ消えたのを確認して高木は小声で言う。「わるかったな」

由紀は首を振る。

「ザ・刑事、って感じのひとね。雰囲気も言動も」

あなたとはちがう、と言われているようで少しめげる。由紀は窓の外に眼をやる。巨大なスクランブル交差点を人の群れが縦横に移動していく。高木は交差点に集まり、散っていく無数の人々を眺めながら、釈然としないものを感じた。

洲本の行動は偶然か？　そもそも今日が非番なのか？　仮にも十二億円分の覚醒剤を押収した囮捜査の現場指揮官だぞ。事後処理は山とあるはず。つかまれた肩が疼《うず》く。

「じゃあ、わたしはこれで」

我に返る。由紀はさっさと立ち上がり、トートバッグを手に冷たく告げる。

「大事な用件があるからごめんね」

はあ？　高木は呆然と見つめる。

「書籍納入の打ち合わせ。区の予算が限られてるから大変なのよ」

由紀はテーブルの伝票を抜き取り、払っとく、と一言。いや、そんな。

「誠ちゃん、顔色悪いからゆっくり休んだ方がいいよ。髪を切る暇もないくらい忙しかったんでしょ。じゃあまたね」

笑顔で手を振り、返事も待たずに背を向ける。ちょっと――が、由紀は手早く会計を済ませ、カフェを出て行った。高木の胸を冷たい風が吹き抜けていく。


翌日、洲本から呼び出しがあり、新宿警察署近くの喫茶店に赴くと、奥の席で新聞を読みながらミルクティーを飲んでいた。

午後一時半。昨日とはうって変わって鉛色の雲が垂れ込める曇天だ。気持ちまで暗くなる。なにもかもが嫌になる。

「よう」新聞を畳み、横に置く。

「非番の日に悪いが、緊急の用件だ」

座れ、とあごをしゃくる。顔が険しい。濃紺のスーツにオレンジのネクタイ、ストレートチップの革靴。昨日のおっさんとは別人だ。

「昨日は失礼したな」

片手で拝む格好をする。

「声をかける気はなかったんだが、女相手に手まで握ってペラペラ喋るんで、つい」

高木の背筋を冷たいものが這う。

「偶然とは思えないのですが」

洲本は答える代わりにミルクティーを飲む。焦らすように、ゆっくりと。高木は初老の店主にコーラをオーダーして向き合う。

「おくさんと買い物、というのはウソですよね」

そうとんがるな、と薄く笑い、探るように上目遣いに見る。

「忙しかったよな」

ぼそりと言う。

「東中野の自宅マンションを出て駅前の理髪店で散髪。そして高田馬場だ」

この男、もしかして――。

「高田馬場一丁目のアパートに住む北川《きたがわ》めぐみ、二十四歳」

鈍い衝撃があった。当たりだ。高木は乾いた喉を絞る。

「尾行しましたね」

「新宿駅ビルのブティック店員でおそらく――」

洲本は顔を寄せて囁く。

「戸田昌也の女だ」

二呼吸分の沈黙のあと、高木はうなずく。洲本が続ける。

「北川めぐみは留守だった。おまえは胸を撫で下ろし、その場で封筒にメモを入れ、郵便受けに差し込んで逃げた——いや、去った」

嬲《なぶ》るように言う。

「もしかしてカネでも入ってたのか」

全部見られている。観念した。

「自分のポケットマネーです」

なけなしのカネ、十万円を放り込んできた。

「匿名の知人とかなんとか、デタラメを書き殴ったんだろ。所詮は自己満足だ。いい気なもんだ」

返す言葉がない。届いたコーラを飲み、気持ちを落ちつかせる。あれは歌舞伎町のバッティングセンターで戸田に接触して二日目の深夜——。

居酒屋で酔っ払った三十男は告白した。女を孕《はら》ませてしまった、と。堕ろせといってもきかず、ひとりで育てる、と言い張る女の強情と涙に観念したという。高木が女の素性を問うと、あっけないくらい簡単に明かした。名前と勤務先のブティック。自宅を割るには十分の情報だ。

その夜、戸田は酎ハイを浴びるように飲み、家庭を築くにはカネが必要だ、シャブで大儲けしてめぐみを幸せにしてやる、おれは家族の愛情を知らずに育った、生まれてくる子供に同じ思いをさせたくない、と呂律《ろれつ》の回らない口調で懸命に語った。

高木は冴えないフリーターの覚悟に心を打たれ、罪悪感にさいなまれた。甘い、と言われればそれまでだが。

「おまえ、仕事はともかく、プライベートはまったくダメだな。尾行し放題だ」

洲本は傷口に塩を擦《す》り込むように言う。

「渋谷のカフェでは笑ったぜ。おれが接近してもまったく判らなかった。女の方が刑事、向いてるんじゃないのか」

屈辱を嚙み締め、尾行の目的を教えてください、と問う。

「おまえはあらゆる意味でユニークだ。どういう人物か、しっかり把握しないと怖くて仕方がない。現に散々利用したターゲットに同情して女にカネを恵むバカ野郎だ」

言葉が勢いを増す。

「現実は温《ぬる》い刑事ドラマじゃないんだ。悪党をとっつかまえて締め上げ、司法の罰を食らわす。それだけだ。周りの人間なんぞ石ころと同じだ。無視しろ。情《なさけ》などかけるな。際限がないぞ」

高木は萎《な》えそうな気持ちを奮い立たせた。

「わたしが戸田昌也に同情し、北川めぐみの自宅を訪ねたことが気に障《さわ》るのであれば謝ります」

　頭を下げ、失礼します、と腰を浮かしかけたとき、すっと右腕が伸びた。左手首をつかむ。

「慌てるな。これからが本番だ」

　手首を締め上げる。骨が軋む。

「おまえの女、宮原由紀といったな」

　眼を細めて囁く。

「おれはあのきれいなお顔を拝見したとき、確信したよ」

　無遠慮に凝視していたスッポン。

「本物の刑事の勘ってやつだ」

　左手を突き出し、親指を立てる。しゃがれ声が耳朶《じだ》を舐める。

「これがいる、とな」

　男。高木は大きく息を吸い、座り直した。自分でも不思議なくらい冷静を保ち、スッポンが尾行し、収集した情報を聞いた。男の名前、素性、犯歴——世界が崩壊していくようだった。

　午後四時過ぎ。四谷のマンションから出てくる男の顔を確認し、歩み寄る。表通りに出てタクシーをつかまえる前に接触する。

「すみません」

穏やかに告げる。長身。紺のジャケットに白いシャツ。褐色の肌。名前、辻英明《つじひであき》。年齢、三十四歳。眼元が涼しい色男だ。

「辻さん、少しよろしいですか」

どちらさん、と険のある眼を向けてくる。高木は懐から警察手帳を抜き出しながら、喫茶店での洲本の話を反芻する。

昨日、カフェを出た由紀を尾行。渋谷から地下鉄で表参道に出た図書館司書は通り沿いのイタリア料理店で辻と落ち合い、ワインを飲み、食事を愉しんだという。会話の話題は主に本と映画。ヘミングウェイとか太宰治、川端康成、コッポラ、スコセッシの作品名を挙げ、嬉々として語り合っていたとか。

洲本はスマホを取り出し、写真を見せてくれた。笑い、語り合い、ワインを飲むお似合いのカップルだ。近距離で、鮮明に写っていた。

スッポンの異名は伊達じゃない。食いついたら離さない、恐るべき尾行術。囮捜査に備えて二日間、共に戸田昌也の尾行を行ったが、そのテクニックは驚愕の一言。

新宿の雑踏を歩く戸田の背後にぴたりと張り付き、歩調を合わせてごく自然に追尾する。まるで背後霊だった。かと思えば小柄な身体を雑踏の死角に置き、三メートル、五メートル、十メートルと自在に距離を保って歩く。スマホを操作する戸田の横に並び、大胆にも画面を盗み見しながら歩くこともあった。

極めつきはターゲットの前を歩く尾行だ。速足で戸田の前に出るや、振り向くことなく呼吸、靴音、気配を頼りに前を歩き、時に店のウィンドウで位置をチェックしながら尾行した。それは後ろに眼があるとしか思えない見事な尾行だった。

洲本はこう豪語した。常に警戒を怠らないプロのワルならともかく、トーシロ相手の尾行は百パーセント完遂できる、と。図書館司書、宮原由紀の尾行など鼻歌まじりだろう。

「新宿署の高木と申します」

警察手帳を示す。辻の顔がこわばる。

「昨日、宮原由紀さんとお会いになっていますね」

喉仏が上下する。動揺している。高木は一気に斬り込んだ。

「もう会わないでいただきたい」

辻は息を呑み、かすれ声を絞り出す。

「警察に一般市民のプライベートに踏み込む権利はないでしょう」

きさまが一般市民だとぉ。怒鳴りつけたい衝動を抑えて言う。

「宮原由紀は——」

棒立ちの色男に告げる。

「おれの婚約者だ」

午後七時。宮原由紀と会う。勤務先の区立図書館近く。高円寺駅前のバーに現れた由紀は少し苛立っていた。突然、携帯に連絡が入り、呼び出されたのだから当然だと思う。カウンター隅の高木は軽く手を挙げ、笑顔で迎えた。

由紀は左隣に座り、ウィスキーソーダを注文する。高木は温くなった黒ビールを飲み、ため息まじりに言う。

「ウソはやめてくれ」

由紀が弾かれたようにこっちを見る。

「昨日、渋谷でおれと会った後、表参道に出てイタリア料理を食ったよな」

眼を見開く。震える唇とほお。切ないものが高木の胸を焦がす。

「相手の男の素性も判っている」

「洲本栄主任が、な」

「尾けたのね」

由紀は前を向き、小声で吐き捨てる。刑事なんて大っきらい、と。

「今日、辻英明に会ってきた」

無言。客の談笑とタバコの煙。グラスが触れ合う音。ターンテーブルのLPレコードと、骨董品のようなスピーカーから流れる軽やかなジャズピアノ。酒と音楽を愛する人々が集うバーで、カウンター隅の二人だけが冷たく凍っていた。

高木は砂を嚙む思いで告げる。

「二度と近づかないよう、釘を刺してきたから」

由紀はカウンターに置かれたグラスをつかむ。あごを上げ、呷《あお》るようにしてウィスキーソーダを飲み、濡れた唇を指でぬぐう。

「誤解しないで」

凛とした声だった。

「時々会って、本や映画の話をしただけだから」

「フリーの経営コンサルタントで芸術全般に造詣が深いジェントルマンか」

由紀はほつれた髪をかき上げ、斬りつけるような眼を向けてくる。高木は黒ビールを干す。

「あいつの正体を教えてやろう」

ひと呼吸おいて言う。

「前科三犯の結婚詐欺師だ」

えっ、と声が出る。驚愕と戸惑い。沸騰しそうな瞳が見つめてくる。高木は静かに告げる。

「六本木でホストをやりながら街を徘徊し、獲物を探す卑劣な野郎だ。美術館とかコンサートホールで知的な紳士を装って声をかけるらしい」

語りながら胸が痛くなる。

「もちろん図書館も、な」

由紀は唇に指を当て、遠くを見る。

「文学、音楽、映画、絵画の知識は専門家並だ。とくに文学関係は刑務所で古今東西いろんなものを読み漁っている。源氏物語からライトノベルまで、なんでもござれだ」

「証拠は？」

「警察に被害者の生々しい証言をはじめ、各種捜査データがある。望むならおれのコネでいくらでも読ませてやる」

由紀はうつむく。うなじが震える。

「おれが悪いんだ。仕事を言い訳に、ほったらかしていたおれの責任だ。許してくれ」

高木は小声で訴える。

「由紀、おまえを不幸にしたくない。あいつはダメだ。性根が腐っている」

返事なし。ジャズピアノが終わる。客の談笑が太く、大きくなる。由紀が動いた。身体を回し、顔を寄せてくる。誠ちゃん、と細い眉を苦しそうにゆがめて囁く。

「刑事をやめて」

言葉の意味を理解するのに三秒かかった。切ない言葉が胸に深々と突き刺さる。

「街のおまわりさんでいいじゃない。温かな家庭を築いて幸せに、穏やかに生きていこうよ」

高木は答える代わりに眼を伏せた。お願い、と由紀が左の手を取る。両手で固く包み込んでくる。ターンテーブルに新しいレコードがセットされる。ノイズがパチパチと鳴り、怒濤のようなアルトサックスが響き渡る。誰かが、チャーリー・パーカーだ、と嬉しそうに言う。由紀の悲痛な声が迫る。

「わたしを取るか、刑事を取るか」

高木はすがるような瞳を受け止め、すまん、と両手をそっと外した。由紀はその手でカウンターをつかみ、崩れそうな身体を支えて泣いた。


通常業務の初日、デカ部屋で高木の簡単な紹介があり、組対課の面々と挨拶を交わした後、会議室で『新宿ギャングスター』の残党狩りの打ち合わせを行う。三十分で終わり、高木は洲本と共に五〇五号取調室へ入った。密談に最適のコンクリートの小部屋だ。しかし、取り調べ以外の使用は特例だろう。実力派刑事、洲本栄の面目躍如、といったところか。

事務机を挟んで座るや強面のスッポンが問う。

「片付いたのか」

はい、と背筋を伸ばす。

「辻は二度と接触することはありません。ありがとうございました」

両手を腿におき、頭を下げる。洲本は満足気にうなずく。

「結婚するんだろう」

いいえ、と首を振る。

「別れました」

洲本の顔が冥くなる。虚空を睨み、ぼそりと語る。

「いい女房になると思ったがな」

高木が黙っていると、パンッ、と両手を叩く。薄暗い取調室に緊張が満ちる。

「仕事の話だ。おまえに言っておくことがある」

顔が険しくなる。高木は身がまえた。

「歌舞伎町の闇情報を嗅ぎ回ったらしいな」

肯定も否定もせず、出方を待つ。洲本は肩をねじ込むようにして迫る。

「戸田がペラペラ喋っている。伊藤隆にワルの勢力図から実力者の素性まで、ありとあらゆる闇社会の事柄を訊かれた、とな」

「捜査の一環です」

てめえっ、右手を振り上げ、机に叩きつける。ドカン、と重い音が炸裂した。

「桜井文雄の真似をしてんだろっ」

おいっ、と右腕を伸ばす。鉄棒を突き込まれたような衝撃があった。洲本は胸倉をつかみ、凄む。暴力刑事の取り調べか、と錯覚しそうなド迫力だ。

「おまえが妙な動きをして向こうに察知されていたらどうなった？　おれたちの努力が一瞬にして水の泡だ、シャブもチャカもパーだ、ワルどもは腹を抱えて高笑いだっ」

右手をぐいと引き寄せる。抗いようのない膂力《りょりょく》に腰が浮く。

「今回は何事も無かったが、そんなのたまたまだ。運が良かっただけだ」

洲本は睨みをくれて言う。

「功労に免じて今度だけは見逃してやる」

低い声が這う。

「相棒として忠告しておくが」

よく聞け、とばかりに胸倉を揺する。

「桜井の後継者になろうなどと考えたら身の破滅だぞ」

己に言い聞かせるような言葉だった。洲本の眼に憐憫《れんびん》の色が浮かぶ。

「現におまえは恋人を失っている」

こめかみが軋む。視界が揺れる。高木は臍《へそ》の下、臍下《せいか》丹田《たんでん》に力を入れて返す。

「桜井さんこそ本物の刑事です」

なにぃ、と歯を剥き、胸倉を締め上げる。息が苦しくなる。高木はしゃがれ声を絞る。

「シーラカンスみたいなやつがいるんですよ」

洲本は怪訝そうにあごを引き、眼をすがめる。

「歌舞伎町のどこかに人知れず――」

呼吸ができない。意識が朦朧としてくる。それは、と洲本が囁く。

「桜井が言ったのか?」

高木は小さくうなずく。洲本が眼を丸く剝く。驚愕と怒り、絶望。あらゆる負の感情が熱風となって吹きつける。

「おれは認めない。桜井など絶対認めんぞっ。シーラカンスだとお、ふざけんなっ」

悲痛な言葉がコンクリートの小部屋に反響する。

「家庭を壊し、己の人生を壊し、最後はコカインに逃げた敗残者じゃないか。なにが凄腕だ、アンタッチャブルだ。あいつこそが、時代遅れの忘れ去られた化石、シーラカンスだろう。あんな悲惨な刑事人生、おれはまっぴらごめんだ。認めてたまるかっ」

突き飛ばすようにして手を離す。ひゅう、と喉が鳴った。高木は激しく咳き込み、大きく息を吸って呼吸を整える。洲本が横を向く。赤らんだ顔と潤んだ眼。泣いている？非情なスッポンが？

「行くぞ」

洲本は腰を上げ、背を向ける。

「おれが一から叩き直してやる」

小柄な身体から青白い怒気が立ち昇る。

「覚悟しておけ」

胸を張り、大股で五〇五号取調室を出る。高木は膨らむ疑念を抱え、後を追う。スッポンと桜井。いったいなにがあった？

逆　転

――日本人は利用してやればいいんだよ。あとはリンチを食らわそうが、ぶっ殺そうが、お好み次第――

耳の奥で重い声がする。鼓膜にこびりついて離れない。まったく、なんて朝だ。牛乳を飲み、トーストをかじる。食欲がない。胸がムカムカする。戻しそうだ。でも、我慢して食う。

「はいはい、急いで」

妻の明るい声が響く。息子に服を着せ、ランドセルの中身をチェックする。

「もう二年生なんだから、しっかりしないと」

そう、三鷹市立第五小学校の二年三組。洲本栄作《えいさく》。性格、温和で引っ込み思案。学力、中程度。運動、不得意。体格、小柄できゃしゃ。

「しっかりしてるよな」

洲本栄はトースト片手に笑いかける。栄作が細い首を回して見る。丸い顔と大きな眼。すっとした鼻筋。どちらかというとイケメンの部類だろう。妻に似てよかった。

「栄作、これ飲んだか」

洲本はマグカップを掲げる。丸い顔がニッと笑う。

「飲んだよ」

「なら大丈夫だ」

洲本はマグカップをかたむけ、牛乳を干す。ごくりと喉が鳴る。ああ、気持ち悪《わり》いぃー。二日酔いの朝にこれかよ。横を向いてゲップを漏らし、顔の筋肉を励まして笑いかける。

「牛乳は元気の元だからな」

うん、と栄作は大きくうなずく。そう、その調子だ。ガラス戸から射し込む陽が明るい。十月初旬、穏やかな秋の朝だ。

ああもう、忙しい忙しい、と妻が台所の生ゴミをまとめる。明子《あきこ》、三十三歳。洲本が警察官になって四年目、二十六歳で結婚した元同僚。当時、洲本は品川署地域課で、明子は交通課の女性警察官。二歳下の明子は中背ながらスラリとした、笑顔が絶えない、気持ちの優しい娘だった。いまは——笑顔も減ったし、気持ちも強くなった。その分、新宿署組対刑事の夫を支え、警察ＯＢ経営の警備会社で週四日のパート事務をこなしつつ、家庭を切り盛りする、とても逞しい女に成長した。相応に体重も増えた。立派だ。もう頭が上がらない。

午前八時。つけっぱなしのテレビでけたたましいファンファーレと共にワイドショーが始まる。洲本は新聞を畳み、腰を上げる。

「さて、行くか」

あら、と明子が怪訝そうに問う。

「今朝はゆっくりでいいんじゃないの」

まあな、とワイシャツのボタンを留め、ネクタイを締める。昨夜の酒が残っている。頭が痛い。ズキズキする。暴力団が絡んだ傷害致死事件を解決し、上げた祝杯の名残りだ。

このところ暴力団のいざこざが多い。関西に本部を置く日本最大の広域暴力団『山岡組』が分裂したせいだ。離脱した傘下団体が『新山岡組』を結成して二カ月。関西では組員の奪い合いや小競り合い、挑発行為が頻発しているが、その余波は関東まで押し寄せ、歌舞伎町もキナ臭い空気が日に日に増している。いずれ大きな衝突があるだろう。

もっとも、洲本にはより気になることがある。高木誠之助だ。ぺーぺーの新米刑事と思っていたら、半月前、ドえらいものを持ち込んできた。どこかのバーで隠し録りされたというワルたちの密談音声。五〇五号取調室で二人きりで聞いた。

――日本人はバカだからな。平和ボケしている。少し持ち上げたらホイホイついてくる。あなたのために命を賭けます、だとよ。大事な命をなに考えてんだ。なら、とことんしゃぶりつくして殺してやれ――

日本人の命などティッシュペーパー一枚より軽い、と鼻で笑う異次元のモンスターども。だが、音声データだけでは警察は手も足も出ない。そもそも発言人物の特定が困難を極める。高木は同時に大量の銃器に関する極秘情報も上げてきたが、それも確証はない。結局、上が弾き出した結論は要注意。

高木はもちろん納得していない。今夜も朝まで街を這い回るのだろう。昨夜の打ち上げも来なかった。同僚と飲む暇があれば悪党と付き合った方がマシ、と公言する変人だ。

スーツに腕を通し、ビジネスバッグを持つ。「ゴミ、寄こせ」

明子からずっしりと重い生ごみを受け取り、あごをしゃくる。

「送っていくよ」

福々しい顔がぱあっと華やぐ。まあ、驚きぃ、と両手をぱちぱち叩く。大げさな女だ。

「栄作、お父ちゃんと一緒よ」

一瞬、きょとんとしたあと、歓声を上げる。無理もない。日々の激務にあえぐマルボウ刑事の息子だ。遊んでやった記憶は数えるほど。夏休みも多忙を極め、伊豆に一泊二日で連れていったきり。その貴重な休暇も二日目の朝、事件発生の緊急電が入り、急遽《きゆうきよ》帰京。旅館で別れ際、栄作は明子にしがみつき、べそをかいていたっけ。

はやくはやく、と栄作は狭い玄関口でズック靴をはき、手招きしている。洲本は靴べらを使い、明子に笑みを送る。

「行ってくる」

明子も笑みで応える。

「行ってらっしゃい」

結婚して以来の習慣だ。夫婦ゲンカの最中だろうと、不機嫌だろうと、笑顔で送り、送られる。夫婦間の取り決めだ。明子が上司に結婚の報告をした際、こんな言葉を贈られたのだという。「毎朝、ご主人を笑顔で送りなさい。今生《こんじょう》の別れとなるのかもしれないから」と。

聞いたときは随分と感傷的な言葉だな、と思ったが、いまはちがう。二年と半年前、新宿警察署組織犯罪対策課二係に配属になって以来、日々痛感している。今日が最後かも、と。

「お父ちゃん」

栄作がスーツをしっかとつかんでくる。生ごみとビジネスバッグ。両手が塞がった状態で階段を降りる。四階から三階、二階。いまどき珍しい、エレベータ無しの集合住宅だ。

三鷹市下連雀四丁目の警察官舎。築四十年の骨董品のような建物で、壁のあちこちにヒビが入っている。耐震補強済み、というが、どうだか。六畳二間と四畳半の計三室。ダイニングが五畳程度。これで月四万。ＪＲ中央線三鷹駅まで徒歩八分だから、相場の三分の一以下だろう。

しかし官舎は窮屈だ。ここ三鷹官舎には中央線沿線の所轄を中心に二十家族、六十二人が住んでいる。共用部分と駐輪スペース、ゴミ置き場等の掃除は女房連中の当番制だ。

警察内のヒエラルキーは住環境にも反映され、一階から階級順に埋まっていく。もっとも警視、警視正といった幹部は都心の新しい官舎に優先して入居できるため、このボロ官舎にはいない。最高位は警部で、もちろん一階だ。下っ端の巡査、巡査部長は三階、四階。女房連中は買い物の度に重い荷物を持ち、狭い階段を昇る。赤ん坊がいたら目も当てられない。

ブロックで囲んだゴミ集積場に生ごみの袋を置き、掃除当番の奥方連中に、父子そろって丁寧に挨拶して小学校に向かう。三鷹駅とは反対方向に徒歩十分。すこんと晴れた秋空の下、栄作と手をつないで歩く。丸顔をほころばせて満面の笑みだ。

「どうだ、学校」

途端に笑みが消え、しょぼんとうつむく。

「面白くないのか」

面白いよ、とぼそりと言う。イジメでもあるのか？　明子に訊かなければ。

「はやく冬休みになればいいな」

栄作は己を励ますように呟く。冬休みか。まだ十月になったばかり。先は長い。

「こんど魚釣りでも行くか」

ほんと？　と弾んだ声が上がる。

「ホントもホント、奥多摩にいい釣り堀があるんだ。でっかいニジマスがウヨウヨ泳いでてな。紅葉もきれいだぞ」

語りながら浮かんだのは山奥の古い釣り堀。半グレ同士の抗争で行方不明になった男が喉をかっ切られ、遺棄されていた場所だ。

「でも無理しなくてもいいよ」

健気《けなげ》な息子は繋いだ手を大きく振って言う。

「お父ちゃんは刑事だもん。悪い犯人をつかまえる、大事なお仕事をやってるんだ。だからぼくは我慢しなくちゃ」

明子が寂しがる栄作に言い聞かせているのだろう。切ない。泣けてくる。

「ぼくもお父ちゃんみたいになりたい」

ドキリとした。

「刑事になりたい」

初めて聞いた。内心の動揺を抑えて返す。

「刑事は大変だぞ。家にも帰れないし、悪いやつらは怖いし」

栄作は足を止め、見上げる。大きな瞳が見つめてくる。

「ぼくは大丈夫だよ。お父ちゃんの子供だから」

幼いながらも決死の表情だ。

「いまは弱虫だけど、強くなるもん」

そうか、と繋いだ手をほどき、頭を撫でてやる。

「じゃあ、もっと大きくならなきゃな」

うん、と真剣な顔でうなずき、栄作は再び手を繋ぐ。ぎゅっと握り締めてくる。心が痛い。栄作はクラスで一番のチビだ。あなたに似たのよ、と明子は屈託なく言うが、言われたほうはたまったもんじゃない。もとより、警察官採用試験でもぎりぎりだったのだ。受験資格の身体要件は《おおむね百六十センチ以上》となっているが、百六十センチ以下はいないと思う。現に、百六十センチちょいの自分より小柄な警察官は見たことがない。

「牛乳、飲んでるだろ」

栄作はスキップをしながら、唄うように答える。

「毎日飲んでるよ」

「なら大丈夫だ」

小学校入学式の後、どうしたら大きくなれるの？　と真顔で問われ、遺伝だから諦めろ、とも言えず、ごまかしてしまった。牛乳を飲めば大きくなる、と。以来、栄作は毎朝コップ一杯の牛乳を欠かさない。ならば、と父親も頑張って牛乳を飲む。もっとも朝、一緒になった時だけ。月に三回程度だが。

牛乳の効果は残念ながら出ていない。チビでも立派に生きる途《みち》はあるんだぞ、と言えたらどんなにラクか。気迫と忍耐。その二つさえあれば人生はなんとかなる。

要は、でかい連中に負けてたまるか、という闘志だ。警察官も同じだ。体格の大小は関係ない。筋骨隆々の大男でも、凶悪犯と向き合っただけで腰が引け、小便を漏らすチキン野郎がいる。大事なのは中身だ。見てくれじゃない。このおれが、チビの洲本栄が証明だ。結婚後二年、二十八歳で念願の刑事になり、いまや歌舞伎町のワルどもにスッポンと恐れられる存在だぞ。

「ぼくは牛乳飲んで大きくなるよ」

栄作は瞳を輝かせて宣言する。

「お父ちゃんみたいにもっともっと大きくなって、刑事になるよ」

そうか。昂揚した気持ちがストンと沈む。小学二年のチビから見たら、三十五のチビも大男だよなあ。憧れの眼差しが胸に痛い。

小学校の校門が近づく。子供たちがわいわい騒ぎながら吸い込まれていく。栄作は慌てて手を離す。自我が芽生えるころだ。子供は日々、成長している。しっかり育て上げなければ。

「ほら、がんばれ」

尻をぽんと叩いてやる。

「お父ちゃんがついている。負けるな」

拳《こぶし》を握り、ガッツポーズを送る。栄作も可愛いガッツポーズを返し、行ってきまーす、と大きく手を振る。背を向け、ランドセルをカタカタ鳴らして駆けていく。小さな身体が校門に消えるまで見届けて引き返す。

子供にもっとも必要なもの。それは親の愛情だ。無償の、深くて大きな愛だ。腐るほど悪党と接し、とっつかまえ、その成育歴を見てきた組対刑事の、揺るがぬ確信だ。

しかし、と思う。耳の奥で密談音声が聞こえる。あの連中は論外だ。理解できない。日本人の悪党とはまったく異なる価値観、論理で動く、いわば未知のアウトローだ。高木、やめとけ。ひとりじゃ無理だ。出直せ。

洲本は重いものを抱えたまま駅への道を急いだ。


おらっ。ごつん、と鈍い音がした。こめかみに拳が食い込む。視界が揺れる。足腰がガクガクする。歯を食いしばって耐える。

「てめえ、やる気あんのかっ」

二発目があごをとらえ、振り切る。首がねじれ、後ろに倒れ込む。頭を振り、白濁した意識に活を入れる。両手で壁を伝い、ふらつきながら立ち上がる。

「しっかりしろやっ」

ぶん、と平手がうなる。分厚い掌《てのひら》でほおを張り飛ばされ、背後にたたらを踏む。が、なんとか両足を踏ん張る。

パンチパーマにそげたほお。浅黒い肌。鋭い目。黙っていればＥＸＩＬＥとどっこいのワルメンだが、怒ると悪魔だ。歯を剝き、鬼の形相で吠える。

「次はてめえ、殺すぞっ」

殺すぞ、は極道の挨拶代わり。一日二十回は聞いている。

「判ったのか、このバカタレが」

すんません、判りましたあ、と頭を下げる。切れた唇から血が垂れる。慌てて手で押さえる。今日は朝からメチャクチャ機嫌が悪い。気持ちは判る。シノギがうまくいかず、上も右往左往。八つ当たりもしたくなるだろう。しかし、洗ったばかりのクリスタルの灰皿に水滴がひとつ、付いていただけだ。それでこんな折檻《せっかん》を食らうとは。極道の部屋住み、つまり事務所に泊まり込んでの新米修業は我慢の連続だが、これはちょっとないと思う。思うだけで、表情には出さない。出したらマジ、殴り殺される。

歌舞伎町一丁目。新宿区役所近くの古ぼけた雑居ビル三階。『双竜会《そうりゅう》』事務所。組員九人。その末端の部屋住み、工藤学《くどうまなぶ》、二十歳。目の前のパンチパーマは現場を仕切る若頭、岩田達也《いわたたつや》、三十六歳。傷害で二度の服役歴を持つザ・極道である。

「極道を舐めたら殺すぞっ」

椅子にどっかと座り、両足をデスクにのっける。磨き上げた焦げ茶の靴が艶やかに光る。実話週刊誌を開き、タバコをくわえる。

失礼しますっ、気合の入った声と共に新米極道は両手でライターを差し出し、ひねる。炎が上がる。かったるそうにタバコに火をつけた若頭は週刊誌に目をやる。最新の極道情報だ。西の『山岡組』の分裂とその後の騒動が気になって仕方ないのだろう。

午前九時。光の射さない狭い事務所に苛立った若頭と二人きり。緊張が漲《みなぎ》る。神経がビリビリする。他の組員連中はシノギを口実に、昼ごろ顔を出せばいい方だ。まったく姿を見せない組員もいる。会長は最近、ほとんど来ない。『山岡組』分裂の影響を見極めるべく、情報収集に駆け回っているらしい。若頭との仲もしっくりいっていない。ここ一カ月余り、二人が言葉を交わす場面を見た記憶がない。

『双竜会』は関東きっての武闘派組織、『新宿連合』の三次団体。関西の分裂騒ぎとは直接関係ないものの、渦中の山岡組本家が『新宿連合』と友好関係にあるため、分裂は大いに気になるところだ。〝親〟の『新宿連合』がどっちにつくかで、我が『双竜会』の立ち位置も決まる。場合によっては兄弟分の極道が敵に回ることも、でかいシノギを問答無用でかっさらわれることもある。しかし、分裂から二カ月。『新宿連合』は未だ態度を決めかねている。

固定電話が鳴る。瞬間、工藤は動いた。さっと腕を伸ばして受話器を取る。

「はい、『双竜会』です」

おう、と塩辛いドスの効いた声が鼓膜を刺す。

「若頭、おるか」

「少々お待ちください」

受話器の送話口を押さえ、「『北斗《ほくと》組』の関根《せきね》組長よりお電話です」と告げる。岩田は両足を下ろし、神妙な面持ちで右手を伸ばす。工藤は受話器を素早く、そっと掌《てのひら》に置く。

岩田はひっつかむや耳に当てる。

「どうも、親分」

別人のように穏やかな声だ。

「先日はゴチになりまして」

愛想よく告げながら、懐から千円札を抜き出し、工藤に目配せする。腰を屈《かが》め、顔を寄せる。岩田が囁く。お茶でも飲んでこい、と。工藤は一礼して恭《うやうや》しく千円札を受け取り、事務所を出る。

暗いトンネルのような階段を降りながら、不穏なものが胸をよぎる。極秘の電話だ。『北斗組』は『新宿連合』の二次団体でゴリゴリの武闘派。組長の関根俊之《としゆき》は大学出のインテリで、岩田にとって兄貴分のような存在だ。二人でしょっちゅうゴルフに出かけ、高級クラブで飲んでいる。それが朝っぱらからかしこまってなんの話だろう。

ダメだ。頭を振る。余計なことは考えない。興味を持たない。極道の世界で生きるコツだ。千円札を握り締める。さて、貴重なブレイクタイムをひとりで過ごすのもバカらしい。懐からスマホを抜き出し、番号を呼び出して発信する。三コールで出た。「どうした、ついに決めたのか、ええ、この新米野郎っ」と陽気な声がビンビン響く。

十分後、風林会館前の喫茶店で落ち合う。

「またえらい面《つら》しやがって」

坊主頭に黒のシルクシャツ、角ばった厳《いか》つい顔の男が言う。

「先輩にこれか」

ごつい拳を掲げる。

「先輩じゃなくて若頭、な」

坊主頭がしげしげと見る。故郷、茨城県土浦《つちうら》市の暴走族仲間。牛尾昭二《うしおしょうじ》、同学年の二十一歳。

「なんかしくじったのか」

心配げな顔で訊いてくる。

「ちょいとな」腫れたこめかみを撫でる。熱い。

「たいしたことじゃない」

洗った灰皿に水滴がひとつだけ、と言っても判らないだろう。

極道の修業はキツい。事務所の電話は呼び出しコール一回で取らないとドヤされ、ぶん殴られる。一コールで取っても安心はできない。名を名乗らない先方に、どちらさまでしょう、と訊けば、相手によっては猛烈な怒鳴り声が飛んでくる。おれが判らんのかっ、きさま殺すぞっ、と。実際、部屋住みになってすぐ、『北斗組』の関根組長の電話でやられた。若頭からは、おれに恥をかかせやがって、とボコボコに殴られた。

初めての電話だ。超能力者じゃあるまいし、判らなくて当然だが、極道に理屈、道理は通らない。無理偏にハードパンチ、と書いて極道と読むらしい。

「だからやめろって」

牛尾が呆れ顔で言う。

「ヤクザなんていまどき流行《はや》んねえって」

先輩を頼って土浦から歌舞伎町に来たのが半年前。牛尾と二人で先輩の安アパートに転がりこみ、紹介先の洒落た洋風酒場で働いた。ところが先輩が詐欺でぱくられ、憧れの歌舞伎町バイト生活は僅《わず》か一カ月で終わり。その日から住む場所にも困り、二人の人生はきれいに分かれた。

工藤は店の常連の岩田に誘われ、極道に。牛尾は別の先輩の紹介で百人町の芸能プロダクション『A《エース》』に。もっとも芸能プロとは名ばかりで、所属する女の派遣先は風俗とAV撮影とか。裏では会社の看板を隠れ蓑に、ワル連中が闇金や不法ドラッグの卸しで派手に稼いでいるらしい。

一方、極道の岩田は笑みを絶やさない色男で、工藤ちゃん、メシ食いにいこうか、としょっちゅう誘っては天ぷらやすき焼きをご馳走してくれた。しかも高級スーツと金無垢のロレックス。ワニ革の札入れには常にピン札がびっしり。極道はカッコいいな、と憧れた。

ところがいざ盃《さかずき》をもらうと、岩田は豹変。今日からおまえは極道見習いだ、と厳しく告げ、事務所番という名の部屋住みに。

殴られても蹴られても、一人前になるための修業、と耐えてきた。ほんの時たまだが、岩田は部屋住みの労をねぎらい、メシと酒をご馳走してくれた。極道の厳しさと生き方を説き、自分の修業時代の苦労と辛さを語り、男なら負けるな、ここが正念場だ、と励ましてもくれた。本気で岩田のような硬派の極道になりたい、と思った。二カ月前までは。

『山岡組』の分裂騒動が勃発して事態は急変した。どこでパイプが詰まったのか、組のシノギがうまくいかなくなり、現場を仕切る若頭は荒れ狂った。周りは怖れ、カネの切れ目が縁の切れ目とばかりに二十人いた組員も次々に足を洗い、半減。九人になってしまった。

「『山岡組』の分裂はべつに驚くことじゃない。あれは宿命だ」

牛尾はしたり顔で言う。

「ほら、条例があんだろ。あれが決定的だ」

条例？　牛尾は熱いコーヒーをひと口飲み、説明する。従来の暴対法に加え、四年前に施行された暴力団排除条例で警察の締めつけが厳しくなり、シノギの口が激減、と。

「ヤクザは銀行で口座を開けねえ、アパートも借りられねえんだぞ。一般人に名刺を配れば恐喝でパクられる。シマ内の店にミカジメも要求できねえ。斜陽産業もいいとこじゃん。そんな沈みゆく業界の、しかも弱小の三次団体で奴隷みたいにこき使われるなんてよ」

ばかじゃねえの、と言わんばかりだ。工藤は問う。

「それと山岡の分裂がどう関係あるんだ」

はっ、と肩をすくめ、牛尾は返す。

「天下の『山岡組』の親分が幹部連中に、毎月の上納金を増やせ、おれが立ち上げた会社から宝石と貴金属を買え、創業記念の祝儀も忘れるな、とがんがんカネを吸い上げたら、それはうんざりするわな。条例でシノギは先細りなのに、親分はカネカネカネだ。ためた現ナマは十億は下らねえってよ。任侠もへったくれもねえだろ。ドタマにきた幹部連中が、こんなゼニゲバの下でやってられるか、と集団で離脱して、『新山岡組』をかまえたわけよ。つまり――」

ひとさし指と親指でカネのマークをつくる。

「これが分裂の原因だ。判るか?」

なんとなく、と小声で言い、コーラを飲む。牛尾はおしゃべりで調子のいいやつだが、機転が利く。頭も要領もいい。情報の分析力も抜群だ。土浦の暴走族時代、どこから仕入れたのか、警察情報にメチャクチャ詳しく、検問の場所と時間を正確に割り出しては仲間を驚かせた。

「なあ、学」

牛尾が囁く。

「そろそろおれんとこ来いよ。カネも女も不自由しねえぞ」

セカンドバッグを開け、ぎっしり詰まった札束を見せる。五十万はあるかも。首にゴールドのネックレス。腕に巻いたシルバーの時計はタグ・ホイヤーだ。

牛尾は会う度に羽振りがよくなっている。それに較べて自分は時々、岩田から小遣いをもらう程度。それも月に一、二万。いつも金欠だ。理不尽な折檻の傷ばかりが増えていく。惨《みじ》めだ。情けない。牛尾は目を細め、嘲笑する。

「華の歌舞伎町でそんなしみったれた野郎、いないって」

工藤は己の悲惨なファッションをチェックした。すりきれたジャンパーに膝が出たコーデュロイパンツ。ぼろのスニーカー。ぼさぼさの頭。牛尾はここぞとばかりに畳みかける。

「極道の時代は終わったんだ。滅びゆく恐竜みてえなもんだろ。ましておまえんとこは『新宿連合』の下の下、吹けば飛ぶような三次団体だ。真っ先に消滅するぞ」

反論できない。岩田も酒の席でぼやいていた。おれが部屋住みの時分、歌舞伎町に百を超える極道の事務所があり、二千人余りの組員がいたが、いまは半分の事務所五十に組員千人だろう、と。あまりの数字に愕然とし、『双竜会』の運命も風前の灯に思えた。

「おれたちゃ所詮、茨城の垢ぬけねえ、ドン詰まりのワルだろ」

牛尾が開き直ったように言う。

「腹くくって新宿来たんだからな。贅沢に、面白く生きなきゃもったいねえって」

こいつの言葉はいつも正しい。だが、いい加減ひとりで生きていかなきゃ、と思う。気がつけばもう二十歳《はたち》。中坊の時分、マブダチの牛尾に誘われてなんとなくワルの道に。暴走族も、高校中退も、上京も同様だ。しかし、極道はちがう。初めて自分ひとりで決めた、おれの生きる道だ。たった五カ月で尻《けつ》をまくるのだけはゴメンだ。

「おまえんとこの若頭も会長も、うちが話《ナシ》つけてやるから心配すんな」

牛尾は自信満々に言う。

「うちのボス、ヤクザなんか目じゃないって」

工藤は一度、訊いたことがある。ボスは半グレなのか、と。牛尾は笑い飛ばした。あんな下品で頭の悪いアマチュアと一緒にすんな——。

「そのつもりでおれを呼び出したんだろ。尊敬する若頭にサンドバッグみてえに殴られて、やっとこさ目が醒めたんだろ」

いや、と首を振る。

「急に昭二の顔、見たくなって」

牛尾はため息を吐《つ》き、「おれも暇じゃないんで」と立ち上がる。

「先にいくわ」伝票をつかむ。

「おまえのこと、心配なんだよ。新宿に誘ったのはおれだからな」

それだけ言うと支払いを済ませ、さっさと出て行く。

同情なんかすんなよ、と声に出さずに呟き、工藤は気の抜けたコーラを飲む。

事務所に戻ると、ビルの玄関で岩田とかち合った。工藤は雷に打たれたみたいに硬直した。血走った眼と怒気。殴られる、と覚悟した。お茶を飲んでこい、と言われて三十分程度だ。常識内の外出だと思うが、相手は理不尽が高級スーツを着た生粋の極道だ。奥歯を噛み、両足を踏ん張って鉄拳にそなえた。が、岩田の言葉は意外なものだった。

「ちょいと付き合え。おまえに話がある」

返事も待たず、歩いていく。工藤は慌てて後を追う。ビル裏の路地を縫い、歌舞伎町の新たなランドマーク、新宿東宝ビルのゴジラヘッドの真向かい、テナントビルの地下に入る。

暗くて湿っぽい、洞穴のような地下フロアは狭い通路を挟んでスナックと居酒屋が三軒ずつ。午前十時過ぎ。歌舞伎町の飲み屋は深い眠りの底だ。しんと静まり返っている。不穏なものが胸をよぎる。

岩田は背後に警戒の視線を送り、奥まった場所にあるスナック『王様と私』のロックを解き、木製のアーチドアを開ける。カラン、とカウベルが鳴る。

「入れ」怖い顔であごをしゃくる。リンチか？　なにかヘタを打ったか？　震える足を踏み出す。

オレンジのライトが灯る。五人掛けのカウンターとボックス席が三つ。アルコールと食いもの、化粧の臭いが濁り、よどんでいる。ドアが閉まる。ロックする冷たい音が響く。完全な地下の密室だ。工藤は木偶《でく》のように突っ立ったまま次の展開を待った。

「おれの情婦《いろ》の店だ」

岩田はカウンターに入って換気扇を回し、腰を屈める。カウンターの下でなにやらごそごそやりながら言う。

「まったく、極道が情けねえぜ」

ぶちぶちと愚痴る。

「情婦に稼いでもらわなきゃやっていけねえ。いったいこの業界はどうなるのかねえ」

初めて聞くしみったれた言葉に驚き、落胆した。カッコいい硬派の極道がなんてざまだ。おそらく、空いた時間は情婦のスナックを手伝えということだろう。つまり、極道はこの先見込みなし——。腹の底から怒りが湧きあがる。どんなひどい折檻を食らおうが若頭を信じてきただけに、これは辛い。いまさら場末のスナックの手伝いかよ。

「おーし、あったあった」

ウィスキーのボトルかなにかで籠絡しようってのか。茨城の田舎もんだとバカにしやがって。

岩田が立ち上がり、カウンターから出てくる。右手に油紙の包み。ウィスキーボトルじゃない。いやな予感がした。

「突っ立ってないで座れ」

命じられるまま、スツールを引いて腰を下ろす。岩田は隣に座り、油紙の包みをカウンターに置く。ゴトッ、と硬い音がした。

「米櫃《こめびつ》のなかに隠していた。自宅じゃさすがにヤバいだろ」

丁寧に油紙を解く。黒い鋼《はがね》が現れる。小型の自動拳銃だ。サイレンサーもある。工藤は息を呑み、凝視した。

「すげえだろ」岩田はサイレンサーを装着し、グリップを握る。

「条例以降、サツの締めつけが厳しくてな。チャカ一挺隠す場所にも往生している」

右腕を伸ばす。銃口を新米極道の額に据える。眼が細まる。うそだろう。指がトリガーにかかる。全身が粟立った。

「かんべんしてくださいっ」両手を上げ、ホールドアップの姿勢をとる。

「若頭、おれ、まだ死にたくないっす」

声がひっくり返る。

「ばかか、おまえ」岩田は苦笑し、グリップからマガジンを抜いて軽く振る。

「弾丸、装塡してねえよ」

工藤はほっと安堵の息を吐いた。が、まだ先があった。

「これでオヤジの生命《タマ》をとる」

オヤジ、つまり『双竜会』会長、久坂勝一郎《くさかしょういちろう》。背筋が音をたてて凍る。

「ここでじっくり打ち合わせだ。おれとおまえ、二人の連携プレイがこの殺しのキモだからな」

険しい目を据えてくる。そんな。工藤は慌てて両手を振る。「おれ、無理っす」

岩田は眉間に筋を刻む。本物の極道の睨みだ。怖い。腰が砕けそうだ。工藤は歯を食いしばって訴える。「鉄砲玉なんて」

ガタッとスツールが鳴った。殺すぞっ。岩田が腰を浮かして凄む。

「部屋住みのガキが鉄砲玉だとぉ。おまえ、極道舐めてんのかっ」

硬派の極道は唇をへしまげ、己の胸を拳で叩く。

「おれが弾《はじ》くんだよ、このおれが」

工藤は口を半開きにして見つめた。

「あのタヌキ、もう我慢ならねえ。『新宿連合』が怖くて態度をはっきりさせねえから、下の連中も浮足立ってよお。若い衆が逃げるばかりだ。このままじゃ『双竜会』は終わりだ」

いや、それは若頭の酷《ひど》い暴力のせいもあるかと――が、生粋の極道に〝反省〟の二文字はない。つねに自分が正しい。間違っているのはぜんぶ周りの野郎ども。

「いまは極道の戦国時代だぞ。上に気ぃ使ってる場合かよ。おれは生煮えのまま立ち枯れはゴメンだ。イチかバチかでどかんと勝負を賭ける時期がきてんだよ。あのタヌキじゃダメだ。百年に一度の激動の時代が読めてない」

岩田は一気に語り、座り直す。二呼吸分の間をおいて言う。

「決行は今夜だ」

税務署通りの向こう、北新宿にある久坂勝一郎の自宅。パチンコ屋オーナーから借金のカタにぶんどった豪華な一戸建て。二年前、妻と死別して以後、独り身の久坂を深夜、射殺するという。

「しかし、会長の家には――」

古株の子分が宿直し、警護を兼ねて身の周りの世話を一手に引き受けているはず。工藤も幾度か赴き、掃除や料理の手伝いをしたことがある。大人しい中年の組員だった。その疑問を口にすると、岩田はあっさり首を振る。

「一週間前に逃げた。優柔不断でシブチンのオヤジに嫌気がさしたらしい。久坂の野郎、組のシノギが細って、すっかりゴウツクジジイになりやがった。老後が不安だとよ。極道、失格だろ。そのくせ、要求だけは大組織の大親分並だ」

新しい宿直要員を寄こせ、と事務所に矢の催促だという。

「こっちも若い衆が尻《けつ》まくって人手が足りねえんだ。突っぱねてたんだが、ちょうどいい」

顔を寄せてくる。ほおがゆるむ。

「おまえが行け」

生唾を飲み込み、工藤は問う。

「おれはなにを」

「さすがに屋敷の戸締りは厳重だ。警報システムも作動している。突然の来訪者はシャットアウトだ。おれも例外じゃない」

古参の身内にも気を許さない会長。『山岡組』分裂後の緊張がひしひしと迫る。

「だが、部屋住みの新米なら犬っころみてえなもんだ。工藤――」

浅黒い顔が愉悦に濡れる。

「警報を切ってなかから鍵を開けろ。あとはおれに任せとけ」

抗争に見せかけて射殺。自動拳銃をその場に捨て、さっさとおさらばするのだという。

「そんなに上手くいきますかね」

殺すぞおっ、目が吊り上がり、怒号が炸裂する。

「上手くいくに決まってるだろが、ボケッ」

拳銃を掲げる。

「このチャカ、フィリピンから持ち込んだ前歴《マエ》なしのマッサラだ。警察はプロのヒットマンがやったと思うだろ。山岡の分裂で新宿もガタガタしてんだしよお」

なにごとも己に都合よく、単純に。極道の揺るぎない、鋼のような脳みその構造だ。

「おまえは大船に乗った気でいろ」

裏の勝手口を使えば監視カメラもなく、容易に忍び込めるという。決行は午前零時。七十歳の久坂はテレビニュースを観ながら晩酌を終え、十一時ごろ床に入る。

一方的な、打ち合わせという名の命令が終わり、事務所に戻るとそろそろ昼時。買い置きのカップラーメンを食いながら考えた。

親分を射殺して、若頭は逃げ切れるのか？　万が一、警察に疑われたらどうする？　若頭がパクられれば自分も共犯だ。人生、終わりだ。いっそ逃げるか？　いや、若頭が許さない。裏切り者、と激怒し、親分の射殺計画などそっちのけで追いかけてくるだろう。それとも身体を張って説得、阻止するか？　頭に血が昇った若頭に百パーセント、ぶっ殺される。つまり、どっちにしても命はない。

いつもはスープまですするカップラーメンを半分残して考えた。頭が痛くなるまで考え、ひとつの答えを弾き出す。若頭が殺人罪で長期の懲役を打たれるよりはいいはず、と己を納得させ、財布に隠してあった名刺を取り出す。そしてスマホを操作する。震える指で携帯の番号を打ち込み、発信。一コールの途中で出た。極道の部屋住み並の素早さだ。

「はい、高木」

朗《ほが》らかな声だ。あのー、と言った途端、言葉が返る。

「おお、工藤くんか。電話ありがとう。元気かい」

一発で判りやがった。これも部屋住み並だ。ええまあ、とへどもど返しながら、この男との、おかしな出逢いを振り返る。

半月近く前、アスファルトに残暑の熱がこもる夜十時ごろだ。腹が減ったのでウドンでも食おうと路地を歩いていたとき、ちょっときみ、と声をかけてきたやつがいる。白のワイシャツに紺のズボン。短髪。袖をまくりながら、暑いねえ、と顔をしかめる。どこから見ても普通のサラリーマンだ。タッパも並。顔も地味。年齢は三十前後か。

なんだてめえ、と凄んでみせた。新米とはいえ極道の一員だ。リーマンに舐められてたまるか、と肩を怒らせて距離を詰めると、そいつは爽《さわ》やかに笑い、こういう者です、と身分証を掲げた。顔写真入りの縦開き——。刑事だった。

新宿署組対課の高木誠之助。マルボウ刑事にしては威圧感ゼロ、迫力ゼロ。こんなんでやっていけんのか、と新米極道から見ても不安になる野郎だ。

高木は身分証をしまい、「念のためだけど」と前置きして告げた。

「『山岡組』の分裂で歌舞伎町も危ない。もしきみが暴力団関係者なら気をつけなさい」

なに言ってんだこいつ。睨みをくれ、その場から去った。

ところが三日後、再会してしまう。真夜中の午前一時過ぎ。ドラッグストアから出たとき、声をかけてきた。風邪薬を購入したところをしっかり見られていたらしい。

身体、大事にしろよ、と心配そうな表情で距離を詰めてくる刑事。体調も気持ちもダウンしていて、速足で振り切ることもできず、肩を並べて歩いた。問われるまま、事務所のエアコンを付けたまま寝てしまい、風邪をひいた、と説明した。

「修業中の身はどの仕事も辛いなあ。おれたち警察官も同じだよ、ヤクザだけじゃないよ」

マルボウ刑事だけに、すべてお見通しのようだ。癪《しゃく》なので言ってやった。「刑事がヤクザと一緒にいたらヤバいんじゃないの」と。高木は笑い、あっけらかんと返した。

「暴対法も暴排条例もおれには関係ないよ。凄腕の刑事ならともかく」

面白い野郎だった。なにかの縁を感じた。二度あることは三度ある、とばかりに次は一週間後の明け方、コンビニからトイレ洗浄剤を買って帰るときだ。

路地を歩く高木がいた。今度はこっちから声をかけてやった。リーマンにしか見えない刑事は嬉しそうに「風邪、治ったのかい」と駆け寄ってきた。そしてポリ袋のトイレ洗浄剤を見るなり、大変だなあ、と励ましてくれた。

「ヤクザの新人くんにとって掃除は基礎の基礎だ。おれは警察官という立場上、一日も早く一人前のヤクザになれ、とは言えないけれど、ここは踏ん張りどころだ。がんばりなよ」

不覚にも涙が滲んだ。朝、便器が少しでも汚れていたら殴られる。トイレ洗浄剤がなくても殴られる。夜明け前、夢のなかで買い忘れたことに気づき、跳ね起きるやコンビニに走った。修業の身では当然のこと、と判っていながらも泣けてくる。まして『山岡組』の分裂以来、若頭の鉄拳は激しさを増すばかり。以前の五割、いや十割増しだ。

高木はお茶に誘ってくれた。近くの終夜営業の喫茶店でアイスコーヒーを飲んだ。改めて自己紹介し、『双竜会』の部屋住みだと明かした。マルボウ刑事は、そうか、と言ったきり、深くは訊いてこなかった。弱小三次団体の部屋住みに大した情報はない、と判っているのだろう。少し気がラクになった。

とりとめもない世間話のなかで、自分の故郷土浦のこと、暴走族のダチのことを語った。高木は穏やかな顔で聞いてくれた。「ダチが一番信用できる」と言うと、高木は大きくうなずいた。

気分がよくなり、マブダチの牛尾のことも話した。口は悪いけど、いつも心配してくれるホントの兄弟みたいなヤツなんだ、と。ほう、と刑事は感心した面持ちでこう言った。

「そんな親友はめったにできない。一生の宝だね。おれは工藤くんが羨ましいよ」

そのとおりだ。そして熱心に耳をかたむける高木はマルボウ刑事じゃなく、実の兄貴に思えた。

大小のビルが朝陽に染まり始めたころ、はたと気がついた。高木はいつもひとりだ。捜査中なら二人組のはず。訊けば、捜査外のプライベートな時間を使って歌舞伎町をこまめに歩き、裏社会の情報を拾っているのだという。

別れ際「下っ端のきみから情報を貰おうとは思ってないから」と携帯番号入りの名刺をくれた。

「これもなにかの縁だ。困ったことがあればいつでも携帯に連絡をくれ。警察官の仕事は犯罪の摘発ばかりじゃない。きみはまだ二十歳《はたち》だ。親がかりの大学生の年齢だ。遠慮するなよ」

そう言い置いて、早朝の歌舞伎町に消えた。

「工藤くん、どうした」

スマホの向こう、高木の心配げな顔が見えるようだった。

「なにかあったのかい」

工藤は腹をくくり、明かした。若頭がたくらむ久坂親分の射殺計画。高木は驚くでも慌てるでもなく、淡々と聞き取り、礼を述べた。

「ありがとう、工藤くん。きみはおれが思っていたとおりの男だ」

その夜、工藤は予定通り北新宿の屋敷を訪ねた。コンクリート打ちっぱなしの要塞のような二階建て。午後七時から会長の身の周りを世話した。風呂と晩飯、晩酌の用意。掃除と洗濯。久坂はいつも通り、夜十一時に一階奥の寝室に入り、就寝。工藤は玄関脇の四畳半で待機した。スマホを手に、じりじりしながら刑事の連絡を待つ。

高木との打ち合わせをいま一度確認する。工藤が持ちかけた作戦はごくシンプルだ。刑事たちが屋敷の周囲に隠れ、拳銃を呑んで現れた岩田に偶然を装って職質《バン》をかけ、現行犯逮捕。罪状は銃刀法違反。前科持ちの極道だけに実刑は免れないが、二、三年のションベン刑で済むはず。殺人罪なら優に二十年以上だ。

高木は了承し、あとは警察に任せておけ、と言ってくれた。きみは屋敷で朗報を待ってろ、とも。

十一時五十五分。あと五分。スマホが鳴った。画面の発信者を見るなりのけぞった。岩田達也。震える指でタップし、耳に当てる。

「工藤、殺すぞ」

ひび割れた声が凄む。

「裏口、開いてねえだろ」

すんません、と囁き、半ばパニックになりながら警報システムを解除し、裏口のロックを外す。一分後、岩田が侵入してくる。ジャンパーにジーパン、スニーカーというラフな格好だ。血走った目がぶっとんでいる。高木は？　刑事たちはどこに行った？　マジ、やばいぞ。

「若頭、あの――」

がつん、と眼の裏に火花が散った。拳だ。こめかみが軋む。

「さっさと消えろ」あごをしゃくる。

「ちゃちゃっとすませておれも消えるから」

懐から自動拳銃を抜き出し、薄いゴム手袋をはめた手でサイレンサーを装着する。

工藤は一礼し、キャップを目深にかぶった。萎《な》えそうな足を励まして裏口から逃げる。ビルの間の路地。殴られたこめかみが熱い。どうすればいい？　周囲を見る。人気《ひとけ》がない。高木はどうした？　わけが判らないまま歩き、駐車中のトラックの陰に身を潜める。口が渇く。心臓がドッカンドッカン鳴る。喉からせり出しそうだ。

五分後、屋敷の裏口が開き、岩田が飛び出す。瞬間、硬い靴音が響いた。二つの人影が駆け寄る。水銀灯の下、スーツ姿の男二人が浮かび上がる。ひとりは高木。片割れは小柄な野郎だ。

工藤は息を殺し、信じられない光景を凝視した。

「警察だっ、おまえ、なにをやっとるっ」

小柄な男が怒鳴り上げる。広い額と鋭い目。顔を赤らめ、決死の形相だ。が、少し腰が引けている。ビビっている？

若頭は弾かれたように背を向け、ダッシュする。高木が追った。アスファルトを蹴り、腰にタックルを食らわす。二人、路上に転がる。高木の動作には一切無駄がなかった。暴れる極道の腕をとって関節を極めるや、後ろ手に手錠を打ち込む。流れるような動きだ。

小柄な男が慌てて屈み込む。岩田のジャンパーとジーパンをチェックし、驚愕の表情になる。高木に険しい目をやる。が、それも一瞬だった。跳ね起きるや裏口から屋敷に走り込む。

工藤は拳を握り締めた。足元から震えが這い上がる。高木はうつ伏せにした岩田の背を片膝で押さえ、懐のホルスターから回転式拳銃を抜き、銃口を後頭部に当てる。

「動くなよ」

重い声だった。観念したのか、岩田はぴくりとも動かない。陰影を刻んだ刑事の横顔が薄く笑う。うそだろう、と思わず呟いた。本当にあの威圧感ゼロの高木か？

パトカーのサイレンが聞こえる。二つ、三つ。先を争うように接近してくる。工藤は腰を上げ、ブロック塀を伝って路地に入り、闇にまぎれて消えた。

翌日午後二時。新宿警察署の五〇五号取調室。洲本は事務机を挟んで高木と向き合う。

「どういうことか説明しろ」

陰気なコンクリートの小部屋にかすれ声が這う。

「おまえが得た情報とまったく違うじゃないか」

昨日昼飯を食ってすぐ、高木から連絡があり、この部屋に二人で籠《こも》り内密の打ち合わせを行った。高木の話はこうだ。衰退著しい『双竜会』におかしな動きがある。若頭の岩田達也が久坂勝一郎会長の命を受け、一発大逆転を狙って『新宿連合』の親分を弾く——洲本はさらに言う。

「三次団体の『双竜会』が一次団体の『新宿連合』に牙を剝き、組長の首を土産に関西の『新山岡組』と合流する、という筋書きだったな」

「わたしはそう聞きました」

表情を変えずに高木は続ける。

「真夜中、久坂から軍資金と拳銃を受け取り、地下に潜伏。ヒットマンとなった岩田はチャンスを待ち、山岡本家と友好関係にある『新宿連合』の頭を射殺する、との情報です」

「だから久坂の屋敷から出るところを待ち、有無を言わさず身柄を抑え、銃刀法違反でとっつかまえる——」

語りながら、あの驚愕と屈辱が甦る。高木がタックルを食らわし、倒した岩田の身体をチェックしたが、拳銃はどこにもない。困惑した組対刑事の鼻をツンと硝煙の臭いが刺した。刹那、全身を悪寒が貫き、慌てて屋敷に走り込むと、猛烈な血臭に襲われた。

洲本は血臭の元を探し、寝室で絶命している久坂勝一郎を発見。眉間を一発で撃ち抜かれ、傍らにはサイレンサーを装着した自動拳銃。布団は鮮血でぐっしょり濡れていた。恐ろしい惨劇を前に、嵌《は》められた、と悟った。相棒に。新米刑事の高木誠之助に。

「違うだろうっ」

怒りで眼が眩《くら》む。

「おまえは逃げる岩田に躊躇なくタックルを見舞った。チャカを呑んでいる極道に普通、あんなことができるか？」

高木がうっすらと微笑む。

「主任は腰が引けていましたね」

ちくしょう。こめかみがぶち切れそうだ。高木は昨日、この部屋でこう挑発した。

「我々は偶然を装って職質をかける役回りです。ゴツいのがずらっと並んでいたら不自然でしょう。主任と二人だけでやりませんか。相手は極道ひとりだし」

洲本は、上等だ、と睨みをくれ、二つ返事で了承した。

深夜、路上で岩田と対峙した瞬間、挑発に乗った己の迂闊を悔いた。拳銃所持が頭にあるところへ血走った眼と鬼の形相だ。たしかに怯《ひる》んだ。認めよう。しかし、状況を鑑みれば腰が引けて当然だろう。相手はヒットマンの命を受け、チャカを呑んだ極道だぞ。いや、言い分はなんにせよ、結果的にマルボウ刑事にあるまじき醜態。屈辱を嚙み締めて高木に問う。

「おまえ、泳がせたな」

返事なし。ただ見つめてくる。洲本は表情の変化を見逃すまい、と顔を近づける。

「久坂を弾く、と知りながら岩田を屋敷へ入れたよな。そうだろ」

表情は毫《ごう》も変わらない。氷の壁を相手にしているようだ。質問を変える。

「あいつがネタ元か」

高木が首をかしげる。とぼけるな。ぐんと怒りの目盛りが上がる。大きく息を吸い、

「あのキャップをかぶった野郎だよっ」と荒い言葉を叩きつける。

「屋敷に入った岩田と入れ替わるように、こそこそドブネズミみてえに出てきた若いやつだ。おまえ、その眼で見てるだろっ」

素性を知ろうと、靴を踏み出した途端、後ろから袖を引かれた。高木は耳元で囁いた。

主任、あんな雑魚はほっときましょう、我々の狙いは岩田です、チャカを呑んだ若頭です、と。実際、二人きりの陣容ではどうにもならず、諦めるしかなかった。

「どうでもいいでしょう」

高木は素っ気なく言い放つ。

「がめつい親分を弾いた子分がいて、その子分を現行犯逮捕。ゴミのような極道二人がシャバから消え、組対課長も署長も大喜び、という事実のみで充分じゃありませんか。それに——」

指でほおをかき、余裕たっぷりに告げる。

「わたしの大事なネタ元には触らない約束ですよ」

なにも言えない。その通りだ。

「でないと今後の捜査に多大な支障をきたすことになります」

洲本はうめき、喉を絞った。

「まだ続きがあるのか」

高木は返事の代わりに懐から畳んだ紙を取り出した。丁寧に開き、掌で伸ばして机に置く。Ａ４程度の紙だ。人物名と事柄を結んだチャート図だ。細かい。人物名は四十はあるだろう。歌舞伎町の極道や半グレ、事情通の名前が傷害や殺しのヤマと線で繋がり、詳細な解説が記してある。

「わたしが作成しました」

自慢げに言う。

「歌舞伎町のアンダーグラウンド情報が記してあります。欲しければ提供しますが」

試すような口調にいらっとした。洲本はチャート図を指で弾く。

「桜井文雄の真似か？」

高木はチャート図を畳み、懐に戻す。そして両手を組み合わせ、ぐっと顔を寄せてくる。眼が愉快げに細まり、唇が、主任、と動く。

「闇社会は実に面白い。地の底の無数の根っ子は複雑にからみあい、しっかり繋がっています。ひとつの根っ子をこうやって」

平手を大きく振り上げ、机に叩きつける。どかん、と重い音が響く。

「叩けばどこかで別の悪党が動き出す。判りますか」

別の悪党――頭の芯から黒々としたものが流れ出す。

――日本人は利用してやればいいんだよ――

もしかして、洲本は声を潜めて訊く。

「続きはあの密談音声の件か？　半月余り前、この取調室でおまえと聞いた――」

いや、密談音声こそが本筋か？　高木は目尻にシワを刻む。柔らかな笑みだ。

「主任、もうちょい頑張ってみます」

立ち上がり、一礼して取調室を出ていく。スチールドアが閉まる。洲本は動けなかった。婚約者と別れ、朝も夜も、非番も返上して歌舞伎町を歩く若手刑事。闇社会の情報と詳細なチャート図。老極道ひとりを見殺しにして些《いささ》かも動じない図太い神経。己の分を思い知る。家族持ちの平凡な刑事にはとても無理だ。立場は逆転した。


射殺事件から三日後、工藤学は呼び出された。先方が指定してきた場所はＪＲ山手線代々木駅近くの喫茶店。歌舞伎町から南に一キロ余り。

賑《にぎ》やかな代々木駅前の昼下がり。サラリーマンと学生で埋まった店内の隅、ボックス席で高木誠之助は待っていた。悪びれる様子もなく目配せしてくる。

工藤はキャップの下から警戒の視線を飛ばす。周囲に不審な人影なし。ボーイにコーラを注文し、テーブルを挟んで座る。

「全然ちがうじゃないですか！」

「悪かったね」

高木はぺこりと頭を下げる。

「手違いが生じた。あの件は忘れてくれ」

なんだと？　刑事は朗らかに言う。

「そう怒るな。きみのところに警察は来てないだろう」

工藤は目を据えたままうなずく。高木は顔を寄せ、耳元で囁く。

「たかがヤクザの殺し合いだ。警察も暇じゃないんでね」

ぐっと奥歯を嚙む。こめかみが軋む。

「まして最底辺の部屋住みだ。だれもきみに注意しないよ」

この野郎っ、どん、と灼《や》けた怒りが突き上げる。テーブルをつかみ、腰を浮かす。高木は悠然とコーヒーを飲み、ひと息ついて言う。

「岩田はなにも喋っていない」

なに？

「きみのことはなにも喋っていない。大した男だ」

若頭が――そうか。腰が落ち、肩が落ちた。

「一世一代の大仕事のあと、警戒中のマルボウ刑事と出くわしてしまい、とことん運が悪かった、と納得している。折も折、『山岡組』の分裂でヤクザ業界全体が浮足立っている最中だ。真夜中、久坂邸の周囲を刑事が警戒していても不思議じゃない、と思ったらしい」

唇をゆがめ、鼻で笑う。

「警察は貧乏な三次団体を警戒するほど暇じゃないんだけどね」

そして声を潜め、極秘の捜査情報を明かす。

「取調官相手に、おれひとりでオヤジを殺した、これは極道の大義だ、なんの後悔もない、と得意げに喋っているよ」

「じゃあ、若頭は殺人罪で」

「刑期をめでたく終え、出てきたらジイさんだ。帰る場所はないし、惨めなもんだ」

顔を伏せた。そうだ。会長と若頭を一度に失った『双竜会』は空中分解だ。当面、会長代行を立てて運営するらしいが、残った組員は五人もいない。じきに消滅だろう。帰る場所はない。若頭も、このおれも。

「きみは『A《エース》』だってね」

我に返る。高木が笑っている。白い歯がまぶしい。

「だから百人町の芸能プロの世話になるんだろう。ホントの兄弟みたいな牛尾昭二が所属する」

なんであんたが。呆然と見つめた。当たりだ、と指をつきつけてくる。

「カマかけたら一発だ。判りやすいねえ」

ちくしょう。ブチ切れそうだ。

「そう怖い顔をするなよ。もうヤクザじゃないんだろ」

ぐう、と喉が鳴る。届いたコーラを飲み、冷静に、落ちつけ、と言い聞かせる。

事件の翌日、つまり一昨日、土浦に帰るか否か迷った末、牛尾を頼った。気のいい牛尾は歓迎し、すぐにボスを紹介してくれた。芸能プロ『A』の社長、二階堂貴《にかいどうたかし》。三十歳くらいのソフトな二枚目で、慣れるまでオフィスの掃除でもしてください、と丁寧に言い、支度金としてその場で二十万、くれた。すべて牛尾のおかげだ。いや、目の前の高木も、だ。明け方の喫茶店で聞いた、あの〝一生の宝〟という言葉が最後、迷いを断ち切り、背中をぐいと押してくれた。

「ところでさ」

テーブルに肘をつき、身を乗り出してくる。鋭い眼と隆起したほお。地味な顔が別人のように怖くなる。

「お願いがあるんだ」

なに？　身を固くして次の言葉を待つ。高木の唇が動く。

「二階堂なんだけど」

跳ね上がるようにして腰を上げた。それだけはダメだ。芸能プロ『A』の経営は表の顔で、裏ではヤバイことをやってるらしい。闇金とか売春とか。さっさとおさらばしよう。これ以上、こいつにかかわると大変なことになる。落ちつけ、と刑事は手首をつかむ。

「まだ話は終わっちゃいない」

薄く笑い、つかんだ手首を軽くひねる。高圧電流を当てたような激痛にうめく。ケンカ上等の若頭をねじふせ、拳銃を突きつけたマルボウ刑事。工藤は観念し、判った、と座り直す。念のために伝えておくが、と高木は何事もなかったように両手をテーブルの上で組み合わせる。

「きみのやったことがバレたらタダじゃすまない」

こいつ、なにを言ってる？

「若頭の岩田を裏切り、警察に差し出したんだ」

ちがう、でたらめだ。工藤は前屈みになり、額がくっつく寸前まで顔を寄せた。

「おれは若頭をションベン刑で済まそうと思って、それをあんたが――」

高木は、関係ないね、と冷たく言い放つ。

「結果がすべてだ。きみの裏切り、警察への密告《タレコミ》が判れば獄中の岩田が激怒し、ハトを飛ばすぞ」

ハト？

「伝書鳩の鳩だ。刑務所の連絡係だ。岩田の息のかかった若い衆がきみを殺しにくる」

足元から震えが這い上がる。若頭は武闘派『北斗組』の関根組長とも懇意だ。あり得る。

「脅迫なんて卑怯だ」

声が震えてしまう。卑怯？　と高木は首をかしげて返す。

「きみこそ卑怯だろう」表情が険しくなる。

「今日、おれの呼び出しに応じたのは」

焦らすようにひと呼吸おき、耳元で囁いた。

「パクられた岩田の証言が気になったからだ」

図星だ。刑事は一気に斬り込んでくる。

「つまり、うまく逃げ切れるのか、きみは怖くてたまらなかった。若頭の殺人罪も、長い長い懲役も、どうでもよかった。きみはこの場で岩田の証言を知り、ほっと胸を撫で下ろしたよね。おれはちゃんと見ているよ」

喫茶店のボックス席が取調室に変わった気がした。

「おれのことを卑怯なんて言える身分かね」

工藤は両膝をつかみ、襲いくる屈辱と自己嫌悪に耐えた。

「工藤くん、簡単なことだよ」

一転、穏やかな声が耳朶を舐める。したたかなマルボウ刑事の言葉を聞きながら、うまく嵌められ、逃げ場を失った自分を呪った。

「だからさ。あんなイケメンだから、これはいるんだろ」

小指を立ててみせる。午後十一時。花園神社近く。靖国通り沿いの居酒屋で工藤は必死だった。

「カネはあるし、優しいし、ボスはモテモテだろ」

大箱が売りの全国チェーンの居酒屋は今夜も客で溢れている。若い連中から学生、仕事帰りの勤め人まで、笑い、叫び、声高に語っている。雑多なノイズが反響して、耳がバカになりそうだ。

「おれ、ぜったいモテると思うな」

工藤は負けじと声を張り上げる。反応なし。丸テーブルの向こう、牛尾はニヤつきながらビールジョッキをかたむける。いらっとした。さらに大声で迫る。

「どういう女なのか教えろよ」

牛尾はジョッキを置き、声がでかい、と顔をしかめ、左右に警戒の目を送る。工藤もつられて視線を動かす。

雄叫《おたけ》びを上げる学生グループと、真っ赤な顔でゲラゲラ笑うサラリーマン三人。煮込みをもそもそ食いながら競馬新聞に見入るハンチングのおっさん。やだー、うそー、と言いながらハイボールをぐいぐいあおる若い女の四人連れ。周囲に不審な人影はない。

工藤はジョッキを半分干し、テーブルに身を乗り出す。そして声のトーンを落とす。

「昭二、ボスはおれの憧れだよ」

牛尾はまんざらでもない笑みを浮かべる。工藤はここぞとばかりに言葉を重ねる。

「おれ、荒っぽい貧乏な極道しか知らないから、びっくりしたんだ。まさかあんな男が新宿にいるなんてな」

「学、おまえはラッキーだ」

土浦の元暴走族は気持ちよさそうに返す。

「『双竜会』が内輪揉めで壊滅状態になり、普通ならホームレスだろ。おまえは下っ端のクッズミなんだし」

部屋住みだけどな、といちおう訂正したが、牛尾は聞いちゃいない。

「二階堂さんは最高だ。下で働けることを感謝しなきゃな」

「おまえのおかげだ」

「おれはボスに気に入られてっからな。死ね、と言われたら喜んで死んでやる」

牛尾は決意を示すように険しい眼を宙に据え、ジョッキを干す。工藤は大声で店員を呼び、大ジョッキを注文する。

「昭二、どんどん飲んでくれ。今夜はおれのささやかな感謝の気持ちだから」

おう、と偉そうにふんぞり返り、両腕を組む。

「まあ、大抵のことは知ってるさ」

厳つい顔が熟れたトマトみたいに真っ赤だ。

「おれ、情報収集力には自信あるし」

それはもう、と工藤は大きくうなずく。

「土浦でもほとんどの検問がスルーだったもんな。ダチはみんな、昭二の情報はすげえって、びっくりしてた」

まあな、と首をコキコキ鳴らす。

「所詮、茨城の田舎マッポよ。日本一の警視庁とはちがう」

そりゃそうだ。警視庁は別格。なかでも歌舞伎町を抱える新宿署は特別だ。ずーんと気持ちが落ち込む。二日前、新宿署の高木から与えられたミッション。二階堂貴の情婦《いろ》の正体を探れ。

高木の命令はこうだ。二階堂の情婦がシャブを食っているとの情報があるが、その情婦がどこのだれかさっぱり判らない。ダチの牛尾昭二に取り入り、名前と住所を割ってこい、と。

二階堂もシャブに関係があるのだろうか。もしかして、情婦と一緒に逮捕されたりして。ぞぞっと背筋が凍る。ええい、知るか。割れなきゃこっちがヤバイんだ。おれは若頭を裏切り、殺人犯にして警察に売り飛ばした男。救いようのないバカ野郎だ。いまさら他人のことなんかかまってられるか。半分残ったジョッキを一気に飲み干す。涙が滲む。

「ほら、どんといけえっ」

牛尾が叫ぶ。

「記念すべき再出発だ。一緒にのし上がろうぜ。土浦カッペの歌舞伎町ドリームだあっ」

おう、とカラのジョッキを高く掲げ、五杯目を注文する。もうヤケクソだ。

「その調子だ、学。偉大なるボスの話は飲んでからだ。飲まなきゃできねえよっ」

厳つい顔が破裂したように笑う。工藤も笑う。どうしてこんなことになっちまったんだろう、と笑いながら泣いた。


洲本はハンチングを深くかぶり直し、競馬新聞と伝票をまとめて持ち、そっと腰を上げた。バカ笑いを轟かせる土浦の二人組にちらりと目をやり、おだを上げる酔漢たちの間を縫い、壁際の席に移動する。二人がけの小さなテーブル。地味なジャケットに薄いサングラスの男がウーロン茶を飲みながら、元暴走族二人を監視している。

椅子を引いて座り、洲本はぼそりと言う。

「おまえのS（情報提供者）、頑張ってるよ」

「でしょうね。尻に火がついていますから」

サングラスの男、高木は二人から目を離さずに返す。冷然とした表情だ。

「あの工藤ってガキがネタ元だろう。おれは屋敷に入った岩田と入れ替わるように現れたあいつを見ている」

返事なし。洲本は怒りを押し殺して問う。

「バカなガキをとことん使い倒す気か」

「捜査に必要ですから」

洲本は小さくかぶりを振る。

「おれにはできない」

ふっと高木が笑う。

「わたしのこと、とことん使ったじゃありませんか」

舌打ちをくれ、唇を嚙む。四カ月前、半グレ集団『新宿ギャングスター』が隠匿していた覚醒剤の摘発。高木は拳銃を突きつけられ、絶体絶命の窮地に追い込まれながらも完遂し、見事、十二キロの覚醒剤の押収に成功した。

「おまえは刑事だ」

洲本は強い口調で告げる。

「おれが見込んだ男だ。一から潜入捜査の方法を叩き込み、育て上げたプロだ。しかし——」

苦いものを吞み込み、続ける。

「トーシロはダメだ。情報収集はともかく、現場の捜査活動は本物のプロだけでやるべきだ。おれはそう信じている」

「スッポン、と恐れられる刑事とは思えないな」

高木は二人に目を向けたまま嘲笑する。洲本は肩をねじこむようにして顔を寄せ、こっちを向け、と凄む。高木はサングラスの奥で眼球だけ回す。睨み合う。が、三秒も続かなかった。すぐに、仕事中ですから、と監視に戻る。

「おれが何故そう思うようになったか判るか？」

返事なし。

「桜井文雄だよ」

表情に変化なし。洲本は独り言のように語った。二年前の屈辱を。

当時、追いかけていた歌舞伎町の暴力団『如月組《きさらぎ》』。はねっ返りの若手組員数人が幹部に隠れて強盗を繰り返し、その戦利品を都内のアジトに隠している、との情報があった。暴排条例でシノギが上手くいかず、強盗が常習となったという極道の転落劇だ。ところが肝心のアジトの場所が判らない。一週間、二週間、と無為な時が過ぎ、しびれを切らした上が助っ人を投入。本庁組対部の桜井文雄だ。

桜井はこれまでの捜査をチェックし、捜査員と面談。すぐに新たな方針を弾き出した。『如月組』に仕込んだSをめいっぱい使え、と。

Sのコントローラー、つまり操縦者は洲本。飲み食いさせて小遣いまで握らせて、やっと取り込んだSだ。当時、二十二歳。『如月組』から盃をもらって一年にもならない使いっ走りだった。

こいつを若手組員のグループに潜り込ませ、アジトの情報を収集しろ、との桜井の命令だ。危険すぎる、と抗《あらが》ったが、全権を託された桜井の命令を拒否できるはずもなく、渋々了承。Sも同意し、囮捜査が始まった。Sは細心の注意を払ってグループに食い込み、信頼を得た。アジトの解明まであと一歩まで迫ったが——。

「初めてアジトを訪ねる夜、異変が起きた」

語りながらあの凄惨な光景が浮かぶ。場所は江東区。途中で立ち寄った深夜のラーメン屋の駐車場。桜井と二人、路肩に停めた尾行車から監視していると、Sが突然、暗がりに引きずり込まれ、殴る蹴るの暴行を受けた。

「おれは慌てて出て行こうとした」

「しかし、桜井さんはとめた」

高木はまるで見てきたかのように語る。

「慌てるな、落ちつけ、と」

「そうだよ。あのコカイン刑事、おれを羽がい締めにした」

ばかやろう、おまえ刑事だろ、うろたえるな、という凄みのある囁き声はまだ耳に残っている。

「やつら、ナイフまで出してSを脅し始めた。桜井は涼しい顔だ。おれはもう我慢できず、桜井の顔面に肘打ちを見舞い、ドアに手をかけた。桜井は鼻血を垂らしながら組みついてきた。おれは頭突きを食らわし、しまいにはクルマのなかで殴る蹴るの取っ組み合いだ」

「それは凄いや。囮捜査が台無しですね」

高木の横顔が笑う。脳裡に苦い光景が浮かぶ。

「異変を察知したやつらはさっさとクルマに乗り込み、Uターン。新宿へ帰っちまった」

「Sはどうなりました」

「怒ったよ」

翌日、電話で怒鳴りまくったS。なに泡食ってんだ、たかがナイフ出したくらいでビビるんじゃねえよ、こっちはあんたのために命賭けたんだぞ、このチキン野郎、死ね――。

「桜井からも罵倒されてな。おれのプライドはズタズタだ。正直、刑事をやっていく気力が失せた。あれで終わっていたら、おれはいまごろ三多摩のハコ番だ」

「桜井さんは終わらせなかった」

そう、そのとおりだ。洲本は語る。

「桜井は独自の情報網で江東区内のアジトを突き止め、強盗どもの戦利品を摘発。Sの情報も使い、グループ全員を逮捕した」

あの野郎っ。語るほどに腹が立つ。噴き上がる憤怒に身体が焦《こ》げそうだ。

「おれのSなんか使わず、最初から自分でやればいいだろ。桜井は刑事の前に人間失格だ。おれの大事なSも見殺しにしようとしたクズ野郎だ」

「桜井さんは判っていましたよ」

なに？　高木はウーロン茶をひと口飲んで言う。

「Sとメンバー、双方の様子を観察して、単なる脅し、強盗仲間に迎え入れる一種の通過儀礼だと判断したのでしょう」

洲本は黙って聞き入った。腋《わき》に冷たい汗が滲んでくる。

「Sを使った囮捜査にしても、主任の立場を尊重してのことですよ。現場で頑張っている主任の努力を無駄にしたくなかった。もしかすると主任の才能と将来性を認め、後継者に、と踏んでいたのかもしれない」

ばかな。こわばった顔を励まして笑みをつくる。

「おれは失格か」

「残念ながら」

「よかったよ」

洲本は空咳を吐き、朗らかな声を絞り出す。

「おかげで囮捜査官育成の教育プログラムを作り上げることができた。三多摩の新米刑事を鋼のごときプロに育て上げた、実に優れたプログラムだ」

「ものは言いようですね」

は、と肩をすくめ、洲本は腰を上げた。

「適当に切り上げろよ」

返事無し。高木はほおづえをつき、二人に目を向け続ける。極彩色のノイズに満ちた店内でバカ笑いがここまで聞こえる。あの土浦のガキどもは二階堂の正体が判っているのだろうか。いや、判っていない。高木はなにも明かしていない。怯《おび》えることなく、任務を遂行させるために。

「ボスの愛しいひと、ねえ」

赤ら顔の牛尾がゲラゲラ笑う。

「普通、超美人だと思うよなあ」

「ちがうのか？」

ぷぷっと口を押さえ、素敵なひとだよ、と意味深に言う。なんだ、こいつ。極道の世界ならジョッキでその坊主頭かち割られているところだぞ。

「よっしゃあ」

牛尾はパン、と両手を鳴らし、擦《こす》り合わせる。

「今夜は気分がいい。おまえの再就職祝いに特別に、教えてやろう」

恩着せがましく言うと笑みを消し、囁く。工藤は息を殺して聞く。まさか、そんな。

二階堂貴の情婦。組対刑事が辿りつけるわけがない。


四日後、早朝。大久保二丁目。戸山公園近くのマンション『サンシャイン戸山』九〇三号室に新宿署組対課が家宅捜索をかけ、多数の銃器を押収。部屋主の貿易業、藤倉仙《ふじくらせん》太郎《たろう》（四十歳）を逮捕した。押収された銃器は回転式拳銃四十挺、自動拳銃三十挺、ライフル二十挺の他多量の実包、手榴弾五十個とダイナマイト三十本。

近年例を見ない大規模な銃刀法違反事件に警察関係者は衝撃を受け、暴力団の関与も念頭に徹底した捜査を継続中である。

なお、藤倉の知人で芸能プロダクション『A』（新宿区百人町三丁目）の経営者、二階堂貴（三十三歳）および幹部三人も共犯の疑いで身柄を拘束、逮捕されている。

大量の銃器の入手ルートとその目的は不明。今後の捜査に委ねられることになる。


「まさか、情婦がなあ」

二階堂貴の逮捕から八時間後、午後三時。洲本は新宿署の五〇五号取調室でぼやいた。事務机の向こうに高木。浮かない表情だ。

「藤倉仙太郎、四十歳か。ひげ面のいかついおっさんだろ」

「趣味はひとそれぞれですから」

そりゃそうだ、とうなずきながら、思わぬ展開を反芻する。三日前、工藤が入手した情婦の情報を聞いてのけぞった。まさか、と半信半疑だったが、調べてみるとドンピシャだ。二年前、六本木の外資系ホテルで催された経営者のパーティで知り合った二人は意気投合。互いの性的指向もオープンにし、親密な関係になったのだという。

二階堂にぞっこんの藤倉は頼まれるまま、銃器を保管し、アンダーグラウンドで言うところの〝倉庫〟が一丁上がり。情婦の部屋を倉庫に使うワルは珍しくないが、今回のケースはレア中のレアである。

「いくら凄腕の刑事でも判らないよな」

高木はなにも言わず椅子にもたれ、両腕を組む。二階堂の情婦が銃器倉庫を管理しているという闇情報。肝心の情婦の「正体」が判らないまま、見出した突破口が土浦出身のチンピラ二人、芸能プロ『A』の牛尾と『双竜会』の工藤を結ぶ線。この男の執念には舌を巻く。

「前段階まではさすが、桜井の愛弟子ってとこだが」

反応なし。高木が持ち込んだ音声データはショッキングだった。中国系とおぼしきワルどもの恐ろしい密談。

が、それだけでは罪に問えない。そもそも、発言人物の特定が困難極まる。たとえ特定できたとしても、当該人物が「酒の席での戯言《ざれごと》、ただの冗談」と一笑に付してしまえば終わり。

同時に上げてきた、中国系のワルどもが関与するという大量銃器の極秘情報も同様だ。数十挺の拳銃に加え、ライフルや手榴弾、ダイナマイトまで隠匿した大規模な銃器倉庫の噂――インパクト大だが、これも具体性に乏しい。

結局、捜査幹部は要注意でお茶を濁した。

収まらないのが高木だ。独自に動き、まず百人町の芸能プロダクション『A』の存在を突きとめた。執念の単独調査が実り、浮上してきたのが経営者二階堂貴のブラックビジネスである。管理売春に闇金、不法ドラッグの売買、若い連中を使っての振り込め詐欺。極め付きが、銃器倉庫を管理するという謎の情婦の存在――。

二階堂は億単位の現ナマを懐に入れ、ソフトな風貌と相まって、モンスター級のカリスマと化していた。

洲本がこれらの事実を知ったのは『双竜会』会長、久坂勝一郎射殺事件の四日後である。高木の突然の報告に仰天し、次いで明かされた二階堂貴の特殊な生い立ちに戦慄した。

二階堂は『狂龍《クレイジードラゴン》』と呼ばれる、中国残留孤児二世三世を中心にしたワル集団の出身である。一九八〇年代末、東京の江戸川区で結成された『狂龍』は〝日本人への怒りと怨念を忘れるな〟を合言葉に荒れ狂い、九〇年代半ばになると暴力団をも凌駕する戦闘能力で闇社会の一大勢力となった。初期の構成員は歴史に翻弄された出自と貧しさ、不自由な日本語を学校・社会で差別され、苛《いじ》め抜かれた恨みを決して忘れず、鉄の団結力を誇ったという。

しかし、近年は一般の日本人の構成員も増え、初期の過激さは影を潜めつつあった。その温《ぬる》い『狂龍』に見切りをつけ、離脱した、いわゆる超保守派、原理主義の〝尖った〟幹部連中がいる。

ある者は自前のチームを結成し、ある者は地下社会に築いた広範なネットワークを武器に会社を設立。カネも力も手に入れた。その最大の成功者が二階堂である。ちなみに〝情婦〟となった藤倉も父親が中国から来日し、横浜中華街で料理人として働きながら日本国籍を取得。藤倉自身、日本で生まれ育った在日中国人二世である。

「音声データを聞く限り、二階堂らの日本人への憎悪は尋常じゃないな」

「まあ、倉庫が割れてよかったです」

高木は素っ気なく言う。

「残念ながら銃器の目的は明らかじゃありませんが」

二階堂と幹部三人は異口同音にこう証言している。いわく、西の『山岡組』の分裂で暴力団はどこも抗争にそなえた得物が欲しい。このビッグチャンスを見逃さず、高値で売り捌《さば》いてボロ儲け、と。

その一方で、銃器を『狂龍』出身の危ない原理主義の連中に流し、山岡の分裂で浮足立った暴力団を制圧、日本の闇社会の支配を目論んだ、との見方もある。

いずれにせよ、倉庫の銃器が出回ってしまえば多くの日本人が犠牲になったことは間違いない。

「ガキどもはどうした」

ガキ、と高木は首をひねる。洲本は砂を噛む思いで告げる。

「土浦の暴走族崩れ二人だ。タダじゃ済まない。あいつら、嵌めた、嵌められた、で殺し合いをやるか、仮に和解したところで、歌舞伎町に留《とど》まれば終わりだ。闇社会に吸い込まれていずれ食い殺される」

語りながら、あのやるせない光景が甦る。花園神社近く。靖国通り沿いの居酒屋だ。酔っ払い、おだを上げる工藤学と牛尾昭二。したたかなマルボウ刑事に利用された大間抜け二人。

　高木は洲本に仰天の報告を行った翌日、最後のピース、銃器倉庫管理人の情婦を割り出すべく、なんとも手の込んだ〝寸劇〟を演出。その特等席に上司を招待した。

　洲本にとって忘れられない一夜になった。あの久坂勝一郎射殺事件の夜、屋敷から出てきたドブネズミのようなチンピラと工藤学の容姿が重なり、驚愕。共に土浦から上京したマブダチに生ビールを勧め、必死に情婦の正体を聞き出そうとする下卑《げび》た笑顔に反吐《へど》が出そうになった。そして、離れた席からSの仕事ぶりを監視していたこの男にも。

「どうでもいいじゃないですか」

　高木は冷たく言い放つ。

「チンピラ二人、どうなろうと知ったことじゃありません」

　冷え冷えとした言葉が胸に突き刺さる。洲本は温くなったお茶を飲み、天を仰いだ。取調室の低い鉛色の天井に押し潰されそうだ。


「ぶっ殺してやる」

　牛尾が四角い顔をゆがめて迫る。片手に飛び出しナイフ。工藤は、待て、落ちつけ、となだめながら退《さ》がる。

　午後三時すぎ。歌舞伎町のウィークリーマンション。元部屋住みの新しいヤサ。今日は朝から自宅待機を命じられ、店屋物の昼飯を食って寝ていると、ボスがパクられたあ、と牛尾から哀れな声で電話があった。携帯でニュース速報をチェックすると、二階堂の情婦、藤倉のおっさんの自宅マンションから大量のチャカやライフルが押収され、二階堂も逮捕されたという。

わけが判らないまま他のニュースもチェックしていると、泡食った牛尾が飛び込んできた。血走った眼とナイフ。すぐにヤバい状況だと悟り、身がまえたのが一分前。

「昭二、頭を冷やせ」

牛尾はじりじりと距離を詰めてくる。唇が憎々しげに動く。

「おまえ、サツのイヌだろう」

サツのイヌ——。不思議と腹が据わった。所詮、サツのイヌ。偽情報で刑事の高木にとことん嵌められた大間抜け。

「そうだ、おれはサツのイヌだ」

ぽかんと牛尾が見つめる。工藤は、いまさら弁解もないけど、と前置きして語った。新宿署組対の刑事に、二階堂貴の情婦がシャブを食っているとの噂がある、その情婦の正体を探ってくれ、と頼まれたこと。チャカやライフルの保管はいま、ネットニュースで知ったこと——牛尾は固まったまま動かない。工藤は喉を絞った。

「昭二、おまえも仲間だ」

大きく息を吸い、一か八かの言葉を投げ込む。

「サツのイヌだ」

牛尾はパンチを食らったみたいにのけぞり、てめえ、とナイフを振り上げる。工藤は叫ぶ。

「サツにパクられてないだろっ」

動きが止まる。ここが勝負、とばかりに工藤は畳みかける。

「闇金の取り立ても、売春の手伝いもやったんだろ。カネをざくざく稼いだんだろ。それで刑事がきてないんだぞ。おれと同じイヌにされ、利用されたからに決まってるじゃないか」

牛尾は逃げるように眼を伏せ、ナイフを下ろす。おれもサツのイヌかよ、と哀れな呟きが漏れる。二人、ちっぽけなリビングに立ち尽くす。どれくらい経ったのだろう。学、イヌなら、と牛尾が言う。

「見返り、あるんだろ」

工藤はなんのことか判らず、次の言葉を待った。牛尾が睨んでくる。眼がタバスコを垂らしたみたいに赤くなる。

「だから、サツからけっこうなカネ、もらってんだろ。まさかタダってわけじゃねえよな」

表情にすがるような色がある。いや、と工藤は首を振る。

「相手は安月給の地方公務員だぞ。カネなんかない。ゼロだ」

なにぃ。牛尾はうなり、眉間に筋を刻む。唇が震える。

「おれたちはタダで使い捨てかよ、ふざけんなよっ」

いまにも泣き出しそうな顔でナイフをかまえ、距離を詰めてくる。

「昭二、待て」

工藤は左手で制し、右の手をズボンのヒップポケットに入れる。

「その代わり、これがある」

抜き出す。牛尾が息を吞む。四角い顔がみるみる脂汗に濡れる。


こん、と指先で机を叩く。ゆっくりと二つ、三つ。高木がこっちを見る。

「おれの推理を聞いてくれ」

高木の表情は変わらない。

「今回の事件の流れだ」

指でメトロノームのように規則正しく叩きながら、洲本は語る。

「単独調査を続けるおまえは二階堂貴の情婦の正体を突き止めるべく、芸能プロ『A』の周辺を探った。しかし、まったく判らない。万策尽きたおまえは『A』に興味深い日本人メンバーがいることに気づく。土浦の暴走族崩れ、牛尾昭二。こいつはおしゃべりだが、警察へのガードが固い。そこで目をつけたのがマブダチの工藤学だ。『双竜会』の部屋住みで苦労している貧しいチンピラだ。こいつをターゲットに絞り、接近した。だろう?」

返事なし。ただ見つめてくる。洲本は指を止め、両手を組み合わせる。取調室に静寂が満ちてくる。ここからが本番だ。

「おまえは二人を利用すべく、成育歴から性格、暴走族時代の活動に至るまで、徹底して調べ上げた。当然だ。桜井の弟子だからな」

それで、と高木はあごをしゃくる。

「調査するうちに二人をなんとか助けたい、と思った」

片眉が微《かす》かに動く。反応あり。

「高木、おれも刑事だ。そんなに驚くことはない」

懐から手帳を抜き出して開く。

「工藤学は生まれて間もなく両親が離婚。母親は赤ん坊の息子を抱え、ピンクキャバレーの住み込みホステスとして働いた。牛尾昭二は幼いときに両親がギャンブルで借金を抱えて失踪。親戚をたらい回しにされ、穀潰《ごくつぶ》し、厄介者、と疎《うと》まれながら育った」

びっしり書き連ねた文字を追いながらイヤになってくる。まったく、なんて環境だ。

「工藤は母親と同棲したチンピラから虐待。牛尾は親戚の度重なる虐待。似たような境遇の二人は中学でつるむようになり、暴走族に。高校を一年で中退して地元で遊び呆《ほう》け、気がつけば二十歳《はたち》だ。東京ならこのろくでもない人生も開けるかも、と上京——」

ため息をひとつ。

「二人は実にヤバイ場所に収まった。『双竜会』の会長と若頭は決裂寸前だし、芸能プロ『A』の二階堂は日本人を憎悪するワルのカリスマだ。銃器倉庫の噂もある。だが、田舎のバカなガキどもをいざ助けようとしても刑事ひとりではどうにもならない。さてどうすべきか、と思案していると、『双竜会』に動きがあった」

この男の運の強さ、いや、執念が穿《うが》った穴の大きさを思い知る。

「おまえは手なずけた新米極道、工藤から驚くべき情報を得る」

ページの当該個所を指で弾く。張り巡らした網が獲物をとらえた瞬間だ。

「若頭、岩田達也による会長謀殺計画」

手帳を閉じる。

「日々の、血の滲むような努力がたぐり寄せた一本の細い糸ってわけか」

洲本は薄く笑う。「努力は裏切らない、ってな」

高木はなにも言わない。洲本は調べ上げた情報を整理し、これは表沙汰になってないが、と断り、

「岩田は二次団体『北斗組』の組長、関根俊之にそそのかされ、親の久坂を弾くことに決めた」

語りながら屈辱が甦る。後輩刑事のでまかせを真に受けたダメ刑事。久坂の命で岩田がヒットマンになり、一次団体『新宿連合』の頭を弾く、という大胆不敵な下剋上を信じた大間抜け。いや、すべては管轄である歌舞伎町の勢力図を把握しきれていなかった己の責任だ。

「関根にそそのかされた、というのは実に面白い推理ですね」

先輩刑事の哀れな胸中を察したかのように、高木は饒舌に喋る。

「関根は切れ者です。昔気質《かたぎ》の極道、単純で直情径行型の岩田をその気にさせ、久坂を射殺。三次団体『双竜会』の新たなトップに岩田を据えてシノギごと『北斗組』に取り込み、勢力を拡大。あり得ない話じゃない」

だろう、と洲本は言葉を引き取る。

「そうなりゃ『双竜会』は外様《とざま》だ。冷や飯食らいだ。じきに短気な岩田はぶちキレ、次は関根に牙を剝く。狡猾な関根は一次団体の『新宿連合』と協力して岩田を闇に葬るだろう。後ろ盾を失った下っ端の工藤など、一生奴隷だ。使い捨てのヒットマンが精々だ。そこでおまえは一挙に解決することにした」

高木の顔色が変わる。ほおがこわばり、眼が鋭くなる。洲本はゆっくりと、焦らすように語る。

「おまえはチャカを呑んだ岩田を泳がせた。そして親の久坂を弾かせ、実行犯として逮捕。『双竜会』を潰す。その一方で、タレこんできた工藤を脅迫」

浮かぶ冥《くら》い光景がある。殺気を漲らせた岩田が屋敷に入ったあと、出てきた工藤。あいつはふらふら歩き、周囲に眼を泳がせた。どっかに行っちまった親を探すように――そう、置き去りにされた迷子《まよいご》のようだった。

真夜中の北新宿で、と語りかける。

「工藤はおまえを探していたよな」

表情に変化なし。

「高木さん、どこにいるんだ、話がちがうじゃないか、と」

洲本は組み立てた推理を開陳する。

「あいつは岩田を屋敷に入る前に逮捕してもらおう、と考えた。拳銃一挺の銃刀法違反で収めようとタレこんだのに、あんな惨劇になっちまって、しかもそれをネタに刑事に脅迫されて、とことんついてない野郎だ。かわいそうに」

高木は微笑む。

「主任がどう推理しようと勝手ですが、工藤は少なくともいまは自由の身だ。差し引きプラスでしょう」

ものは考えようか、と嘆息し、洲本は続ける。

「ともかく、おまえは工藤を脅迫してマブダチの牛尾に接触させた。難攻不落だった情婦の情報を引き出し、銃器倉庫を急襲。『A』まで潰しやがった。凄いねえ」

「そんなに買いかぶらないでください」

懐からチャート図を取り出し、丁寧に開く。

「これを元に動いただけです。主任の推理は単なる結果論だ」

「しかし土浦のガキ二人は助かった」

だから、と高木は語気を強める。

「さっきも言ったようにチンピラ二人がどうなろうと知ったことじゃない。わたしは利用しただけです。いまごろ二人で殺し合いをしていようが、歌舞伎町で殺されようが、関係ありません。それにこれは——」

ぬっと首を突き出し、冷たい眼でのぞき込んでくる。

「主任、あなたが教えてくれたことですよ」

あなたはこう言いました、と朗読するように語る。

「悪党をとっつかまえて締め上げ、司法の罰を食らわす。それだけだ。周りの人間なんぞ石ころと同じだ。無視しろ。情《なさけ》などかけるな。際限がないぞ、とね」

「言ったよ」

たしかに言った。この凄腕に偉そうに説教をかました。

「それがおれの限界だ。所詮、並の刑事だ。しかし、おまえはちがう。ガキ二人を本気で助けようと思ったんだろう」

新宿署のスッポンは食らいつく。

「そういう刑事がいてもいい。なあ、そうだろう。この取調室にはおれとおまえしかいない。本音を明かしてくれ。他言しないから」

鈍色《にびいろ》の沈黙が満ちていく。高木が遠くに目をやる。

「わたしは桜井さんのようになりたい」

別人のような明るい声音《こわね》だった。

「あのひとは現役時代、決して舞台裏を明かしませんでした。ならばわたしも倣《なら》うまで」

そうか。洲本は肩を落とし、それでも訊いてみた。

「桜井が守り通した太いネタ元だが」

ひと呼吸おく。

「判ったのか」

高木はうなずく。瞬間、洲本の短軀を身震いするような戦慄が駆け抜けた。判った、だと？

「これでしょう」

高木は机のチャート図を指で示す。

「点を結べば線となり、線を並べれば面になり、膨大な情報を提供してくれる——これは桜井さんの言葉です」

チャート図を眺めて言う。

「つまり情報の積み重ねなんですよ。桜井さんは太いネタ元があるように装いながら、地道な努力を怠らなかった。数々のネタ元を繫げ、そこから最新の情報をすくい上げて分析、捜査に反映させた」

洲本はあえぐように問う。

「じゃあ、シーラカンスみてえな太いネタ元は伝説にすぎなかったと」

「桜井さんはわざと謎多き存在として印象付け、ネタ元を執拗に追う警察のミスリードを誘ったのでしょう」

　ぷっと噴いた。高木が睨む。

「いや、失敬。あまりにおかしかったのでね」

　洲本はこみ上げる笑いをこらえて言う。

「太いネタ元はあるに決まってるだろう。警視庁が頭に血ぃ昇らせて追いかけていたんだぜ」

　高木は眼を剝く。固く結んだ唇が震える。

「おまえは桜井の凄さがまったく判っていない」

　どっこいしょ、と腰を上げる。

「さっきの話は取り消す。忘れてくれ」

　軽く手を振る。

「今回の件は単なるビギナーズラックだ。偶然に偶然が重なって二階堂貴の正体を割り、銃器倉庫を摘発。ついでに『双竜会』もぶっ潰せたわけだ。たしかに買いかぶっていたな」

　高木は険しい面を向けてきた。が、すぐにチャート図を取り上げ、身を屈めて凝視する。屈辱が顔を赤く染めていく。

「そうだ、最後にひとつだけ」

　返事なし。

「あの音声データはどうした、おまえが入手したICレコーダー」

どこかへ消えました、とチャート図に怖い眼を据えたまま答える。

「もうわたしには必要ありませんから」

なるほど。わたしには、ね。ならば必要な場所に収まったのだろう。洲本は暗い取調室を出た。口笛を吹きながら明るい廊下を歩く。気分がいい。こんな晴れやかな気持ちはいつ以来だろう。


「面白いだろ」

工藤はヒップポケットから抜き出したICレコーダーを掲げる。

「昨日、刑事からプレゼントされた」

作動させる。重い声が聞こえる。

――日本人は利用してやればいいんだよ。あとはリンチを食らわそうが、ぶっ殺そうが、お好み次第――

これは、と牛尾が喘ぐように問う。四角い顔が蒼白だ。

「二階堂と幹部たちだ」

眼を丸く剝き、一歩退がる。

工藤は説明した。中国残留孤児の二世三世で結成されたワル集団『狂龍』と二階堂の関係。日本人への底知れぬ憎悪。刑事が入手した隠し録りの音声データ。

「じゃあ、おれは」

上ずった声が漏れる。四角い顔が恐怖に濡れる。ちっぽけなレコーダーから憎悪に満ちた二階堂の言葉が流れる。

——あなたのために命を賭けます、だとよ。大事な命をなに考えてんだ。なら、とことんしゃぶりつくして殺してやれ——

声が高く、太くなる。

——土浦の暴走族崩れなどゴミみたいなもんだ。ギャンブルで借金こさえた親に捨てられたんだろ。死んでもだれも悲しまない。あのバカ、使い倒したら〆《しめ》に保険金かけてビルから突き落としちまえ——

さすがボスだ、おれにやらせろ、いやおれだ、面白えぞ、と野太い声が錯綜する。野卑なバカ笑いが轟く。レコーダーが割れそうだ。

ナイフが床に落ちる。牛尾は両手を顔に当て、そんなあ、と哀れな声を絞る。工藤は苦いものを吞みこみ、語りかけた。

「昭二、もうたくさんだ。歌舞伎町ドリームなんてどうでもいい」

牛尾は子供のようにすすり泣く。

「帰ろうか」

震える肩に手をおく。

「土浦へ」

牛尾はうなずき、床にうずくまって泣いた。

十一月初旬。よく晴れた朝。洲本は栄作と手を繋いで小学校に向かう。一カ月ぶりだ。

「おまえ、背が伸びたんじゃないか」

そうお、と栄作は疑いの眼を向けてくる。いや、ホント、二センチくらい伸びたかも。

「牛乳が効いてるな」

「だといいね」

丸顔がにかっと笑う。洲本はここぞとばかりに励ましてやる。

「刑事になるならもっと大きくならないとな」

笑みが消える。どうした？　ごめんね、と栄作は前を向く。

「ぼく、刑事はやめた」

えっ、と声が出た。

「小学校の先生になる」

「どうして」

詰問口調になってしまう。栄作はしどろもどろになりながらも一生懸命に答える。前後左右に散らばった話を総合するとこうだ。

担任の若い女の先生が、クラス全員の前で、イジメは卑怯なことです、先生はとても悲しいです、と涙を浮かべて訴え、自分が経験したイジメの辛さと絶望を切々と、言葉を尽くして説明。以来、栄作へのイジメはやみ、毎日がとても楽しいのだという。

明子が担任に相談したのだろう。まったく、よくできた女房だ。

「だからぼくは立派な先生になる。イジメを絶対に許さない先生になるんだ」

そうか。頭を撫でてやる。刑事より向いてるかもな。

「じゃあ勉強もがんばらなくちゃな」

うん、と大きくうなずく。えいさくーっ、と黄色い声が飛ぶ。校門の前で子供たちが手を振っている。みんな笑顔だ。

栄作は、お父ちゃん、いってきまーす、と言うなり、手を振りほどいて駆けていく。子供たちの輪に飛び込み、仔犬のようにじゃれあいながら校門に吸い込まれる。

洲本はしばらくその場にたたずみ、踵《きびす》を返して駅に向かう。晩秋の澄んだ光のなか、ぼやきながら歩く。刑事も捨てたもんじゃないけどな——。

追跡

なんだとお。一報を受けた瞬間、声が出た。

熱い風呂にゆっくり入って疲弊した身体をほぐし、キッチンテーブルで夕刊を読みながらキュウリの浅漬けを肴《さかな》に缶ビールを一本飲み、さあ寝るか、とファンヒーターを消した途端、スマホが鳴った。十二月中旬。外の気温、零度。午前一時過ぎの緊急電。ろくなもんじゃない。が、これがおれの仕事だ。

「判った。すぐ行く」

洲本栄は通話を切り、ふうと息を吐いた。目が合う。襖《ふすま》が開き、パジャマ姿の明子がそっと覗いている。組対刑事の妻。その瞳は既に臨戦態勢だ。

「厄介な事件？」

洲本はファンヒーターを再起動させながら小声で返す。

「しばらく帰れないと思う」

明子の顔がこわばる。殺し、と察知したのだろう。「判った」

襖の間からするりと抜け出て、後ろ手にそっと閉める。栄作が寝ている。夫婦二人、できるだけ音を出さずに準備をする。アイロンのあたったワイシャツとネクタイ。五分で着替え、熱い茶を湯呑半分飲む。よりによってまあ。緊急電の内容を反芻し、思わず舌打ちをくれる。

暴力団同士の抗争は激化する一方だ。日本最大の暴力団『山岡組』と分裂した『新山岡組』。地元の関西で存分にやり合えばいいのに、抗争は東上し、ここ東京で本格化した。既に死者三人。負傷者二十人以上。歌舞伎町では先日、双方併せて五十人が激突する真夜中の大乱闘もあった。おかげで新宿署の組対課はフル回転だ。今夜も五日間続いた、傷害事件という名のドンパチの捜査をやっと終え、這うようにして帰宅したらこれだ。明日。いや、もう今日か。一カ月ぶりの休日もこれで吹っ飛んだ。

コートに腕を通し、玄関で靴を履く。黒の革靴はすでに鏡のように磨き上げてある。

「いってらっしゃい」

笑顔の明子が小声で言う。いってくる、と声を殺して返す。

「あなた」明子が自分の眉間にシワを刻み、指先で示す。ああ、そうだ。洲本はこわばった筋肉を励まして笑みを浮かべる。

「じゃあいってくる」

笑顔で送り、送られる。結婚以来の夫婦の約束だ。真夜中、官舎の狭い玄関で健気に手を振る明子。洲本は背を向ける。ドアノブに手をおき、ほんの一瞬だけ逡巡したが、結局は踵を返して振り向く。後悔した。ルーティンを崩すもんじゃない。特にこんな夜は。明子の笑みが消えていた。マルボウ刑事の妻だ。ただならぬ異変を悟ったのだろう。

洲本は後悔を飲み込み、明るい口調で言う。

「栄作をよろしく頼む」

明子は、当たり前じゃない、とぎこちない笑みをつくる。そうだ。当たり前だ。おれたちの息子。小学二年の栄作。小柄で気弱。将来の夢はイジメを許さない小学校の先生。

――もう半月、寝顔しか見ていない。

洲本は小柄な身体を預けるようにして、スチールのドアを押し開けた。びゅうと冷たい風が吹きつける。身震いし、コートの襟を立てた。

背を丸めて開放廊下を歩き、コンクリートの階段を降りる。四階から三階――。足が重くなる。よしっ、と気合を入れ、走った。未練を断ち切るように駆け下りる。硬い靴音を聞きながら思う。今度ばかりは生きて帰れないかも、と。


職安通りの北。大久保一丁目の路地でパトカーと覆面パトの赤い回転灯がいくつもギラついている。黄色い規制テープの前で交番から駆けつけた若い制服警官が四人、赤色ライトを手に、白い息を吐いて叫ぶ。立ち止まらないでください、交通の邪魔になります、と。しかし、不夜城に屯《たむろ》する人間にとって暴力と犯罪の臭気は強烈な媚薬だ。

嗅ぎつけた野次馬が群れとなって押し寄せる。酔っ払いに厚化粧のホステス。暇を持て余したチンピラと情婦。街角のコールガールにオカマ。水商売の女と男たち。

「ホームレスがぶっ殺されたってよ」「ヤクザ同士のケンカでしょ」「いや、半グレがらみの殺人らしい」

みな興奮し、無責任な与太話を喋りまくる。どこで聞きつけたのか、無残な仏が出たことだけは知っているらしい。

どっと野次馬の波が揺れる。おらあっ、どけえっ、と巻き舌で吠えながら人相の悪い集団が突進してくる。

ブラックスーツに皮ジャン、迷彩ズボン。スキンヘッドにパンチパーマ。装いは様々ながら、ひと目で極道と判る連中だ。半グレ等のアマチュアと違って、誇張や迷いが一切ない。一直線に突っ込んでくる。まるで怒った野生ゴリラの群れだ。

野次馬の輪を蹴散らし、真っ二つに割って迫る。十人近くいるだろう。制服警官の腰が引ける。学生に毛が生えたような若い四人。そろって顔面蒼白だ。まずい。焦って腰のニューナンブに震える手をかける野郎もいる。

「とまれっ」気合一発、洲本は猛ったゴリラ集団の前に立ち塞がる。両手を広げ、新宿署だっ、と仁王立ちで叫ぶ。

「規制テープを越えた時点で公務執行妨害と判断し、逮捕する」

小柄な刑事を前にゴリラどもが急停止する。歌舞伎町では見かけない顔ばかりだ。おい、あいつだ、と凶顔《きょうがん》のブラックスーツが指さしてくる。あのチビがスッポンだ、と囁く声が聞こえる。チビは余計だろう。睨み合う恰好になる。真夜中の冷気がヒリついていく。野次馬どもが固唾を飲んで見守る。

遠くからサイレンが迫る。黒の大型ワゴンが路地を猛スピードで走り、急停車する。スライドドアが開き、武装警察官がドカドカと降り立つ。ヘルメットに頑丈な編上靴《へんじょうか》。防護ベスト。ポリカーボネート製の軽量楯。

急遽、派遣された機動隊だ。野次馬を排除し、警棒片手に突進してくる。どけ、まとめてぶちのめすぞ、と極道どもを威嚇し、小柄な洲本をガードする。大男揃いの精鋭部隊に極道もたじたじだ。それでもボス格のブラックスーツは拳《こぶし》を振り上げて抗議する。おれらは関係者だぞっ、仏を確認する権利があるっ。

仲間も呼応し、おらあ、こるあ、殺すぞっ、と巻き舌で吠える。野次馬が騒ぐ。周辺が騒然とする。が、機動隊は動じない。来たら叩きのめす、とばかりに警棒と楯をかまえる。『山岡組』と『新山岡組』の抗争が本格化して以来、警察庁から、極道への対応は厳しくしろ、抵抗するようなら叩きのめせ、と連日のように指示があるだけに、国家の暴力装置、機動隊には剝き出しの殺気が漂う。

白銀のライトが迫る。テレビ局クルーだ。記者とカメラ、音声が駆けてくる。美形の女性レポーターもいる。野次馬連中が色めき立つ。おれだ、おれを映せ、取材しろ、ゼニくれーっ、りえこ、なつみ、見てっか、と顔を突き出し、ピースサインをつくって大騒ぎだ。場の緊張が一気に弛緩する。

洲本は機動隊に頭を下げ、死体発見現場に向かう。まだ湯気が立つ、ホカホカの凶行の場だ。身体を貫く異様な興奮に武者震いした。

制服警官に警察手帳を示して黄色い規制テープを潜り、血の臭いの方向へと進む。死体発見現場は廃墟と化した五階建ての古いビル。築四十年余り。『二十世紀ビルヂング』という名のボロビルだ。

白手袋を着用して投光器が設置された階段を降りる。顔見知りの警察官に黙礼し、錆びたドアを開け放した半地下の部屋に入る。

むっと鮮血の臭いが鼻をつく。広さ七十平方メートル程度。強烈な投光器が、棄て置かれた空間を隅々まで照らす。

ひび割れた壁の上部に明かり取りのガラス窓が四つ並び、天井にはプロペラ型の大型扇風機。左側に簡単なキッチン。廃墟と化したボロビルの半地下だ。

リサイクルショップでも入居していたのか、テレビや冷蔵庫が転がり、奥に小学校の教室で見かける一人掛けの学習机が乱暴に積まれ、錆びたパイプ椅子がずらりと立てかけてある。

ドア部から向かって右隅に転がる惨殺体。頸動脈を切り裂かれ、血の海で絶命した男。三十五歳。名前は神尾明《かみおあきら》。六本木を地盤とする暴力団『港連合《みなと》』の若頭である。

青い制服の鑑識員が数人、床に這いつくばってカメラを向け、指紋と足跡痕を慎重に採取していく。フラッシュが光る度に、神尾の青白い死に顔が輝く。苦み走った二枚目の極道も死んでしまえば冷えた肉の塊だ。半開きになった口と虚ろな眼。白いシャツを濡らす黒々とした血――。

主任、と背後から声がかかる。振り返る。人畜無害の草食系。黒のダウンジャケットを着込んだ高木誠之助だ。

「面白いヤマですね」

恐れを知らぬマルボウ刑事は声を潜めて言う。

「ケンカ上等の『港連合』を率いる神尾がここ――」

指先で己の首筋を裂く真似をする。

「頸動脈を一発、ですから」

『港連合』は大手組織の親を持たない独立系、いわゆる一本どっこの組である。それだけに昔からケンカは強い。組員四十人余りの小所帯ながら、全国の極道から〈関東一の武闘派〉、と一目おかれるほどイケイケの組員がそろっている。外のゴリラ連中もその一派だろう。洲本は問う。

「ホシの見当はついてるのか」

高木は目配せする。惨殺体の前で鳩首協議の刑事五人（機動捜査隊三人、新宿署二人）だ。

「あいつらは『山岡組』と『新山岡組』の抗争に関係あり、と睨んでいるようです」

洲本はうなずく。

「『新山岡組』が熱心にコナかけてたんだろ」

「極道業界のアウトロー同士、一緒にならないか、と神尾に強烈にプッシュしていたようで」

闇情報に精通した若手刑事は笑いを噛み殺して言う。

「てめえのことをアウトローと名乗るようじゃあ、極道として見込み無しだ。先は見えてると思いますがね」

「神尾は乗り気だったんだろ」

まあ、噂ではそうなってますが、と高木は意味ありげに指でほおをかく。洲本は返す。

「並のデカなら敵対する『山岡組』が見せしめに殺《や》ったと思うだろ」

「当然です」

高木が値踏みするように冷えた眼を据えてくる。

「でも主任、そんな判り易い筋の話では面白くもなんともありません」

「たしかに納得できないいな」

洲本は血の臭いに顔をしかめて続ける。

「六本木のイケイケ極道が大久保で惨殺されたんだ。しかも一人で、なんの抵抗の跡もなく」

そうです、あり得ません、と高木は我が意を得たとばかりに言う。

「鮮やかな殺し方はプロの業《わざ》ですが、武闘派のドンが抵抗なしってのがおかしい。しかもボディガードの組員がいた様子もないし」

そうだ。おかしい。あり得ない。足元から冷たいものが這い上がる。高木は顔を寄せて囁く。

「しかも相手は神尾ですよ。ケンカも強いが脳みそも上物《じょうもの》の、新時代の極道だ」

神尾は国立千葉大学で経営学を専攻したインテリで、在学中から六本木でショットバーを経営。またたくまに繁盛させて店を増やし、いっぱしの青年実業家としてサウナやラブホテルまで手を広げた。しかし、二十代半ばで『港連合』の組長に請《こ》われ、正式な組員に。

五年前、組長が脳梗塞に倒れ、寝たきり状態になると、現場を仕切る若頭に昇格。実質的なナンバーワンとなった。他の組が暴対法、暴排条例で軒並み金欠に陥り、首が回らない中、神尾はその経営手腕と情報収集力、度胸で不動産取引や株の売買に手を染め、けっこうな財を築いた経済ヤクザでもある。

再度、現場を観察する。四方をコンクリートに囲まれた廃墟。明かり取りのガラス窓が四つきり。頭の隅にポトッと、疑問の黒い滴《しずく》が落ちる。

「なあ、高木」洲本はさりげなく問う。

「仏、まだ湯気が立っているように見えるが」

そうですね、とあっさり認める。

「正式な司法解剖を待たなきゃ判りませんが、死亡推定時刻は午前零時ごろとか」

二時間余り前。さらに問う。「警察への通報は？」

「その三十分後です」

「どこのだれだ」

さあ、と首をひねり、小声で説明する。

「大久保通り沿いの交番に直接、電話が入ったようです。見つけてあげて、と」

見つけてあげて——

「通報者は若い女のようです」

若い女？

「主任、納得できないことばかりですよね」

高木は唇をゆがめて笑い、上司の胸中を見透かしたように言う。

「こんな幽霊屋敷みたいな廃墟を夜、わざわざのぞくようなモノ好き、いないでしょう。仮にのぞいても真っ暗でなにも見えないし」

その通りだ。電気も通っていない廃墟ビルだ。投光器がなければ漆黒の闇だ。採光も悪い。仮に昼間でも一メートル先も見えないだろう。高木は畳みかける。

「通報も１１０番じゃなくて最寄りの交番だ。逆探知を恐れていたとしか思えません」

その若い女、何者だ？　やはりこの殺しはおかしい。武闘派組織の頭、神尾明が大久保の廃墟で惨殺されるなど、あり得ない。しかも、ボディガードも連れず、抵抗の跡もなく。加えて、交番への通報者は正体不明の若い女ときた。

どうなってんだあ、と苛《いら》ついた声が飛ぶ。こっちの迷惑も考えろ、と吐き捨てるやつがいる。コート姿の中年男二人。新宿署の副署長と組対課長だ。寝入りばなを起こされたらしく、寝ぼけ面がそろって不機嫌だ。

「なんで六本木のヤー公がこんなとこで死ぬんだ」

禿頭《とくとう》の副署長が愚痴る。

「頼むから地元で殺されてくれよ。ただでさえ忙しいのに、とんだ迷惑だ」

「ホントです」銀縁メガネの組対課長が渋面で応じる。

「また帳場を立ち上げ、万年人手不足の捜査員を割《さ》かなきゃならない。やってられませんよ」

抗争の真っただ中の新たなヤマ。管理職の愚痴はいつ果てるともなく続く。

「主任」高木が耳打ちする。

「どうやらここがキモらしいですよ」

ここ？　高木は意味ありげに視線を天井から床へと這わす。

「ここですよ。骨董品のような『二十世紀ビルヂング』」

鈍い衝撃があった。この廃墟と化したオンボロビルが——洲本は改めて見回す。粗末な学習机の山とパイプ椅子。キッチンテーブル。冷蔵庫。ファミコンゲーム機。ブラウン管のテレビ。食器棚。なんの統一感もない品々だ。

ヤクザの呆けた死に顔と、首筋に開いた石榴《ざくろ》のような刃物傷。こうやって見ると趣味の悪いオブジェのようだ。洲本は高木の肩をつかみ、どういうことだ、と声を殺して迫る。

「おれは短気なんだ。具体的に言え」

高木は己の耳を指先で撫で、「この刑事の耳がキャッチした、闇社会の単なる噂話ですよ」と余裕の笑みを浮かべる。

「わたしはこれでも桜井文雄の弟子ですから」

桜井文雄。伝説の刑事。洲本は思わず歯嚙みした。ギリッと嫌な音がした。身体の芯から凶暴な熱が放射する。

「おれは徹底してやるからな」つかんだ高木の肩を揺すり、凄む。

「覚悟しておけ」

「望むところです」


洲本栄の言葉にウソはなかった。翌朝八時半。新宿警察署七階の講堂に設置された捜査本部の初会議に、洲本以下、高木をふくむ組対二係の面々の姿はなく、それを咎《とが》める声もないまま、署長と本庁組対部長の訓示、および五十人から成る捜査員の割り振りが粛々と進んだのである。

同時刻、五階、北奥。五〇五号取調室では洲本率いる組対二係の会議が行われていた。洲本を中心に高木と同僚刑事二人。アイロンパーマに痩身の、売れない演歌歌手のような矢島忠《やじまただし》と角刈り固太りの、大工の棟梁のような三瓶泰造《さんぺいたいぞう》。いずれも極道と見まごう強面のベテラン刑事だ。

洲本が事務机の前に座り、周りをパイプ椅子の三人が囲む。狭い部屋に熱気と緊張が充満する。

洲本は三人を順繰りに見据え、「気合入れていけよ」とひと言。高木は、上、と指さす。

「七階の捜査本部、いいんですか？　本庁組対の連中も張り切ってますけど」

「関係ないっ」

洲本は強い口調で返す。

「本庁の組対がどうした。おれたちは新宿署の組対だぞ。極道の都、歌舞伎町で年中命懸けでやり合ってきた、日本一のマルボウ刑事だ。兵庫県警にも大阪府警にも負けてねえぞ」

強烈なプライドを込めた言葉だった。一重の眼を光らせて言う。

「署長と本庁の許可もとった。おれたちはホシを挙げてナンボだ。ルーティンで帳場に組み込まれ、その他大勢のデカと一緒に動かされてたまるか。ド素人の本庁のお偉いさんにあごでこき使われるなどまっぴらごめんだ。このヤマは太い。おれは己のデカ生命を賭けている」

高木は悟った。これは誇張でもポーズでもない。本気だ。帳場とは別行動、という前代未聞の無茶を幹部にねじ込み、認めさせたのだ。仮に神尾殺しのホシを逃せば、洲本は腹を切る覚悟だろう。退路を断ったスッポンのほおが火照り、眼が血走ってくる。

「七階が『山岡組』がらみでちんたら捜査している間に、真犯人をとっ捕まえてやる」

じゃあ、とアイロンパーマの矢島が身を乗り出して問う。

「『山岡組』は関係ないと?」

「そういうことだ」

なあ高木、と振ってくる。焦った。矢島がもの凄い眼で睨んでくる。三瓶も同じだ。日頃、付き合いが悪く、単独行動も多い若手刑事は先輩の受けが最悪だ。これで実力が伴わなければリンチを食らい、放り出されているところだ。

ええ、まあ、と言葉を濁し、そう思います、と殊勝に返す。

「おう、高木」

角刈りの三瓶があごをしごいて問う。

「自慢のチャート図とやらから割り出したのか」

歌舞伎町を朝も夜も、非番も潰して歩き回り、裏社会の連中から情報を取り、作成したアンダーグラウンドの相関図。なぜ、知ってる?

洲本が意味ありげに微笑む。そうか。三瓶に向き直る。

「欲しけりゃ提供しますが」

なんだとぉ、と凄み、睨んでくる。高木はさらに挑発する。

「先輩方が酒飲んで愚痴っている間に、ひとりで歩き回って作ったアンダーグラウンドの相関図です。ここのところスランプの先輩の犯人検挙率も上がるのとちがいますか」

いらねえよっ、三瓶が怒声を上げる。狭い部屋が一気にヒートアップする。パイプ椅子がガタンと鳴った。矢島だ。調子のんなよっ、と立ち上がる。

「おう、ひよっこ、あんまりのぼせんじゃねえぞっ」

ガラの悪い演歌歌手のように吠える。

「しこしこ図面を書きたいなら設計屋にでもなりやがれっ」

高木は腰を浮かし、拳を固め、臨戦態勢をとる。先輩刑事二人と睨み合う。空気がヒリつく。きな臭い熱が渦を巻く。

「よっしゃあ、そこまで」洲本が間に割って入る。

「そのエネルギーを捜査に使え、無駄遣いは許さん、以上っ」

両手をパンと叩く。

「さあ打ち合わせだ」

三人、渋々腰を下ろす。洲本は何事もなかったように手帳を開き、指示を下す。

矢島と三瓶は六本木の『港連合』およびその周辺。共に拳銃携帯。洲本と高木はガイシャの神尾明の周辺。簡潔でシビアな指示だった。ベテラン二人が顔を強《こわ》ばらせて取調室を出て行く。

「悪く思うな」

洲本が手帳に眼を落としたまま言う。

「海千山千の矢島と三瓶のテンションを上げたかったもんでな」

手帳を閉じる。

「このヤマはおれの首がかかってる」

自らを追い込んだスッポンは新米刑事を見る。

「だが、おまえもチャートに頼ってちゃダメだ」

諭すように言う。

「桜井文雄には永遠になれない」

高木は苦いものを噛み締めて問う。

「シーラカンスは——太いネタ元とやらはいまもいるのでしょうか」

「いるに決まってるだろう」

洲本は、どっこらせ、と両手を事務机において立ち上がる。スタンドに架けたコートを抱え、ドアを開ける。

「桜井だけが接触に成功した、極上のネタ元だ」

取調室を出ながら付言する。

「いまさらだが、桜井文雄は別格だ」

別格、か。高木はダウンジャケットをつかみ、後を追う。

熱い。左の脇腹が焼けるようだ。江田功《えだいさお》はクラウンの後部座席で考えた。どうしたらいい？

ほんの二分前だ。錦糸町駅前のマンションを出た途端、やられた。背後から一直線に迫る足音に異様なものを感じ、振り返ろうとした瞬間、どん、とぶつかり、そいつは逃げた。左の脇腹に鋭い痛みが広がり、押さえた手にぬるっとした熱い感触があった。刺された。プロだ。怒声を上げ、追いかけようとする若い衆を引き留め、クラウンに乗り込み、発進させた。

「病院へ行きましょうか」

ハンドルを握る若い衆が震え声で問う。ばかやろう、と一喝。痛みがさらにひどくなる。もう四十四歳。若くない。が、極道の生き様だけは貫く覚悟だ。激痛をこらえて言う。

「ドスを突っ込まれたヤクザもんが病院へ行ってどうする。まして抗争の最中だ。逮捕してくださいと言ってるようなもんだろう」

へい、と若い衆は首をすくめる。スモークウィンドウのクラウンは行くあてもなく走る。

江田功は『山岡組』の三次団体『関東英《はなぶさ》組』の若頭補佐である。『山岡組』と『新山岡組』の抗争が激化するにつれ、いずれ火の粉は降りかかる、と覚悟していたが、こんな形でくるとは。

血がジャブジャブ流れていく。頭が朦朧としてくる。闇医者。どこかに腕のいい闇医者はいないか？　でかい組織にはお抱えの闇医者がいるが、『関東英組』は組員三十人足らずの弱小だ。以前、使っていた上野の闇医者は芸能人やプロスポーツ選手のシャブ抜き点滴で荒稼ぎしまくったあげく、自分もシャブ中になり、お縄になった。

頭の中にしまい込んだ極秘の住所録をめくる。江田は若い時分、組が仕切る賭場の管理を任されていた。サツの眼が届かない遊び場の設定も、カネを持った太い客の勧誘も大切な仕事だ。が、最も重要なのは客の連絡先の記憶である。ノートや手帳は使えない。パクられたとき客に迷惑をかけることになる。組の信用もガタ落ちだ。

江田は五十人からの客の名前と電話番号、負けが込んで組に借金があればその貸付日と金額を正確に記憶していた。特段、記憶力が優れているわけではない。火事場の馬鹿力というやつだ。ヘタを打って兄貴分からえぐいリンチを食らうのが嫌なら、死ぬ気で憶えるしかない。関西の賭場には五百人近い客のデータを記憶して〝コンピューターヤクザ〟なる、ひねりも落ちもない異名を与えられた極道もいたという。

「携帯、出せ」

若い衆がハンドル片手に懐からスマホを抜き出す。

「おれの言う番号を打ち込め」

絶体絶命の窮地を救う番号。三年前、大枚を払って入手した。一生、使う機会がなければいい、と思っていたが、所詮、ヤクザ者。

「呼び出し音、鳴ってます」

「よこせ」血に濡れた手でつかみ取り、耳に当てる。呼び出しコールが二回、三回。ダメか、と諦めかけたそのとき、繋がった。どちらさん、とひび割れた男の声が返る。江田は己の名前と組織、紹介者の名を告げる。

「どういう状況でやられたのか、傷の具合はどうなのか、簡潔に説明しろ」

冷静な口調で問う。江田は言葉を選んで説明しながら、悟った。この男はタダ者じゃない。鉛のような重い声音で判る。数々の修羅場を潜ったプロ中のプロだ。聞き終わった男は即、命じた。

「新宿へ向かえ」

江田は若い衆に行き先を指示する。四つ角を右折して京葉道路に入る。前を行くタクシーやトラックを巧みなハンドル捌きで追い抜き、西の方へと走る。元暴走族だけに運転は上手い。

「江田、少し話をしよう」

スマホの向こう、男は唐突に言う。

「おまえにヒットマンを放った野郎はどこのだれだと思う?」

江田は即座に返す。

「『新山岡組』でしょう。おれは山岡系ですから」

敬語になってしまう。圧倒されている。情けない。

「おまえはバカか」

男の嘲笑が耳朶を叩く。この野郎っ、一瞬、ドタマに血が昇ったが、すぐに冷静になる。男のシビアな言葉が続く。

「たかが弱小三次団体の若頭補佐ごときを狙ってどうなる。なんの効果もない」

反論できない。よく考えればそうかも。

「おまえ、真夜中のあれを知ってるのか」

あれとはなんだ？　黙っていると、この間抜けヤクザが、と笑い、朗らかに告げる。

「大久保でぶっ殺されたカミオアキラだよ」

カミオアキラ、かみお――。バチン、と火花が散る。

「『港連合』の神尾ですか」

そう、とひび割れた声が返る。

「廃墟のようなボロビルで、頸動脈を裂かれて死んでいた」

そんなニュース、あったか？　男はこっちの胸中を見透かしたように語る。

「警察はいちおう、身元不明の男の惨殺体を発見したと公式発表しているが、マスコミにとっていまの段階ではゴミネタだ。身元不明では大して報道の価値もない」

江田は息を殺し、耳を澄ます。

「山岡の抗争で極道業界がてんぱってんだ。マッチ一本でドカンと爆発する火薬庫状態だ。無駄な刺激を避けたい警察は、神尾の背後関係をじっくり調べ上げてから身元を公式発表する魂胆だろう」

頭の奥が煮えたように熱くなる。あんたは、と強ばった舌を動かして問う。

「極道、ですか」

男は半笑いで言う。

「おまえらのようなアホタレと一緒にするな」

ちがう？　ならばこの情報収集力はなんだ？　スマホをつかむ手が血と汗で滑る。江田は濡れた手をズボンで拭い、つかみ直す。

「おい、間抜け」スマホから男が呼びかける。

「だからおまえ自身にあるんだよ、そうやって脇腹を刺された理由は」

おれに——ばらばらのピースがかちりと嵌まる。

「報復、ですね」こみ上げる吐き気を抑えて言う。

「神尾を殺された『港連合』の」

「やっと判ったか。鈍い野郎だ」

ひび割れた唇を嚙む。半月前、『山岡組』の意を受けて『港連合』の神尾に面会。おれは説得した。『新山岡組』の誘いを断り、山岡の陣営に加われ、一緒にやっていこう、と。神尾とは不動産ビジネスを通じて旧知の仲だ。野郎はおれの懸命の説得を聞き終わると、あのハンサムな顔に爽やかな笑みを浮かべ、『山岡組』なんて滅びゆく恐竜みたいなもんじゃありませんか、時代は劇的に変化しているんですよ、江田先輩、判ってますか、と逆に諌《いさ》める始末。

さすがに頭にきて怒鳴り上げ、テーブルを蹴飛ばして帰ってきた。が、それで終わりだ。以後、電話一本入れていない。

ドクン、ドクン、と拍動と共に激痛が増していく。

「おれじゃない」江田は乾いた喉を絞る。

「おれが殺したんじゃない」

当たり前だ、と男は返す。

「おまえにあの神尾を殺せるわけがない。せいぜいテーブルを蹴飛ばして終わりだ」

ぞおっとした。悪寒が全身を貫き、歯がカチカチ鳴る。出血のせいだ、と言い聞かせながらも、スマホの向こうの男が怖い。この情報収集力、凄いというより異常だ。神尾との極秘の面会はおろか、テーブルの件まで承知している。いったいどこで知った？

江田、と自分の部下のように呼びつける。

「新宿に着いたら連絡しろ」

男は電話を切ろうとする。江田は慌てた。ひとつだけ、とかすれ声で問う。

「どんな医者が診てくれるんです」

闇医者は無免許の人間がほとんどだ。不祥事で医師免許を剝奪された奴とか、大学医学部の中退者とか。なかには外国人の元医者が不法滞在の同胞相手に闇医者業を営むケースもある。そいつらは腕に問題がある。当然だ。社会の最底辺で禄を食《は》む、夢も希望もないハンパ者にまともな医療技術は期待できない。運が悪ければ殺される。

「安心しろ」男は自信満々に言う。「東大医学部卒のバリバリの現役だ」

あり得ない。ジョークだろう。さすがに腹が立つ。

「さぞかし料金も高いんでしょうね」

「カネなんぞいらん」男はぴしりと返す。「暴対法からこっち、極道のシノギは減るばかりだ。金欠野郎からカネをふんだくろうとは思わない。その代わり、少し協力してくれ」

協力？　なんの？

「簡単なことだ。詳細は後《のち》ほど」

電話が切れる。江田は血にまみれたスマホを見つめ、ふうと息を吐いて脱力した。シートにもたれる。クラウンは京葉道路から靖国通りに入っていた。洞穴のようなJRのガードを潜り、神田須田町の交差点を突っ走る。新宿まであと十五分程度。江田は瞼《まぶた》を閉じた。どんな男なのだろう。興味と恐怖が半死半生の江田を覆う。


「はい、終わり」

水原晴代《みずはらはるよ》は明るく告げ、カルテに必要事項を記入する。患者は小太りの老婆。焼き鳥屋を経営する女主人で、今朝、仕込みの最中に濡れた床で足を滑らせ、足首をひねったのだという。軽い捻挫だ。湿布を施し、包帯を巻いてお終い。女主人は女性看護師の手を借りて立ち上がる。

「先生、いつもありがとね」

涙ぐんでいる。

「年齢《とし》とると気弱になっちゃってさ」

「息子さんがいるじゃないの」

あれはダメ、と深いシワを刻んだ顔をゆがめる。

「もう四十になるのに、店のカネを持ち出しちゃあ遊んでんだから」

ふう、と疲れたため息を吐き、晴代をまじまじと見る。

「しかし先生、若いよね」羨ましそうに言う。

「もう還暦超えてるんだろ。どう見ても五十代前半だもの」

「ありがとう」晴代は愛想笑いを浮かべる。

「お世辞でも嬉しいわ」

女主人は大きくかぶりを振る。ほおの贅肉が揺れる。

「ホントさ。あたしなんかまだ七十前なのに、八十にしか見られないもの。美人は得だね」

首をひねり、ぼやく。

「生涯独身、ってのがいいのかもね。あたしは酒飲みの宿六に散々苦労をかけられ、神経すり減らす毎日だったもの。ストレスで暴飲暴食に走り、いまは痛風に高血圧、糖尿病の三重苦だ。まったく、あんな男と一緒になんなきゃねえ」

五年前、脳溢血で逝った夫のことを散々愚痴り、笑顔の看護師に、さあ行きましょう、と優しくうながされて診察室を出て行く。

晴代はため息をつき、三つしか違わないのよ、と呟く。六十六歳。全身に苦労を刻みつけた女主人と同世代だ。好きな芸能人はザ・タイガースのジュリー、俳優は三船敏郎、ジャン・ギャバン。影響を受けた映画は『七人の侍』『地下室のメロディー』と『太陽がいっぱい』、それに大島渚の『日本の夜と霧』。アメリカンニューシネマだと『俺たちに明日はない』『真夜中のカーボーイ』そして『イージー・ライダー』。本は『ゲバラ日記』――。

先生、お昼です、と看護師の広瀬《ひろせ》雅子《まさこ》が言う。二十七歳。よく気がつくいい娘だ。卵型の整った顔にすっきりと伸びた身体。仕事中は柔らかな笑顔だが、プライベートで見せる厳しい表情には薄幸の色がある。育ちが育ちだ。子供に親は選べない。

午前の診察を終えた晴代は白衣を脱ぎ、サンダルをヒールに替え、食堂に向かう。

花園神社近くの路地の三階建てビル、『水原病院』。築半世紀になろうかというクリーム色の、丸みを帯びたクラシカルなビルだ。一階に受付と診察待ちのロビーがあり、二階が診察室とレントゲンなどの検査室。三階が晴代の自宅で、昼はスタッフと自宅の食堂で昼食を摂る。

『水原病院』は祖父の代から続く個人病院で、晴代は父親から引き継いだ三代目。診療科目に内科と外科を掲げているが、水虫から交通事故、躁鬱、癌まで、なんでも診る。町医者はオールラウンドプレイヤーでなければやっていけない。まして歌舞伎町だ。患者も疾病も実にバラエティに富んでいる。

コンクリートの階段を上がる。かぐわしい味噌汁の香りがする。木製の長机を中央に置いた食堂では昼食の準備の真っ最中だ。

調理担当は看護師の広瀬雅子で、配膳担当は一階で受付と医療事務のすべてを取り仕切る広瀬隆彦《たかひこ》。二卵性双生児で姉が雅子、弟が隆彦。姉に似た爽やかな二枚目だ。もっとも、姉は弁が立ち、牝虎のように気が強いが、弟は寡黙で優しい。そして、共に心に深い闇を抱えている。姉弟の成育環境を考えれば仕方ないことだと思う。

現在、スタッフはこの二人だけ。何事もなければ廃業までこのままだろう。己の老いた身体があと何年もつのか。できれば七十を区切りに引退したいのだが。

「さあ、先生、できましたよ」

雅子が笑顔で言う。テーブルには豚肉の生姜焼きとアボカドサラダ、ねぎと豆腐の味噌汁、麦入りの御飯、香のもの。

晴代はテレビのリモコンを操作し、椅子に腰を下ろす。お昼のニュースが始まっている。

「雅子ちゃん、隆彦くん、いただきましょう」

手を合わせ、三人で一礼し、箸を取る。テレビではシリア難民のニュースをやっている。晴代はシリアの悲惨な現状を説明し、難民に苛酷な運命を強いる西側社会を批判する。雅子が苛烈な意見を述べ、隆彦が言葉少なに同調する。

昼はいつもこうだ。国際問題から国内政治、社会問題、凶悪事件。テレビが報じるニュースを俎上にのせ、三人でいろんなことを話し合う。

なに？　箸が止まる。晴代は味噌汁の椀をテーブルに置き、テレビを注視する。東京のローカルニュースに変わっていた。殺人事件だ。四角い顔の男性キャスターが淡々と伝える。

大久保の廃ビルで未明に発見された惨殺体。廃ビルの名前、『二十世紀ビルヂング』――。

まさか。息を詰めて見入る。画面が事件現場の外観に移る。黄色の規制テープと警察官たち。路地と古いビル。間違いない。あのビルだ。

キャスターの言葉が重なる。惨殺体の身元が判明。神尾明、三十五歳。六本木の暴力団『港連合』幹部――。頭が真っ白になった。箸が落ちる。そんな。明くん。

「先生、消しましょうか」雅子が屈託のない笑顔で言う。

「お顔、真っ青ですよ」

どうして？　雅子は口に手を当て、さもおかしそうに笑う。晴代は困惑し、胸の中で告げる。あなた、見たでしょう。明くんが惨殺されたのよ。怖い想像が頭を駆け巡る。

晴代は、まさか、と思いながらも訊いてみる。

「もしかして、あなたは――」

言葉が続かない。訊けば、雅子は答えるだろう。嘘偽りのない事実を。そのとき、自分は耐えられるだろうか。先生、と静かな声がする。隆彦だ。澄んだ眼を据え、ちがいます、と指を振る。

「〃あなたは〃ではなく、正確には〃あなたたちは〃です」

なんの迷いもない、力強い言葉だ。

「ぼくと姉は一心同体ですから」

苛酷な星の下に生まれた双生児。そろって晴代を見る。その眼はもはや、感情の失せた石ころだった。

空気がブンと震える。ベルが鳴る。凄まじい勢いで鳴り響く。きたあっ、いそげっ、と吠え、姉弟二人、両手でテーブルを叩いて勢いよく立ち上がる。味噌汁がこぼれ、ご飯がひっくり返る。

「先生、急いでください」

雅子が夜叉の形相で言う。

「トッキュウですよ」

トッキュウとは特別急患の略。このビル内だけで通じる隠語。隆彦がベルのスイッチを切り、ロケットのように駆ける。

「さあ、先生、地下室へ」雅子が腕を引っ張る。

「もう準備はできています」

準備？　雅子は叩きつけるように言う。

「とっくにおじちゃんから連絡がありました。隆彦と二人で手分けして準備してあります。先生は手術を行うだけです」

待って。が、雅子は腕をさらに強く引く。

「先生はもうご高齢だから、わたしたちでやれることは全部、やります。これからもずっと」

ずっと？　全身にざわっと鳥肌がたつ。いやだっ。

「雅子ちゃん、もうやりたくない」

晴代は腰を引き、子供のように叫ぶ。

「わたしはやりたくないのよっ」

が、雅子は許さない。若い力で容赦なくひっぱり、老女医の痩せた肩を抱える。

「先生、ダメですよ」一転、猫撫で声で言う。

「おじちゃんの命令なんだから」

おじちゃん。喉を切り裂かれ、棄て置かれた明くん。足元が崩れ、世界が崩壊していく。

気がつけば雅子に背を押され、コンクリートの階段を下っていた。二階から一階、そして暗い、血の臭いが充満する地下へ。地獄へ落ちていくようだった。

ああ、もう。的場祐介《まとばゆうすけ》は頭を抱えた。ＪＲ中央線東中野駅前のテナントビル内、大学受験予備校『栄光スクール』。夕刻の自習室。

周りでは高校生や予備校生が一心不乱に参考書をめくり、シャープペンシルを動かしている。

祐介は都立高校三年生。来春のセンター入試まで僅か一カ月。ラストスパートをかける時期なのに、集中できない。心配事ばかりだ。

それでも参考書の文字を追い、三分で諦める。アラビア文字を読んでいるみたいだ。つまり、まったく頭に入らない。ちくしょう、と声に出さずに罵《ののし》る。全部、あの情けない親父のせいだ。

食品専門商社の営業マンの親父は半年前、リストラで会社を放り出され、再就職活動も「どこも雇ってくれない」と三カ月で諦めてしまった。ならば、と運送会社で荷物仕分けのアルバイトをやってはみたものの、腰を痛めたとかで半月でアウト。

いまは失業保険をもらいながら、酒を飲んでパチンコばかりしている。おふくろがコンビニのパートで頑張っているが、この分だと大学は無理かも。さすがに焦って昨日、酔っ払って帰宅した親父に言ってみた。お願いだから定職についてくれないか、と。

四十五歳の親父は無精髭の浮いた赤い顔をゆがめ、酒臭い息を吐き、こう言った。おれは高校中退のダメな中年だ、学歴も、手に職もねえ、まともな再就職先がねえんだよ、面接で落とされまくってすっかり自信喪失しちまったんだよ、と。そして濁った落伍者の眼を向け、ほざいた。

「いっそ、自殺してやろうか、そしたらおれの保険金でおまえも大学に行ける。おれみてえな穀潰しも消えて万々歳だろ」

瞬間、頭が沸騰し、気がついたら親父が畳に転がっていた。拳が熱かった。息子に殴られた親父は畳につっぷし、肩を震わせて嗚咽《おえつ》した。

こんなに弱い男だったのか、とこっちまで泣きたくなった。おふくろに、バカ息子、とビンタを張られ、高一の妹に、アニキ最低、と罵られ、肩を落として自己嫌悪の海に沈んだ。

開いた参考書の上で右の手を握り、開く。親父を殴った感触はまだこの手に残っている。おやじ、と声に出さずに呟く。

小学生になって野球を始めると、華麗なグラブ捌きを見せてくれたかっこいい親父。優秀営業マンとして会社に表彰され、家族も一緒にグアム旅行に招待された仕事のできる自慢の親父。

九州の実家が破産し、高校を二年で中退して上京。独力で途《みち》を切り拓いた苦労人の親父は、おまえらには惨めな思いをさせたくない、と教育費だけは惜しまなかった。賃貸の公団アパートに住み、おふくろもパートで働き続けた。家族旅行はもちろん、ディズニーランドにも行ったことがない。両親は余計な出費を一切許さなかった。

おかげで学習塾に通い、高校も都立の進学校に入学できた。大学受験に備え、こうやって予備校にも通える。ところが最後の最後、土壇場にきて、頼りの親父が力尽きた。第一志望の国立大学教育学部は合格圏ギリギリだ。一日一日がホントに大事な時期なのに。妹もいる。英語の得意な妹は名門私大の国際関係学部に進み、外資系企業で働きたい、との明確な夢を持っている。漠然と教師になりたい兄貴とは違う。やはり自分が諦めるべきか？　高卒で働いて、妹の学資をつくるか？

ここ東中野の『栄光スクール』に通って一年。授業料は大手の三分の二。もっとも、安い授業料だけが魅力で選択したわけではない。もうひとつ、理由がある。それは——。

視界の端に人影が立つ。そっと視線を向けた。半開きのドアから白髪の男がのぞいている。ドクン、と胸が高鳴る。藤田《ふじた》秀夫《ひでお》。日本史、世界史、現代文を教えている七十歳の老講師。

長身に肩幅の広い逞しい身体。深いシワを刻んだ顔は武骨だが、黒縁メガネをかけた眼は優しい。黒のタートルネックにチェックのブレザー。焦げ茶の革靴。ダンディな老講師は自習室を暫く眺めた後、軽くうなずき、生徒の邪魔にならないよう、そっとドアを閉める。

胸騒ぎがした。祐介は参考書を閉じ、後を追った。廊下でつかまえる。藤田は、質問かい、と優しく訊いてきた。祐介は言葉に詰まり、それでも告げた。先生の表情が気になったから、と。

「ほう、どういうふうに?」

首をかしげ、興味津々の様子だ。祐介は深く息を吸って言う。

「みんなにお別れをしているような」

藤田がじっと見つめてくる。メガネの奥の眼に吸い込まれそうだ。深くて冷たい、澄んだ瞳だ。薄い唇が動く。「鋭いねえ」

いや、そんな。尊敬する藤田に、鋭い、なんて言われて嬉しいけど、悲しい。

「わたしは今日で辞める」

鈍い衝撃があった。祐介は声を振り絞る。

「急なんですね」

「もういい年齢だし、身体の調子もよくないし」

藤田の授業は世界史と現代文をとってきた。授業は濃密でありながら判り易い内容で、時折脱線して語る自分の体験談が面白かった。学生時代、世界中を旅して回った話とか、影響を受けた映画や本、音楽のこととか。

「せっかくだし、お茶でも飲もうか」

誘われるまま、廊下奥の談話コーナーという名のスペースの椅子に座る。藤田は自動販売機の缶コーヒーを奢ってくれた。授業に関する質問とか立ち話の雑談は交わしたことがあるが、こうやって改まって話すのは初めてだ。丸テーブルの向こうで藤田が語る。

「なにか心配事があるんだろ」

ドキリとした。

「伊達《だて》に人間を七十年もやってるわけじゃないんだ。きみの顔にちゃんと書いてあるよ」

読心術のごとき洞察力に舌を巻く。鋭い、なんて言われて喜んだ自分がバカに思えた。

「よかったら話してごらん。今日が最後なんだから」

最後か。胸を木枯らしが吹き抜けていくようだった。温かい缶コーヒーを二口飲んで、ぼそぼそと語った。父親のリストラのこと、受験勉強に集中できないこと、将来への不安——。

「泣くな」

我に返る。鋭い眼が見つめている。重いバリトンが響く。

「男なら泣くな。妹もいるんだろう」

はい、と慌ててハンカチを引っ張り出し、涙を拭く。

「たしかに世の中は理不尽だよ」

藤田は十七の迷えるガキに向かって真摯に語る。

「きみの父親は飴と鞭で馬車馬のごとく働かされ、日々厳しいノルマを課せられ、息切れしたところで非情にも棄てられてしまったんだな。家庭の事情で高校を中退し、九州から上京してひたすら会社に忠誠を誓い、身も心も捧げて頑張ってきたのに、酷《ひど》い話だ」

悲しげに首を振る。

「再就職活動も失敗の連続で、張り詰めていた糸がぷっつり切れてしまったのだろう。

そのショックと絶望感たるや、苦労知らずの息子には想像もできないことだね。残念ながら」

とことん追い込まれ、パチンコと酒に逃げるしかなかった親父がたまらなく可哀想になった。

「富める者は弱者から搾取してより富み栄え、貧しい者はより貧しくなる。暴走する資本主義が生み出した格差社会の悲劇だ」

返すべき言葉がない。シビアな話になるが、と藤田は前置きして語る。

「きみは仮に第一志望の大学に合格しても、卒業は極めて難しいね。国が推進した法人化で国立大学の学費も上昇の一途だ。いまや私立大学の三分の二近くというから、年間数万円で済んでいた昔がウソのようだ。奨学金を受けようにも、ほとんどが利子付きの貸与型だ。つまり暴利を貪《むさぼ》る学生ローンだ」

言葉が怒りを帯びてくる。

「学費と生活費をバイトで賄おうとしたら勉学が疎《おろそ》かになる。留年で済めばいいが、日々の辛苦は重いダメージとなって蓄積されていく。途中で力尽き、心身を病み、志半ばで大学を辞めていく若者がいかに多いことか。絶望の余り、ひきこもりになる者も珍しくない。国の方針が致命的に間違っているんだな」

藤田は感情の昂ぶりを冷ますように缶コーヒーを飲み、ふうとため息を漏らす。

「向上心の強い若者は社会の宝なのに、まったく大事にしていない。日本の将来は限りなく暗いね」

　こっちの気持ちも暗くなる。

「きみは若いんだ」

　老講師は過去を追慕するように遠くを眺める。

「弱者を喰いものにする非情な社会をぶっ壊し、理想の国家に再生するくらいのエネルギーを持たないとね」

　それは話が飛躍しすぎだと思う。こっちは悩み深き、明日をも知れぬ貧しい十七歳だぞ。

「きみは何になりたい」

　突然、問われて戸惑った。藤田はテーブルに片肘をつき、ぐいと身を乗り出してくる。

「将来、どういう大人になりたいんだ」

　眼が光を当てたように輝く。熱いエネルギーが迫る。祐介は肩をすぼめ、志望は教育学部ですからいちおう教師ですけど、と答える。一気に熱が去る。藤田は身を引き、いちおうかい、とつまらなそうに缶コーヒーを飲む。焦った。

「教師になりたい、と思ったのは藤田先生がいたからです」

　なんだそれ、と藤田は首をひねる。祐介はここぞとばかりに続けた。いま言わなきゃ一生、伝えられない。あの驚きと感動を。

「先生は昔、大久保で『光の家』を運営されていましたよね」

表情に怪訝な色が浮かぶ。祐介は背筋を伸ばして言う。

「おれが住む西荻窪の公団アパートに『光の家』の世話になったひとがいました」

坊主頭の小柄なおじさんで、みっちゃんと呼ばれていた。本名は知らない。なんらかの事故の後遺症なのか、生まれつきなのか、片足をひきずって歩く、お酒が好きなひとだった。いつも公団アパートとその周辺にいたから生活保護で暮らしていたのだと思う。

中学に入り、学習塾に通うようになると、時々みっちゃんと話すようになった。みっちゃんは公団の中庭のベンチに座り、カップ酒を飲みながら、おれだっておめえみてえに学習塾で勉強したことがあるんだぞ、と得意げに語った。

「みっちゃんは歌舞伎町で育った、父親も知らないかわいそうなひとでした」

母親はクラブの専属歌手、とか言っていたが、多分ウソだろう。

「小学校でも中学校でも、貧乏、汚ない、とイジめられて、放課後、同じような子供が集まる『光の家』で過ごすときだけが幸せだったと言っていました。ボランティアの藤田先生に勉強を教えてもらい、みんなでテレビを観てゲームで遊んでご飯を作って食べた、と」

老講師は眼を伏せ、沈痛な面持ちで聞き入る。

「藤田先生は神様だ、とも言っていました」

よしてくれ、と片手を振る。祐介はかまわず続ける。

「おれが都立高校に進むと、みっちゃんは、大学へ行きたいなら藤田先生に教えてもらえ、と薦めてくれました。『光の家』はとっくの昔に閉鎖したけど、藤田先生はずっと東中野の『栄光スクール』で教えているから、と」

『栄光スクール』のホームページで藤田秀夫の名前を確認し、一年前、高二の冬、受講を申し込んだ。実際に接した藤田は優しくて包容力があり、もちろん授業の内容は抜群、脱線する話も面白くて、理想とする教師だった。

「そのみっちゃんはどうしている？」藤田が問う。

「いまも公団アパートにいるのかい」

昂揚していた気持ちが沈む。

「二年と少し前に自殺しました」

自室で首を吊り、一カ月も発見されなかったみっちゃん。公団の職員が訪ねたときは死体が腐敗して畳に落ちていたという。

「生前のみっちゃんはこんなことも言っていました。藤田先生に会って礼を言いたいが、こんな様《ざま》じゃとても無理だ、おれは最後までダメだった、と」

みっちゃんはたしかにダメだった。窃盗や万引きの噂が絶えず、酔っ払っては住人にからみ、悪態をつく近所の鼻つまみ者。そんなダメ男が唯一誉めそやす人物。それが藤田先生だった。

「たまらないね」

藤田はメガネを外して眼頭を揉む。

「歌舞伎町や大久保にはそのみっちゃんのように見捨てられた子供が何十人といたよ。わたしはいろんなひとの力を借りて『光の家』を運営してきたが、十年前、刀折れ、矢尽き、ジ・エンドだ。以後はご覧の通り予備校講師で糊口をしのぐ日々だ。情けない話だよ」

そんな。祐介は拳を握り、このおれは、と己の胸を叩く。

「藤田先生に憧れ、『栄光スクール』に来ました。ボランティアで貧しい子供たちを救ってこられた先生の足元にも及びませんが、いまは教師になって頑張りたいと思っています」

言ったそばから顔が熱くなる。こんなダサくて臭いセリフ、高校とか自宅じゃ絶対に言えない。でも、藤田の前でなら言える。不思議なくらい素直になれる。どうしてだろう。

「いいことだね」藤田は静かに言う。

「きみはわたしの虚像、つまり偽りの姿しか知らない。それでも感動したという。実に嬉しいね」

偽りの姿？　藤田が？　うまく理解できない。

「わたしにも若いころは理想や夢があった。身も心も震える感動があった。崇高なる人間の生き様が人生を決めることはあるんだよ」

懐から手帳を抜きだし、万年筆を走らせる。

「こうやって、きみと話ができたのも何かの縁だ。特別に、若い時分に読むべき本を教えよう」

ページを一枚破り、差し出す。そこには流麗な達筆で『チェ・ゲバラ伝』と記してあった。

「チェ・ゲバラ。知ってるかい」

名前くらいは、と蚊の鳴くような声で答える。藤田は厳かに告げる。

「革命家だ」

なんと応じていいのか判らない。

「アルゼンチンの新米医師でありながら、おせっかいにもボロ船で荒海を渡り、遭難しそうになりながらもキューバまで辿り着き、盟友カストロと共に革命を成し遂げたんだ。安定と権力を嫌う根っからの革命家はアフリカに渡ってコンゴ動乱に参戦し、最後は南米ボリビアの山地で反政府ゲリラ軍を率いて闘い、銃殺されている。三十九年間の濃密で気高い人生だった」

一方的に語ると腰を上げ、じゃあ、と軽く手を振る。祐介は慌てて立ち上がり、先生、ひとつだけ、と疑問を投げる。

「偽りの姿ってなんですか」

藤田は快活な笑みを浮かべ、このわたしのすべてだ、と両腕を大きく広げる。

「いま、きみが見ている藤田秀夫という情けないじいさんだよ」

それだけ言うと、背を向け、悠々と去っていく。祐介は破り取られたページを見る。『チェ・ゲバラ伝』。医師にして革命家。そういえば、と頭の隅で蠢《うごめ》くものがある。みっちゃんの話だ。藤田先生、そして美しい女性医者との甘酸っぱい想い出だ。


「以上、報告を終わります」

新宿警察署の五階。五〇五号取調室。午後十時過ぎ。大工の棟梁のような三瓶泰造による六本木『港連合』の調査報告は神尾の意外な貌《かお》を暴《あば》いた。簡潔にまとめるとこうなる。

『港連合』はケンカも強いが、経済ヤクザの範疇を超えた稼ぎっぷりはさらに凄い。とにかくカネ儲けの情報には事欠かず、不動産取引や株の運用で莫大なカネを得ていた。

カネを生む極秘情報のほとんどは若頭の神尾明から出ており、組内の別名は魔術師。神尾は他の暴力団の内情にも詳しく、大手組織に属さない独立系の立ち位置を守る上で、極秘情報の数々は強力な武器になった、と。

「つまりこういうことか」

洲本が難しい顔で問う。

「その魔術師神尾が『山岡組』の誘いを拒否し、『新山岡組』と手を結ぼうってんだから、今回の抗争はそれだけ深刻だと」

そうなります、と痩身アイロンパーマの矢島忠が引き取る。

「『山岡組』と『新山岡組』。この闇社会を真っ二つに割った二大勢力の間でこの先も上手く立ち回るのは難しい、と考えたようです」

「なるほどね」

洲本は手帳にペンを走らせる。矢島は突き出た喉仏を上下させて続ける。

「山岡にケンカを売って飛び出した新山岡には脳みそがクールで野心満々な若手が揃っています。おまけに度胸も満点だ。一緒にビジネスをやるなら新山岡と判断したのでしょう。頭カチカチで融通の利かない山岡はいわば古代の恐竜ですから」

「ヤクザというよりIT企業の戦略のようだな」

「時代は変わった、ということでしょう」

「ご苦労」

高木、とあごをしゃくる。若手刑事は手帳を片手に報告する。

「殺害現場となった『二十世紀ビルヂング』ですが、十一年前、当時の所有者である山田某が死去。すぐにろくでなしの息子二人の間で相続をめぐる争いが勃発しています」

なんだそれ、と矢島と三瓶が顔を見合わせ、怪訝そうだ。高木はかまわず続ける。

「争いは裁判に発展。以後、双方の応援団と称するいかがわしい連中や、亡父の借金の証文を所有していると主張する親族等が入り乱れ、泥沼化したままテナントは逃げ出し、どうにも手の付けようがなく塩漬けとなり、廃墟化した超問題物件であります」

てめえは不動産屋か、と三瓶がいきり立つ。

「神尾明個人の周辺調査はどうした」

「慌てるなっ」洲本が一喝する。

「報告の途中だ。黙って最後まで聞いてやれ」

三瓶は不承不承、矛《ほこ》を収める。

「この超問題物件の半地下エリア、つまり神尾明が惨殺体となって発見された場所ですが、以前は『光の家』なるボランティア施設が入っておりました」

語りながら殺害現場が浮かぶ。学習机とパイプ椅子、長机、ブラウン管テレビ、食器類——。首を裂かれ、血の海に転がる暴力団幹部。

「『光の家』はいまから二十五年前、地域の貧しい子供たちに学習と食事の場を与える無料施設としてオープンしています。人格者で知られたビルオーナー山田某の厚意もあり、格安の賃料でした。運営責任者は藤田秀夫。現在、七十歳。当時、東中野の予備校『栄光スクール』講師の傍ら、『光の家』を設立し、ボランティアの学生や主婦の協力も得て放課後、居場所のない子供たちの面倒を見ていました。噂では予備校の給与もつぎ込み、本人は清貧を貫いていたとか」

左巻きかよ、と矢島がつまらなそうに吐き捨てる。三瓶も顔をしかめて言う。

「善意の押しつけだろ」

高木は無視して語る。

「この『光の家』は先に述べましたビルオーナー山田某の死去とその後のトラブルで退

去を余儀なくされ、十年前に閉鎖しております」

浅く息を吸い、核心に迫る。

「そして『光の家』の出身者が神尾明です」

取調室に重い沈黙が満ちる。どういうことだ、と三瓶が囁く。

「神尾は国立千葉大を卒業したインテリヤクザだぜ。歓楽街の貧しいガキどもが集まった『光の家』とやらと結びつかねえんだが」

当然の疑問だ。高木は説明する。

「神尾は幼い時分に両親が離婚。キャバレーホステスの母親と共に歌舞伎町に住みつき、悲惨な子供時代を過ごしました。しかし――」

ページをめくる。

「『光の家』でガラリと変わったようです」

矢島と三瓶が息を呑む。高木は淡々と語る。

「藤田秀夫の叱咤と指導のもと、勉学に力を入れ、中学入学後、好成績を上げるようになりました。中学卒業時、母親がラブホテルで薬物の過剰摂取により死亡するという痛ましい出来事もありましたが、周囲の励ましと援助で高校、大学に進んでいます」

その背後には、と矢島が言葉を挟む。険しい表情だ。

「藤田秀夫がいたんだろう」

おそらく、と答え、高木は手帳を閉じる。が、矢島は止まらない。

「ヤサは当たったのか」

もちろん、と洲本が引き取る。

「すぐそこの西新宿のボロアパートだ」

新宿署から徒歩七分。青梅街道の向こう、再開発から取り残された、昭和の匂いを色濃く残す一画だ。古い民家を改造した飲食店やファッションショップ、雑貨店が立ち並ぶなか、路地の奥に、いまにも崩れそうな木造モルタルアパートがあった。

本日、午後八時、高木は洲本と共に訪ねた。一階角部屋。六畳一間はもぬけの殻で、食器一つ、新聞紙一枚、残っていなかった。洲本が言う。

「大家の話では今日の午前中、荷物をまとめて出ていったらしい」

取調室の空気が一気に緊迫する。

「藤田が住みついて四半世紀になるらしいが、大家が代替わりしたこともあり当時の詳しい状況は判らない。入居時の提出書類も散逸している。予備校講師、と承知はしていたようだが」

「苔が生えるほど住んでいて、手荷物程度で出ていったとなると」

矢島は冥い眼を宙に据える。

「そのじいさん、日頃から準備していたとしか思えませんね」

五秒ほど静寂が流れ、三瓶が口を開く。

「予備校はどうです。まだ講師をやってんでしょう」

洲本は答える。

「東中野の『栄光スクール』に在籍していたが、電話を入れたところ、今日付けで退職している」

三瓶は眼を剝き、絶句する。矢島も息を呑む。

「限りなく怪しいな」

そっけなく言い、洲本は首を大きく回す。コキ、と鳴る。

「予備校は明日、直接訪ねてみるが、その前に――」

部下三人を見る。

「戸籍に気になるところがあった」

矢島と三瓶が息を殺して聞き入る。洲本は焦《じ》らすように遠くを見つめ、口を開く。

「おれが方々に手を回して特急で手に入れた戸籍によれば――」

ウソだ。高木はほくそ笑む。今日、遅い昼飯を食い、喫茶店でお茶を飲んでいると、洲本は突然、席を外し、どこからか戸籍を持ってきた。その間、三十分足らず。おそらく、付き合いのある歌舞伎町の不良弁護士に依頼し、弁護士職権で取得したのだろう。

捜査本部を通せば藤田秀夫の存在がバレてしまう。

「藤田は二十七年前、本籍と住民票を現住所、つまり西新宿のボロアパートに移している。結婚歴はない」

矢島が勢い込んで問う。

「以後、西新宿まで動いていない。つまり、八歳から四十三歳までの三十五年間、戸籍附票とは住民の移動が記録された書類のことで、戸籍とセットで管理されている。

隣の上尾《あげお》町、いまの上尾市に移っている」

「念のために戸籍の附票《ふひょう》を確認したところ、藤田は誕生八年後、両親と共に桶川町から
く。ひとり、指揮官だけが意気軒昂だ。

可能性大、と。高木の背筋を冷たいものが這う。矢島と三瓶も顔から血の気が引いてい
ハム、とは警察内の隠語で公安警察を指す。つまり、藤田の正体は公安も興味を示す
「泡食った捜査幹部が察庁に駆け込み、ハムが動けばもっと厄介だ」

洲本は意味ありげに薄く笑う。

ら厄介なことになる」

「帳場の体力自慢のデカが思いがけない僥倖《ぎょうこう》に見舞われ、藤田秀夫の存在を嗅ぎつけた
二人の表情がこわばる。

「七階を見張ってろ」

矢島と三瓶に眼をやり、親指で天井を示す。

「明日、おれと高木は桶川市とその周辺を洗ってくる。おまえらは」

さて、と洲本は両手を組み合わせる。

「埼玉だ。桶川《おけがわ》町、いまの桶川市で生まれている」

「元の本籍はどこです」

上は上尾在住のままだ」

おかしいな、と三瓶が猪首をひねる。

「四十三歳で突然、動かしているんでしょ。しかも、西新宿のオンボロアパートに」

「明日になりゃ判るさ」

それだけ言うと洲本は立ち上がる。腰に両手を当てて短軀を伸ばし、逃がさねえぞ、と凄む。午後十一時、取調室の蛍光灯の下、陰影を刻んだ洲本の顔は地獄で嗤《わら》う鬼そのものだった。


翌日、高木は朝から洲本と二人、埼玉県桶川市と上尾市を回り、藤田秀夫に関する証言を集めた。その人物像は想定外のひと言だった。高木は闇から浮かび上がった正体に驚愕し、藤田秀夫の人生に心から同情した。

もっとも洲本は予想していたのか、動揺の欠片《かけら》も見せなかった。夕刻、東中野の『栄光スクール』に向かう。

ＪＲ中央線東中野駅前のテナントビルの一階から三階までが『栄光スクール』。一階は受付と事務室。リノリウム張りのロビーに少年少女が屯《たむろ》していた。壁に貼られた試験日のスケジュール表を睨む者も、深刻な表情で立ち話の四人組も、テーブルを置いた談話コーナーでなにがおかしいのか、笑い転げているグループもいる。その横ではひとり、一心に文庫本を読む少年がいた。

洲本は受付の若い女性に身元と名前を名乗り、責任者、もしくはオーナーへの面会を求めた。小首をかしげて要領を得ない女性に対し、短気な刑事は身分証を示して大声で告げる。

「わたしは新宿署の刑事です」

生徒たちが、何事だ、とばかりに注視する。洲本はかまわず野太い声を張り上げる。

「講師の藤田秀夫さんについて、至急お訊きしたいことがあります」

泡を食った女性事務員が事務室に駆け込む。少々乱暴なアプローチながら、体面を気にする組織には効果抜群である。案の定、三分とかからず事務机に椅子が四つあるだけの殺風景な部屋に通される。壁には受験生を鼓舞する四字熟語を書き殴ったポスターの数々。生徒や保護者との面談室だろう。

待つこと一分。現れたのは灰色の薄い髪に樽のような身体、丸顔の、初老の大男。名前は徳山栄太郎《とくやまえいたろう》。校長で、現場の責任者だという。名刺を交換し、質素な事務机を挟んで座る。

「藤田先生は昨日付けでお辞めになられました」

徳山はハンカチで顔の大汗をぬぐい、弁解するように言う。

「我々も急な話で困っておりまして。なにせ抜群に優秀な講師で――」

校長先生、単刀直入にまいりましょう、と洲本は強引に話を引き寄せる。

「藤田さんの顔写真が欲しいのです」

はあ、と首をかしげる。洲本は前のめりになって迫る。

「内偵中の案件の捜査に必要でして」

徳山は眼を丸くして問う。

「藤田先生がなにか事件を？」

「だから内偵中ですよ。まだなにも判っておりません」

なだめるように返す。

「おたくのホームページにも藤田さんの写真だけありません」

それはですねえ、と徳山が丸顔を火照らせて弁解する。

「藤田先生が拒否されたのですよ。こんな年寄りが貧乏臭い面《つら》を晒《さら》しては営業妨害になる、と冗談まじりに、しかしきっぱりと」

「ならば社員旅行、飲み会等、プライベートでもけっこうです」

徳山は眼を伏せ、困り顔で言う。個人情報ですから、と。瞬間、洲本の顔色が変わり、こめかみの青筋が膨れ上がる。

「じゃあこっちも言わせていただきます。ホームページに於ける藤田のプロフィールですが」

〝藤田さん〟が〝藤田〟になっている。

「明治大学法学部を卒業されたことになっていますよね」

はい、と校長は警戒心も露わにうなずく。洲本は問う。

「確認されました？」

丸顔が真っ青になる。洲本は畳みかける。

「芸能人の経歴詐称とちがうんですよ。仮にも大学予備校だ。講師の経歴に偽りなどあれば深刻な信用問題になります」

ちょ、ちょっと待ってください、と徳山は大慌てで返す。

「刑事さんは藤田先生が学歴詐称をしたとおっしゃるんですか」

ちがうっ、と怒鳴る。

「学歴詐称じゃなく経歴詐称だっ」

徳山は口を半開きにして見つめる。高木、と洲本があごをしゃくる。

「校長先生に説明してさしあげろ」

高木は懐から手帳を抜きだし、本日の調査結果を簡潔に述べる。

「藤田秀夫は昭和二十年十月、つまり終戦の年、桶川町の小さな鋳物工場で働く貧しい夫婦の下に生まれています。しかし、終戦後の混乱期ゆえ、当時の詳しい状況は判りません」

旧住所から現在地を割り出して訪ねたが、辺りには巨大なショッピングセンターが建ち、戦後の民家は影も形もなかった。

洲本と手分けして聞き込みを行うこと三時間。近所の古老から、焼け跡に建つバラック住宅に藤田の父と母らしき夫婦がいた、との証言を得た。が、秀夫の記憶はなかった。

古老曰く、そこらへんに腹を減らしたワルガキどもがわんさかいたからな、でお終い。

「八年後、隣の上尾町に移り、父親は清掃工場で働き始めます。しかし二年後、梅雨時の真夜中、泥酔し、畑の肥溜めに落ちて窒息死。事故として処理されましたが、博打がらみの他殺の線も浮かんだようです」

語りながらイヤになる。まったく、なんて最期だ。

「以後、秀夫少年は建築現場の賄い婦として働く母親の元で育ちます。中学生になると不良グループに加わり、遊び呆ける毎日です」

徳山は茫然と聞き入る。

「中学はほとんど通わず、地元のワル連中の使いっ走りをしていたようですが――」

焦《じ》らすように二呼吸おいて言う。

「二十歳《はたち》前後で蒸発しています」

蒸発、ですか、と丸顔をひきつらせた徳山が確認する。高木は説明する。

「以後、行方知れずで、母親もその六年後、病死しました。秀夫の行方はいまも判らないままです」

手帳のページをめくり、文字を追う。

「母親の死から十年ほどのち、つまり一九八〇年ごろになりますが、近所の知人が東京は上野で秀夫らしき路上生活者を目撃しております。しかし、知人が声をかけると、ひと違いだ、と言い張り、雑踏にまぎれて去っていったとのことです」

徳山はもう声も出ない。校長先生、と洲本が割って入る。

「コトの重要性が判ったでしょう」

怯えた眼が見つめる。洲本は右手を差し出す。

「だから早く写真を」

徳山はあたふたと立ち上がり、部屋を出て行く。五分後、大汗をかいて戻ってきた。

「これしかありませんでした」

恐縮し、巨体を屈めて差し出す。黄ばんだ履歴書だ。洲本はそっくり返り、偉そうに受け取る。小柄な刑事が大きく見える。徳山は巨体を丸め、へりくだって説明する。

「藤田先生は二十七年前、四十三歳で契約社員の講師に採用されています」

「大学卒業後、塾や予備校講師を転々とした旨が記してあるが、これも確認していませんね」

洲本の厳しい追及に、はい、と肩をすぼめる。

「極めて優秀な方で、即決だったと聞いております。うちのような小さな予備校にはもったいないくらいの講師でしたから」

「三顧の礼ってやつか」

「うちでは別格の存在です。藤田先生は同僚との付き合いも極力避けられ、飲み会の類も出席されません。しかも採用二年後にはボランティア施設の、あれは――」

眼が頼りなげに泳ぐ。高木が引き取る。

「『光の家』ですね、大久保の」

　そう、それ、と徳山はバツの悪そうな笑みを浮かべて言う。

「その運営で忙しくなられて、予備校の授業は午前中が中心です。縛りの緩い契約社員ゆえ、担当する授業のコマ数は割と自由になるんですよ。その分、収入は減りますが」

　沈痛な表情になる。

「十年前、『光の家』を閉鎖後、元の勤務形態に戻られました。実力はピカ一ですから、こちらとしては御《おん》の字です。藤田先生は孤高の存在でして、気易く写真を撮る機会など皆無でした」

「で、これだけか」

　洲本が履歴書を事務机に放る。左隅に貼付したモノクロの証明用顔写真。顔の下半分を覆う黒々とした髭と、ぼさぼさの髪。黒縁のメガネの奥の挑むような鋭い眼。頑丈なあごと太い首。予備校講師というよりは、筋金入りの登山家か探検家のようだ。洲本がそっけなく告げる。

「我々の調査では〝本物の〟藤田秀夫は小柄で、身長は百六十センチ程度しかなかったようです」

　あり得ない、とばかりに徳山は驚きの顔で問う。

「じゃあ、刑事さんと同じくらいってことですか」

　洲本は不機嫌な表情で、そうなるかな、とひと言。次いで髭面の顔写真を指で示す。

「この〝偽者〟はどのくらいでした」

徳山は、大きいですよ、と自慢するように言う。

「百八十センチ前後でしょう。あの世代では大男だと思います」

『光の家』関係者、およびボロアパートの大家の証言とも一致する。失礼、と洲本は断り、スマホで履歴書の顔写真を撮影する。

「お忙しいなか、ありがとうございました」

洲本は立ち上がる。高木も続く。刑事さん、と予備校校長が困惑の表情で問う。

「藤田先生はいったい何者です、どういう人間なんです」

洲本は肩をすくめ、人間ではなく、悪魔かもしれませんよ、と返す。

木偶《でく》のように突っ立つ徳山を残し、刑事二人は部屋を出た。生徒でごった返すロビーを歩き、コートを着込んで外に出る。午後七時過ぎ。ネオンが灯り、ヘッドライトの列が流れていく。寒い。ほこりっぽい夜の冷気がつんと鼻を刺す。

洲本が立ち止まる。水銀灯の下でスマホを操作し、顔写真を呼び出す。ピントが甘いモノクロ写真だ。上尾市で手に入れた、十七、八の藤田秀夫の写真。場末のスナック前で睨みをくれる厳ついワル連中の後ろに、坊主頭の小柄な藤田秀夫がいる。八の字の眉と垂れた眼、つまらなそうにゆがめた唇。ふっと吹けば消えそうな、影の薄い面だ。

次いで、髭面の〝偽《にせ》藤田〟を呼び出す。エネルギーに満ちた精悍な面がまえに圧倒されそうだ。

「髭と髪、縁の太いメガネで故意に人相を隠してますね」

多分、と洲本が言う。高木は周囲に人影がないことを確認し、声を潜めて訊く。

「一種の背乗《はいの》りでしょうか」

洲本はうなずく。背乗りとは情報機関工作員が諜報対象国の人間の戸籍を乗っ取り、その人物になりすます行為を指す。虚偽の戸籍を使い、運転免許証や旅券を取得してしまえば世界を股にかけた諜報活動が可能となる。しかし、〝偽藤田〟にいまのところ諜報活動の形跡はない。日本の予備校で教えるくらいだから、高等教育を受けた日本人と見るべきだろう。しかも、身銭を切って『光の家』を運営し、貧しい子供を救うというボランティア活動まで行っている。

気味の悪い疑問が渦を巻く。この男、いったい何者だ？　極道幹部、神尾明の惨殺に関与しているとしたら、その理由はなんだ？　仮にも少年時代、親身になって面倒を見てやった、自分の息子のような男だぞ。しかも惨殺体をゴミ捨て場同然の廃墟ビルに捨て置いて。

膨れ上がる謎に押し潰されそうだ。それは洲本も同じのようで、〝偽藤田〟を睨んだまま微動だにしない。本物の藤田秀夫は行き倒れの無縁仏か、それとも密かに始末されたか。いずれにせよ、天涯孤独のホームレスの消息を気にする人間はいない。

主任、と呼びかける。洲本は眼球だけ回し、尖った視線を送ってくる。高木は言葉を選んで告げる。

「三十年にも及ぼうかという長期の背乗りと、ボロアパートからの突然の失踪。〝偽藤田〟は限りなくクロに近い男です。しかもとびっきり危ない野郎だ。七階に上げませんか」

ばかやろう、と洲本は低く凄む。怒りの熱がどっと押し寄せる。

「こんな美味いネタ、やつらに渡してたまるか。背乗りはすべて公安マターだ。帳場にハムが乗り込んでめちゃくちゃになるぞ」

日本警察の二大勢力である刑事警察と公安警察は思想も捜査方法も違う。事件が発生すると証拠を集め、聞き込みを行い、被疑者を絞り込み、逮捕して決着をみる刑事警察に対し、公安警察は監視活動と情報収集、分析が主な仕事となる。

戦前戦中の特高警察の流れを汲む公安警察は刑事警察を揶揄してこう言う。刑事は粗暴な犯人を検挙するだけの愚鈍な集団、我が公安は国家破壊を狙うスパイ、テロリストと闘うエリート集団、と。まさに水と油である。

「刑事さん」

突然、少年の声が飛ぶ。洲本はスマホをしまい、高木は顔を向ける。ダッフルコートの真面目そうな少年だ。息を弾ませて駆けてくる。

「〝偽藤田〟の教え子だろ」洲本が耳元で囁く。

「適当に対応しとけ」

それだけ言うと、背を向け、さりげなく離れる。

「藤田先生になにかあったんですか」

少年はほおを火照らせて問う。手には文庫本。たしか談話コーナーで一心に読書をしていたコだ。高木は笑みを向ける。「居場所が判らなくてね」

事件性を匂わせ、受験生を心配させるわけにもいかない。少年は下を向き、黙り込む。

「ちょっと急いでいるんでね」

高木はこれ幸いとばかりに名刺を渡す。

「藤田さんの居場所に心当たりがあるようなら、また改めて連絡をください」

勉強、頑張ってね、とその場を去ろうとすると、病院は行きました？　と訊いてくる。

病院？

「歌舞伎町にある病院ですよ」

ちょっとこっちへ、と少年をうながして歩道の端に寄る。

「なんの病院だろう」

少年は、以前、知り合いから聞いたんだけど、と断り、ぼそぼそと語った。高木は手帳を抜き出して記す。『水原病院』なる個人病院、美しく優しい女医。『光の家』にいたみっちゃん——底冷えのする夜なのに、身体の芯から熱くなる。

七分後、礼を述べて少年の名前を書き取る。的場祐介。手帳を懐に戻し、的場少年が持つ文庫本に眼をやる。『チェ・ゲバラ伝』。

それ、と目配せする。「面白いかい」

少年の顔がぱっと輝く。

「もっと早く読んでおくべきでした」

ふーん、と高木はつまらなそうに返す。一転、少年の顔が曇る。

「藤田先生が薦めてくれたんです」

ほう、と高木は興味津々の表情をつくる。実際、興味を魅《ひ》かれた。少年は熱っぽい口調で語る。

「医者にして革命家なんです。ゲバラはアルゼンチンの人間なのに、キューバの独裁政治に怒り、カストロと共に闘い、世界の奇跡、といわれた革命を成し遂げたんです。キューバ新政府の使節団を率いてこの日本にも来ています」

「藤田さんはいつ薦めてくれたのかな？」

「昨日です。別れ際に、若い時分に読むべき本だ、と」

文庫本の表紙を愛おしそうに撫でる。葉巻を喫うゲバラの写真だ。分厚い文庫の残り三分の一にしおりが挟んである。

「受験生なんだから勉強を優先した方がいいんじゃないか」

的場祐介の眼が険しくなる。

「おれが読みたいんです。ほっといてください」

あんたのような国家権力の番犬に判ってたまるか、と言わんばかりだ。的場少年は背を向け、予備校に戻って行く。

「熱病みたいなもんだろ」

いつの間にか洲本が傍らにいた。「ゲバラ、ねえ」

あごをしごき、去りゆく少年の後ろ姿を眺める。

「革命家として生き、散っていったカリスマか」

独りごとのように言うと両手をコートのポケットに突っ込み、踵を返す。

「もっとも国家権力の側から見たら凶悪なテロリストだが」

短躯を丸め、速足で歩く。刑事二人、白い息を吐いて夜の街を行く。高木の耳の奥でテロリストという言葉が不気味に鳴り響く。

その夜、新宿署に戻り、日付が変わるまで『水原病院』と院長の水原晴代について調べ、洲本と戦略を練った。


午前八時半。刑事二人、花園神社近くの三階建てビル『水原病院』を訪ねる。高木がインタホンを押すと、一分ほどして玄関のカーテンが開いた。ガラス越しに女が見つめる。白のナース服にアップにした髪。年齢は二十代後半。整った、キツイ顔立ちの女性だ。看護師のひとつの典型か。洲本が前に出て警察手帳を示す。

玄関ドアが開く。水原晴代先生にお会いしたい、と告げると、看護師は冷静な口調で警察手帳の確認と名刺を求める。ナース服の胸元の名札に『広瀬』。洲本は舌打ちをくれながらも従う。

広瀬なる看護師は警察手帳をチェックし、名刺片手に下がる。東洋一の歓楽街、歌舞伎町にある個人病院で働いているだけのことはある。警戒心はピカ一だ。

高木は一階フロアをチェックする。クラシカルな漆喰壁に板張りのロビー、患者用のベンチが数脚。大理石の受付カウンター奥では若い男性事務員が黙々とパソコンを操作していた。刑事の訪問にまったく動じていない。ロビーの左手、太い柱の陰に地下へ続くコンクリートの階段が見える。

五分後、年配の女性が階段を下りてくる。グレーのセーターにベージュのパンツ。シンプルな格好が背筋の伸びた身体に似合っている。艶やかな銀色のショートヘアと品のある細面。手入れの行き届いた張りのある肌と凜とした眼差し。

六十六歳という実年齢を感じさせない若々しさを保つ水原晴代は、「二十分だけ」と断り、ロビー横の応接室に刑事二人を案内した。診察は九時半から始まる。妥当な時間配分だろう。

洲本と共に事前に調べ上げた水原晴代のデータはこうだ。

東京大学医学部卒業後、公立総合病院に臨床医として四年勤務。父親の急死で『水原病院』の三代目院長に就任。学生時代は東大近現代史研究会に所属。医者の家に生まれ、医者しか知らない自分の近視眼的思考を是正し、広い世界を知るために畑違いのサークルを選択したのだという。結婚歴なし。犯歴は学生時代、公務執行妨害での現行犯逮捕あり（不起訴処分）。

昨夜、的場少年は、藤田と女医のエピソードを語ってくれた。その昔、小学生のみっちゃんが酷いイジメで頭部に裂傷を負い、意識朦朧となりながらも『光の家』に辿り着いたとき、藤田が抱きかかえ、『水原病院』まで走ったのだという。

水原病院の女先生は美しくて、優しくて、治療を受けながらみっちゃんは一発で恋に落ちたらしい。が、一カ月後、母親と入った真夜中の居酒屋の隅っこの席、人目を忍んで話し込む藤田と女先生を見て、早熟のみっちゃんは、できている、と悟り、失恋。初恋はあっけなく終わった。

的場少年は、藤田の消息を知りたければ『水原病院』を訪ねるべきだ、と刑事の自分に助言までしてくれた。

応接室のソファに座るや、洲本は勢い込んで斬り込む。『光の家』の藤田秀夫さんについてお訊きしたい、と。晴代の顔がこわばる。洲本は畳みかける。

「藤田さんとあなたは――」

言葉が止まる。洲本の横顔から笑みが消える。眼の前、突き出された後輩刑事の手を睨む。こめかみの血管が膨れ上がり、邪魔だっ、と邪険に払う。

高木は再度洲本を片手で制し、ぐいと身を乗り出す。

「先生、闇医者、やってるでしょう」

晴代がのけぞり、眼を丸く剝く。当たりだ。きさまぁ、隣の洲本が低く凄む。顔に朱を注ぎ、拳を固め、いまにも殴りかかってきそうだ。当然だ。後輩が想定外の行動に出たのだから。しかし、いまは水原晴代だ。集中しろ。

高木はテーブルの向こう、動揺を隠せない女医に質問を投げる。

「アンダーグラウンドの悪党相手の闇医者、いつからやってます？」

視線が泳ぎ、唇が戦慄《わなな》く。もうひと押し。高木は両手をテーブルにつき、腰を浮かして迫る。

「なんなら病院中を見せてくれませんか。もちろん強制じゃなく、任意ですけど。地下室なんか怪しそうだ」

晴代が動いた。すっと立ち上がる。

「判りました」

刑事二人を見下ろし、毅然とした口調で言う。

「すべてお話しします」

返事も待たずに身を翻す。ドアを開け、ロビーの広瀬看護師と男性事務員に向かって言う。

「突然で申し訳ないけど、午前中は休診にします。その旨を玄関に張り出しておいてください。予約のあった患者さんにも連絡をお願いします」

承知しました、と広瀬看護師の凜とした返事が響く。すべて遺漏なくやっておきます、と男性事務員が小声で言い添える。

「きさま、覚悟しておけよ」

洲本は前を向いたまま右拳を軽く回し、相棒に凄む。

「いまは一時預かりだ。事情聴取を優先する」

赤らんだほおが隆起する。湧き上がる怒りを嚙み殺したのだろう。

ドアを閉め、晴代が戻る。動揺の色はきれいに消えていた。座り直した晴代は背筋を伸ばし、穏やかな口調で告白を始めた。

「それは些細なことから始まったのです」

言った後、ふっと口元で笑う。

「まさか闇医者業をやるなんてね」

独りごとのように言い、遠くを見つめる。

「そう、あれは――」

遥か彼方の記憶をたぐり寄せるように、静かに、切々と語る。

「藤田秀夫さんが『光の家』の運営に乗り出したころです。もう四半世紀前になるかしら」

最初は藤田の知人という中年男性の治療だった。

「夜中、担ぎ込まれてきたそのひとは、腕に酷い切り傷がありました」

晴代は藤田による説明――家庭内暴力の息子を咎《とが》め、包丁で反撃された傷、通常の病院治療だと警察に通報されて息子が逮捕されてしまう――を信じ、真夜中、治療を施したのだという。

「『光の家』の運営でも判るように、藤田さんは人道主義の塊のようなひとです。わたしは彼の言葉をまったく疑いませんでした」

その後も訳ありのけが人が担ぎ込まれ、逆にけが人が滞在するホテルに晴代が赴くこともあった。しかし、患者の殆どは身体に刺青があり、小指が欠けていた。

「どんな世間知らずの医者でも患者はアンダーグラウンドの人間と判ります。そのうち、銃創の治療も行うようになりました」

洲本は相棒に牽制のひと睨みをくれ、厳しい口調で晴代に問う。拒否しなかったのですか、と。晴代はあっさり首を振る。

「気がついたときは共犯者でした」

共犯者、の割には表情は晴れやかだ。

「今日は清々《せいせい》しました」

晴代は肩をすくめ、突き放すように言う。

「闇医者、辞めたくて仕方なかったもの」

その顔には諦観と後悔の色があった。洲本はさらに問う。

「藤田の目的はなんです。まさか社会のダニ相手に人道主義もないでしょう」

「おカネですよ」さらりと言う。

「高額の治療費をせしめ、『光の家』の運営につぎ込んだのです。しかし五年後——」

女医は少し言い淀み、それでも意を決したように語る。

「藤田は治療費を受け取らなくなりました」

どうして、と刑事二人が同時に問う。晴代は微笑み、さらなる告白を行う。

「治療費の代わりに闇社会の情報を聴取し始めたのです」

闇社会の情報を？　晴代は淡々と、コトの次第を明かす。

「患者は全員、アンダーグラウンドの人間です。彼らが持つ情報は警察もつかんでいない、極秘のものばかりです。藤田は闇社会の情報を独自にストックし、別の人間からバーターでさらなる情報を集めることもしていたようです」

「集めるだけですか」

洲本が厳しい顔で問う。

「闇社会の極秘情報を集めるだけで藤田は満足したのでしょうか」

いいえ、と晴代は首を振る。

「おそらく、おカネに替えていたのだと思います」

ふむ、と洲本はあごに手をおき、暫《しば》し沈思する。どうした？　カネに替える以外、他に目的があるのか？　高木には見当もつかなかった。洲本がおもむろに口を開く。

「カネに替えるだけなら治療費のほうがずっと手っ取り早い」

そうだ。バーターで余所《よそ》から他の闇情報を集め、それを改めてカネに替えるとなるとリスクも生じる。荒っぽい闇社会の住人からあらぬ疑いをかけられ、殺されるとか。ならば、カネが目的ではないのか？　高木は混乱した。洲本はただ、晴代だけを見つめて語りかける。

「集めた極秘情報を整理し、改めてカネに替えるには、闇社会との尋常でない交渉力が必要になります。藤田なら可能かもしれませんが、それよりずっと安全で確実な方法、錬金術があります。先生なら判りますね」

錬金術——。晴代はなにも言わず眼を伏せる。応接室にひりついた空気が満ちてくる。

高木は息を殺し、二人の攻防を見守った。

「わたしの推理はこうです」

洲本は取調室の刑事の貌で続ける。

「極上の情報を——」

言葉を切り、晴代を観察する。五秒、十秒。焦《じ》れた晴代のほおが紅潮する。洲本はこぞとばかりに斬り込む。

「神尾明に与えていたんでしょう」

高木はうめいた。教え子の神尾に、だと？　まさか。が、晴代のこめかみが微《かす》かに痙《けい》攣《れん》する。反応あり。スッポンの異名をとるマルボウ刑事は間髪を入れず食いつく。

「でなければいくら優秀でもあの若さで独立系の『港連合』を切り回し、不動産取引等のビジネスで大儲けできるはずがない。闇社会の極秘情報に通じた藤田のバックアップがあればこそ、だ」

たしか三瓶の報告にあった。その抜群の情報収集力で魔術師、と呼ばれた神尾明。

「先生、そうは思いませんか」

晴代は黙り込む。洲本はたっぷり間をとり、止《とど》めの言葉を打ち込む。

「神尾明を惨殺したのは藤田でしょう」

晴代はすがるような眼を向け、判りません、と切ない声で訴える。

「刑事さん、本当に判らないのです」

洲本はさらに問う。

「若い女に心当たりはありませんか」

晴代は怪訝そうに見つめる。洲本は、捜査上の秘密で公になってませんが、と前置きして言う。

「惨殺体の通報者は若い女です。死亡推定時刻の三十分後、最寄りの交番に若い女の声で、見つけてあげて、と電話が入っています」

整った顔から血の気が引いていく。表情は冷静を装っているが、顔色はコントロールできない。真っ青だ。若い女――まさか。頭に閃くものがある。全身が総毛立つ。高木はそっと腰を浮かした。瞬間、手首をつかまれた。洲本がもの凄い握力で締め上げてくる。骨が軋む。たまらず座り直す。洲本が耳元で囁く。雑魚はほっとけ、と。

「本題に入りましょう」

激しく動揺し、陥落寸前の女性医師に向けて洲本は問う。

「藤田秀夫とは何者です」

晴代は唇を固く結び、宙の一点を凝視する。洲本は容赦なく追い込む。

「先生、警察を舐めてもらっちゃ困る。ちゃんと調べがついているんです。本物の藤田秀夫は埼玉の桶川出身の、小柄で貧相なチンピラでした。悲惨な生い立ちでね。いいこんなかこれっぽちもない貧乏人ですよ」

女医の引き結んだ唇が震え、瞬《またた》きが多くなる。洲本はほくそ笑み、余裕たっぷりに続ける。

「父親は秀夫がまだガキの時分、酔っ払って畑の肥溜めに嵌《は》まって窒息死。母親は建築現場の賄い婦として働き、女手ひとつで秀夫を懸命に育てたようですが」

わざとらしくため息を吐く。

「グレて、二十歳で蒸発だ。その六年後、母親は哀れ病死です」

晴代は眼を見開き、息を吞む。

「母親の死から十年後、上野でホームレスとなった秀夫が目撃されているが、それっきりだ。つまり、秀夫は戸籍だけを先生の言う〝人道主義の塊のようなひと〟に奪われてしまったわけですな。かわいそうに」

晴代の抵抗もここまでだった。宙に眼を漂わせ、か細い声で告白する。

「藤田秀夫は——」

胸に両手を当て、大きく息を吸って言う。

「本名、せいけぶんじろう。六十八歳になります」

せいけぶんじろう？　どっかで聞いたぞ。高木は素早く記憶を辿る。ぐう、と洲本がうなる。常に冷静沈着なスッポンが動揺している。顔を苦しげにゆがめ、せいぶんじゃねえか、とうめく。せいぶん。そうか。高木の頭に閃くものがあった。

清家文次郎、通称、せいぶん。大まかな人物像が輪郭を結ぶ。刑事になってすぐの研修で、国際指名手配犯の一人、として講師が説明した。東大法学部時代、学生運動の先鋭的なリーダーとして数々の破壊活動に従事し、意見の齟齬が生じた仲間をリンチの末、殺害。日本を脱出し、国際指名手配をかけられ、以後、消息不明、という伝説の活動家だ。

「半世紀近く前、せいぶんはわたしを激しく挑発しました」

東大近現代史研究会に所属し、講義と実習の合間、毛沢東とスターリンに於ける社会主義思想の相違、西側世界の繁栄と欺瞞、米国の植民地と化した日本の存在意義、等を熱心に学ぶ医学生に眼をつけた清家は、容赦なく罵倒した。所詮ブルジョア娘のおままごと、世界の厳しい現実を知らないノンポリ、医学生ならチェ・ゲバラのように民衆のために闘ってみろ、敵の銃弾に斃《たお》れてみろ――。語りながら、晴代の瞳が輝く。声に張りが戻る。

「わたしはせいぶんを蛇蝎《だかつ》のごとく嫌い、忌避しながらも、その強烈な魅力に抗えませんでした。時代は沸騰し、混沌の極みにありました。せいぶんは強烈なアジテーターにして勇敢なリーダーです。抜群の知性と闘争力を併せ持つ、天性の革命家です」

二人が青春時代を過ごした一九六〇年代後半の出来事を、晴代は唄うように列挙した。パリ五月革命、ベトナム戦争反対デモ、成田空港反対闘争、東大全共闘結成、新宿駅騒乱事件、安田講堂の攻防——。

「せいぶんはわたしの最初の男になりました。共にデモに繰り出し、警察の催涙弾と冷たい放水の中で抱き合いました。せいぶんの肌の温もりと力強い叱咤、萎えそうな心を鼓舞する励ましの言葉。わたしは幸せでした。このまま死んでもいいと思いました」

いいかげんにしろよ、と洲本が吐き捨てる。

「先生の昔話はどうでもいい。いくら理想に燃えたといっても、刑事のおれからみたら単なる凶悪な過激派、社会の敵、テロリストだ」

晴代の瞳から光が消える。

「それに、先生の〝戦績〟は公務執行妨害の現行犯逮捕一件のみだ。しかも不起訴処分だ。せいぶんはともかく、あなたはまったく大したことありませんよ。ノンポリに毛が生えた程度だ」

ばっさり斬り捨てる。わたしは、と懺悔するように晴代が言う。

「厳格な父に怒られ、優しい母に泣かれ、あっさり戦線を離脱した弱い女です」

もういいです、とうんざり顔のマルボウ刑事が話を引き戻す。

「それで、国外逃亡したせいぶんが再び先生の前に現れたのはいつです」

晴代は顔を伏せて呟く。たしか二十八年前——。

洲本はうなずく。

「『栄光スクール』講師就任の一年前か」

顔を伏せたままの女医師に尖った一瞥をくれる。

「それで焼けぼっくいに火がついたってわけか」

洲本は両膝を叩き、勢いよく腰を上げる。「お邪魔しました」

えっ、と声が漏れる。晴代が弾かれたように顔を上げ、驚きの表情で問う。

「逮捕しないのですか。医師法違反に加え、国際指名手配犯を匿《かくま》った犯人隠匿の罪もあります」

洲本はそれに答えず、おれたちはせいぶんを逮捕します、とだけ告げ、風のように出て行く。高木も立ち上がり、辞去の挨拶もそこそこに応接室を出る。ロビーに広瀬看護師と事務員の姿はなかった。高木は大きく息を吸い、だれかいませんか、と叫ぶ。野太い声が虚ろな空間に吸い込まれて消える。返事はなかった。クラシカルなビル全体が海の底のように静かだ。

カーテンが降りた玄関ドアを開ける。瞬間、顔を赤らめたスッポンに胸倉をつかまれた。

「てめえ、ぶちのめすぞっ」

もの凄い力で引き寄せる。

「あの女が闇医者やってるってこと、どこで知った」

高木は息を喘がせて答える。

「わたしのチャート図ですよ」

なにぃ、と血走った眼をすがめる。高木はかすれ声で説明する。

「チャートを作成する過程で上がった無数のゴミネタのひとつです。ダメモトでカマかけたらドンピシャだ。やはり刑事は足で稼がなきゃダメです」

ちっ、と舌を鳴らし、両手を離す。高木は呼吸を整えて言う。

「看護師も事務員もいません。消えました」

洲本は横を向く。高木は前に回る。

「晴代が二人を逃がしたんです」

返事なし。高木はさらに語りかける。

「あいつら、闇医者業務も手伝ってますよ。若い時分ならいざ知らず、晴代はもう老女ですから」

洲本が眉根を寄せ、睨んでくる。高木は真っ向から受け止めて返す。

「あの肝《きも》の据わった看護師、交番に通報した女の可能性が大です」

それがどうした、と洲本はせせら笑う。

「おれの狙いはせいぶんただ一人」

歯を剝き、鼻にシワを刻む。

「公安が四十年近く、追いかけてきた伝説の超大物だ」低い声が這う。

「おれが一発でパクってやる」

　無茶だ。不可能だ。闇に沈んだプロの活動家を一介のマルボウ刑事がどうやって探し出し、拘束する？　この男はおかしい。普通じゃない。高木は説得を試みる。

「ここまで詰めたら上等じゃありませんか。七階に上げて総力戦で捜査すべきです。百歩譲って五〇五号室でやるにしても、晴代と看護師を任意で引っ張り、徹底して調べ上げないと」

「いやだね」

　不敵な笑みを浮かべる。

「せいぶんが絡んでるんだ。どう転ぼうと公安マターになる。しかも最重要マターだ。おれたちは蚊帳の外だ。自意識過剰のネクラ集団に美味い果実だけかっさらわれてたまるかい」

　おい、と平手で肩を突いてくる。丸太を突き込まれたような衝撃に一歩、退がる。

「おまえはせいぶんの資料を集めとけ。公安情報も忘れるな」

　有無を言わさぬ命令口調だ。

「七階の連中が勘付く前にさっさと済ましちまえよ」

「主任は？」

「おれはちょいと今後の計画を練ってくる」

　じゃあな、と返事も待たずに遠ざかる。肩を怒らした短軀が四つ角をまがり、消える。

高木の頭をもやっとしたものが覆う。釈然としない。水原晴代だ。冷静になって振り返れば、なにもかもあっさりと明かしたような。闇医者稼業も、〝藤田秀夫〟の正体も――首筋がちりっとした。振り返る。

『水原病院』の玄関ドアだ。カーテンの間から冷たい眼がじっとのぞいている。探るような視線にぞっとした。晴代だ。が、一瞬で消える。

高木は茫然と立ち尽くした。何かある。晴代が隠し通した重大なこと。せいぶんと晴代の秘密。

午後四時に招集がかかり、高木は清家文次郎の資料を手に五〇五号取調室に赴く。コンクリートに囲まれた部屋に洲本ひとり。冷たい靴音が響く。洲本は苦悩する哲学者のように歩きながら、ピンとこなかったのか、と問う。なんのことか判らない。

「せいぶんだ。あれだけの情報量だぞ。おまえならピンとくるだろう」

高木は雷に打たれたように硬直した。もしかして。洲本の声がどこか遠くで聞こえる。

「東大出のテロリストが長年、とんでもない方法で闇社会の生情報をかき集めてたんだ」

ばさっと音がした。調べ上げた資料の束が床に散らばる。せいぶんこと清家文次郎。この日本で革命を本気で目指した孤高のテロリスト。海外逃亡後、ニカラグア革命においてサンディニスタ民族解放戦線に加わり、米国傀儡《かいらい》政府軍との戦闘に参戦。フィリピンに渡り共産ゲリラ軍と共にマルコス独裁政権軍と戦った経験も持つ、筋金入りの戦士。

せいぶんが、とかすれ声で問う。

「シーラカンス、ですか」

洲本は返事の代わりに腕時計を見る。

「そろそろだろう」

静寂が流れる。高木は息を殺して待つ。ギッ、と鋼が軋み、ドアが開く。長身の男が現れる。よう、と片手を挙げる。オールバックの短髪にそげたほお、がっちりしたあご。あなたは——。

「ようこそ、桜井警部補」

蛍光灯の下、洲本が笑う。桜井文雄も笑う。快活に、さも愉快気に。全身が冷たくなる。高木は生まれて初めて、殺意を覚えた。

真相

心臓の鼓動が高く、速くなる。

「どうした」

蛍光灯の下、陰影を刻んだ洲本栄の顔がゆるむ。

「随分と顔色が悪いようだが」

声を潜め、嬲《なぶ》るように問う。

「突然の再会で動揺してるのか」

桜井文雄は——床に屈みこんでいた。高木が落とした資料をせっせと拾い集めている。

洲本の自慢げな声が聞こえる。

「元気になっただろう。閉鎖病棟ではやつれて足腰も萎《な》え、半ば廃人状態だったがな」

高木は洲本に視線を戻し、指でスチールドアを示す。唇の動きで、外へ出ろ、と告げる。

「なんだ、この野郎」

洲本の顔が一変した。眉間を寄せ、低く凄む。

「上等じゃねえか」

洲本は背を向け、ドアを開ける。高木は感情の昂ぶりを抑えられず、その肩をどんと押す。洲本はつんのめり、廊下に出た途端、振り返り、つっかかってくる。

「ぶっ殺すぞっ」

「それはおれのセリフだっ」

右の拳《こぶし》を固める。上司だろうが関係ない。叩きのめしてやる。腕を引き、ボクシング仕込みのストレートパンチを打とうとした瞬間、洲本が消えた。ずん、と鳩尾《みぞおち》に衝撃があった。息が詰まる。短軀を低め、地を這うようにして見舞った頭突き。実戦で鍛えたケンカ殺法だ。高木はのけぞり、壁に激突した。ぐっ、と息が詰まる。

「百年、早《は》ええよ」

洲本は左手で胸倉をつかむや、右の掌《てのひら》、空手技でいうところの掌底《しょうてい》を振ってくる。重い鈍器のような掌があごを張り飛ばす。脳みそが揺れ、眼が眩《くら》む。二発目、こめかみを直撃する。意識が白濁し、手足が萎える。あっという間に制圧された。

「バカが、興奮しやがって」

胸倉をつかんだ左腕を鋭角にまげ、肘を喉に抉《えぐ》り込んでくる。最小限の動きで最大のダメージを与える、逮捕術の応用技だ。

「お行儀のいいアマチュアボクシングなんざ、屁でもねえんだよ」

鼻で笑い、肘にぐっと力を入れる。苦しい。

「一生、減らず口を叩けなくしてやろうか、ああ」

喉が潰れそうだ。高木はかすれ声を絞った。

「コカイン、ですよね」

洲本の眼から怒気が消え、手を離す。高木は背を丸めて咳き込み、囁くように問う。

「中毒患者の桜井さんにコカイン、与えましたよね」

洲本は罪悪感の欠片《かけら》も見せずに返す。

「おれは売人を紹介しただけだ。買おうが盗もうが、本人次第。自己責任ってやつだ」

なんてことだ。警察官のセリフとは思えなかった。

「許せません」

「温いことをほざくなっ」洲本は吐き捨てる。

「桜井さんも命懸けだ」

桜井さんも――。洲本は己の激情を冷ますかのように淡々と語る。

「自分の大事なネタ元が暴走し始め、いてもたってもいられなかったんだ。じゃなきゃ、自らコカインを入れるか」

ならば――高木は苦いものを呑み込んで問う。

「主任、あなたも命懸けなのですか」

洲本の表情が翳《かげ》を帯びる。眼を伏せ、懺悔するように言う。

「相手はせいぶんだ。おれのサッカン人生でこんなでかい獲物は最初で最後だろう」

せいぶん――清家文次郎。一九六〇年代後半の混沌とした時代から突如、甦った孤高のテロリスト。洲本は顔をこわばらせ、決然と言う。

「おれはもう後に引けない。失敗したら馘《くび》だ。家族共々路頭に迷う」

己を崖っぷちまで追い込み、火事場の馬鹿力で乗り切ろうという魂胆か。いずれにせよ、桜井文雄を招いた以上、タダではすまない。

「おれはこの手で必ず」

右手を突き出し、ぐっと拳を握る。

「清家を逮捕する」

洲本っ、野太い声が飛ぶ。桜井だ。取調室の床に胡坐《あぐら》をかき、資料に眼をやりながら呼ぶ。

「ケンカが終わったらさっさと来んか」

洲本はいますぐ、と答え、高木に鋭い一瞥をくれる。

「高木、おまえが尊敬する師匠はなあ」

低く、凄むように言う。

「目的のためならコカインだろうが、シャブだろうが使う野郎だ」

眼を細め、だがな、と薄い笑みを浮かべる。

「おれは桜井文雄を支持する」

それだけ言うと踵《きびす》を返す。目的のためなら、か。それは主任、あんたも同じだろう。

高木は続き、ドアを閉める。しん、と重い空気が漂う。コンクリートに囲まれた仄暗《ほのぐら》い取調室は別世界だ。

床に座り込み、資料に見入る桜井。いまにも切れそうな蛍光灯の下、突っ立つ二人の刑事。桜井がぼやく。

「ハムも大したことないな」

やってられない、とばかりにかぶりを振る。

「清家の極秘裡の帰国情報をこれっぽちもつかんでいない」

資料をめくりながら愚痴る。

「捜査能力は落ちる一方だな。警察の将来は限りなく暗いぞ。困ったもんだ」

取調室に重い沈黙が漂う。資料をめくる乾いた音だけが聞こえる。

「桜井さん」

高木は呼びかける。なんだ、とばかりに桜井が見上げる。

「あなたのネタ元は清家文次郎で間違いないのですね」

なにも言わず、ただ見つめてくる。同じだ。八カ月余り前、桜が散り始めた頃、立川南警察署で会ったときと同じ〝冷徹〟な刑事の眼だ。

「闇に潜むシーラカンスは清家文次郎なのですね」

おいっ、洲本が袖を引く。

「いまさらなにを言ってる」

高木は手を払い、続ける。

「二人の接点を教えてください」

桜井は怪訝そうに首をかしげる。高木は情報を整理して告げる。

「東大法学部出身のエリート活動家と、高卒叩き上げのノンキャリ刑事がどこでどう接点を持ったのか、知りたいのです」

桜井は唇をねじり、薄く笑う。

「まるで刑事の取り調べみたいだねえ」

「恐縮です」

「年貢の納め時ってやつかい。年齢《とし》はとりたくないな」

桜井は冷めた口調で言うや、どっこらせ、と腰を上げ、書類をまとめて事務机に置く。

「清家はなあ」

長身を屈め、ぬっと高木に顔を寄せる。目尻にシワを刻む。

「ひよっこのきみが考えているより、ずーっと怖い男だよ」

「はばかりながら桜井さん」

横から洲本が口を挟む。

「ニカラグアやフィリピンでも悪名をはせたテロリストだ。それはたしかに怖い男でしょうが」

指でほおをかき、困り顔で言う。

「ここは日本だ。れっきとした法治国家だ。きっちり罪を償ってもらわなきゃなりませんよ」

「洲本よ」桜井は小柄なスッポンを見下ろす。

「えらくなったなあ」

おかげさんで、とペコリと頭を下げる。

「こういうサツカン人生だけは送っちゃいかん、と身をもって教えてくださった慈悲深き先輩方に深く感謝です」

桜井は鼻で笑い、「なら、さっさと捜査に行かなきゃな。出世するサツカンはタイムイズマネーだ」

右手を差し出し、トリガーを引く真似をする。

「拳銃をくれ」

洲本が息を呑む。桜井は、当然だろう、とばかりに迫る。

「相手はせいぶんだ。チャカ無しでは怖くてたまらない」

冗談か？　ちがう。真顔だ。

「リボルバーを。なければオートマチックでもかまわない。さあ」

ダメです、と洲本は首を振る。

「渋る上層部の許可をとり、休職中のあなたを閉鎖病棟から引っ張り出したのはおれです」

ほう、と桜井があごをしごく。細めた眼が険しくなる。小柄なマルボウ刑事は見上げ、己を鼓舞するように胸を張って告げる。

「桜井さんにはやっていただきたいことがあります」

「おまえがこのおれに命令するのか？」

笑い半分で問う。が、洲本は厳しい顔で返す。

「あたりまえじゃないですか。あなたはおれの指揮下に入ったのですよ。命令には従っていただきます。それがいやならとっととお病院へお帰りください」

なんと非情な物言いか。閉鎖病棟でコカインを断って八カ月余り。その血の滲むような努力を台無しにしておきながら、平然と〝とっとと帰れ〟と言い放つ後輩。激怒した桜井が殴りかかってもおかしくない。高木は息を殺して二人を見守る。

が、桜井は肩を上下させて嘆息し、判ったよ、とひと言。高木は安堵し、落胆した。伝説の刑事だ。後輩相手に少しは抗《あらが》ってもよかったのでは。殴り倒せ、とまでは言わないが。

逆に洲本は勝ち誇った笑みを浮かべ、ではお願いしましょうか、と朗らかに言う。

「この場から清家に電話を入れ、適当な場所へ呼び出してください。喫茶店でも、映画館でも」

桜井の顔がこわばる。信じられない、とばかりに言う。

「騙《だま》してパクるのか」

もちろん、と洲本はうなずく。

「大事なネタ元なんでしょう。もたもたしてると公安が動きますよ。そうなったらもう、おれたちの手に負えない。清家は身柄を拘束され、都内に数カ所ある公安の隠し部屋に極秘裏に監禁。清家は公には日本に存在しない、いわば幽霊みたいな男だからやりたい放題だ。人権もへったくれもない。いくらでも時間をかけてじっくり尋問できますよ」

背乗《はいの》りで他人の戸籍を奪い取ったせいぶん。たしかに存在しない男だ。洲本は言葉を重ねる。

「外国の諜報機関も加わって、一年も二年も監禁して海外でのテロ行為を追及するでしょう。清家ももう六十八歳だ。立派なじいさんだ。厳しい拷問で殺されるかもしれない」

拷問で殺される？　この日本で？　バカな。が、洲本の顔は恐ろしいほど真剣だ。

「桜井さん、釈迦に説法を承知で言うが、抹殺して闇から闇に葬るケースなど、腐るほどあります。地下に潜ったテロリストの末路は哀れなものです」

しみじみとした物言いが怖かった。

「清家も桜井さんの真意を知れば感謝しますって」

桜井はなにも言わず眼を伏せる。洲本はここぞとばかりに尖った言葉を重ねる。

「自分の子供のように大事に育て上げた極道を、あの男はぶっ殺しているんだ。確たる理由があるんでしょう。裏切り、脅迫、許せない犯罪——あなたが呼び出せば現れますよ。あとは我々にお任せください」

返事なし。洲本は容赦なく攻め立てる。

「半分廃人のあなたに、いまさらなにができます？　コカインを入れなきゃシャンとしないんでしょう。電話で呼び出すくらいが関の山だ。頭がクリアなうちにさっさと済ませましょうよ」

桜井は気弱な笑みを浮かべ、判ったよ、とひと言。

「最後の御奉公ってわけか」

「そういうことです」

洲本はしてやったりの顔で返す。

「先輩、逃げ惑う哀れな老テロリストを刑務所に叩き込んで、楽隠居させてやりましょうや。三食軽作業に医者の健康チェック付きだ。公安に拉致されるより余程いい」

桜井は観念したのか、懐からスマホを取り出し、操作する。大事なネタ元を売り飛ばす刑事。

「洲本、本当にいいんだな」

もちろん、と洲本は答える。高木はふいに不穏なものを感じた。桜井の念押しだ。責任はとれない、との含みがあるような。桜井はスマホを耳に当てる。三秒、五秒。

「出ないな」首をかしげ、スマホを懐に戻す。事務机の椅子に腰を下ろし、両手を組み合わせる。眠るように瞼を閉じる。

「どうしました？」洲本は小声で訊く。桜井は微動だにしない。

「おい、桜井さんっ」

焦れた洲本が肩に手を伸ばす。触れる寸前、桜井が眼を開く。瞳に輝きがある。

「来たぞ」なんだ？　電子音が鳴る。携帯の呼び出しコールだ。高木はスマホをチェックする。違う。ならば桜井か？

「おれだ」洲本がスマホをのぞき込み、独りごとのように言う。

「公衆電話だ」

それだよ、と桜井が微笑む。眼が垂れる。洲本はスマホを手にしたまま銅像のように動かない。空気が緊迫していく。電子音が鳴り続ける。コンクリートで囲まれた取調室でなにかが起ころうとしている。桜井が優しくうながす。

「早く出ないと切れちまうぞ」

我に返った洲本が動く。スピーカー機能を呼び出し、〈通話〉をタップする。スマホを事務机の中央に置くと同時に声がした。

「洲本、だな」

深みのあるバリトンが響く。洲本の顔に困惑の色が広がる。スマホが呼ぶ。

「新宿署組対課主任、洲本栄、いないなら切るぞ」

待てっ、と叫び、洲本は両手を事務机につき、短躯を屈めて答える。

「洲本だ。清家文次郎か？」

ほう、と柔らかな声が返る。

「わたしの正体を割ったのか。昨今のとろい日本警察にしては上出来だ。褒めてやろう」

「おれは刑事だ。殺人犯に褒めてもらおうとは思わない」

険しい眼と野太い声。いつもの強気が戻った洲本は嚙みつくようにして問う。

「おれの携帯の番号、どこで知った？」

洲本のスマホはプライベート用ではなく、業務用だ。番号を知る人間は限られている。

「まさかとは思うが――」

洲本は言葉を切り、椅子の桜井を見る。両手を組み合わせたまま虚空を見つめる凄腕刑事。洲本は視線をスマホに戻す。

「桜井さん、か？」

スマホの向こう、清家がふっと笑う。

「もう仲間を疑ってるのか。警察組織といってもその程度だ。共有する理想も信念も持たない烏合《うごう》の衆の現実だな」

清家は余裕たっぷりに嘲弄する。

「おまえの携帯番号くらい、あっという間だよ」

自信に満ちた言葉だった。

「ついでだ。なぜ、わたしがおまえに直接電話を入れたのか、教えてやろう」

洲本の眼が険しさを増し、ほおが隆起する。

「わたしは桜井と電話をかけ合う仲じゃないからだ」

ギリッと音がした。歯嚙みするスッポン。

「メールで連絡を取り、時間と場所を決めて落ち合い、フェイスツーフェイスで語り合う。これが基本だ。基本を外れた場合、なんらかの異常事態が発生したと判断する。判るな」

洲本はうなり、血走った眼で桜井に睨みをくれる。が、桜井は虚空を見つめたまま無視だ。清家の昂揚した声が響く。

「しかも、相手はコカイン中毒の治療で閉鎖病棟に入院中の刑事だ。とても連絡を入れられる状況じゃない。わたしはさらなる推考を重ねた。すると小柄で生意気な刑事が浮かんだ」

ぐう、と洲本はうめき、唇を震わせる。スマホに向けてかすれ声を送る。

「看護師、だな」

今朝、『水原病院』で応対した、あの冷静で肝が据わった看護師。名前はたしか広瀬。スマホから清家が語りかける。

「ご丁寧に名刺まで渡したんだって」

嘲るように言う。

「わたしは名刺一枚あれば、そいつのパーソナルデータが判る。出身は和歌山県の新宮市。法政大学経営学部を卒業後、警視庁に入り、初任地は丸の内署警備課、次いで品川署地域課。ここで交通課の女性警察官と結婚——」

ぞくっとした。洲本の経歴が全部調べ上げてある。洲本は——冷静を装ってはいるが、首筋が赤らみ、肌が粟立つ。桜井は——思考する哲学者のように一点を凝視したままだ。だから、とスマホから凄みのある言葉が這う。

「柔らかな腹を狙えばいい」

柔らかな腹？　孤高のテロリストは確信を持って語る。

「敵をとことん痛めつけようとするなら、鎧で固めた背中ではなく、肉の柔らかな腹を狙うんだよ。わたしが海外の戦闘地域で学んだ唯一無二、最強の兵法だ」

洲本の額に玉の汗が浮く。呼吸が荒くなる。

「どんなに豪胆な人間でも天を仰ぎ、泣き喚《わめ》くしかない」

おまえも例外じゃない、と言わんばかりだ。洲本は身を屈め、かすれ声を絞る。

「清家、なぜ殺した」

返事なし。洲本は顔をゆがめ、尖った言葉を叩きつける。

「あんたが『光の家』で面倒をみてきた神尾明だ。メシを食わせ、勉強を教えてやり、大学まで進ませた、歓楽街の貧しいガキだ」

スッポンのこめかみに青筋が浮く。言葉がヒートアップする。

「息子のように大事に育て上げた神尾だよっ。それをあんな殺し方で——」

言葉が続かない。あんな殺し方。廃墟と化したビルの半地下、頸動脈を裂かれ、血達磨になって転がる神尾の屍《しかばね》。

「当然の報いだ」清家は静かな口調で返す。

「わたしを裏切ったのだから」

「裏切りとは――」

黙れっ、スマホが割れそうな怒声が響く。

「おまえごときに明かす筋合いはないっ」

洲本は電流に打たれたように固まる。

「桜井、いるか」一転、穏やかな声が問う。

「いますよ」桜井は椅子に座ったまま答える。

「元気そうじゃないか」

「おかげさんで」

「コカイン中毒とは思えないな」

洲本の顔が苦渋にゆがむ。が、桜井はまったく動じず、清家との会話を続ける。

「いろいろと便宜を図ってもらっているもので」

「日本警察万歳だな」

「清家さん、ものは相談だが」

凄腕刑事は愉快げに眼を細めて訊く。

「投降する気はありませんか」

ハハッ、と朗らかな笑いが返る。

「サバンナの誇り高きライオンに対し、動物園の貧相な檻《おり》に入らないか、と尋ねるようなものだ」

なるほど、と桜井がうなずく。

「愚問でしたね」

傍らの洲本が事務机を殴る。ゴン、と鈍い音がした。スマホが跳ねる。それが合図のように、清家のトーンが変わる。

「余興はここまでだ」スマホの声が凄みを帯びる。

「柔らかなその腹に牙を突き立ててやろう」

洲本の顔が青ざめる。

「楽しみにしていろ」それっきり、スマホが切れる。

「聞いただろ」桜井がぼそりと言う。

「おまえの柔らかな腹を食い破るそうだ。電話は逆効果だったな」

洲本がうなる。こめかみが膨れる。取調室にキナ臭い怒気が充満していく。


寒い。埃《ほこり》っぽい北風が吹き、街路樹がザワザワ揺れる。午後四時半。沈んだばかりの太陽がビルやマンションをオレンジに染める。明子は首をすくめ、ダウンジャケットのジッパーをあごまで上げた。

「お父ちゃん、まだお仕事かなあ」

栄作が寂しそうに言う。

「ぼく、会いたいなあ」

無理もない。もう半月以上、会っていない。はあ、とため息が漏れる。つくづく、刑事の妻は仕事への理解がないと務まらない、と思い知る。元女性警察官の自分さえ辛いのだ。一般社会から嫁いできた妻はたまらないだろう。

「お母ちゃん」栄作が見上げる。

「悪いやつ、はやく捕まるといいね」

そうだね、とつないだ手を大きく振ってやる。

「きっとクリスマスまでには帰れるわよ」

クリスマスう、と素頓狂な声を上げ、小さな肩を落とす。まだ一週間以上も先だ。さすがに可哀想になる。明子は笑顔で励ましてやる。

「いいこにしてたらゲーム、買ってもらえるかもよ」

ホント、と眼を輝かせる。ゲームはいま、栄作の頭の半分くらいを占めている。今日もお友達の家でテレビゲームで遊んだ帰りだ。怪獣ウォッチのゲームがお気に入りらしく、迎えに行くと、二人でワーワー騒ぎながら夢中で遊んでいた。お母さんにお礼を述べて帰るときの、栄作の顔はいまにもベソをかきそうだった。思いっきり遊びたいのだろう。が、うちはダメだ。

夫の方針でゲームは一切禁止。夫曰く、子供にとってゲームは百害あって一利なし、脳みその成長が妨げられて感性も育たない、ゲーム中毒になって人生を棒に振ったらどうする、それより外に出て自然のなかで遊んだほうがずっと有意義、とか。

だが、ここは東京の三鷹市だ。夫の故郷、和歌山の新宮市とはまったく違う。自然といっても井の頭公園がせいぜい。紀伊山地の原生林と荒々しい熊野灘に挟まれた新宮に較べたら箱庭みたいなものだ。それに、親の目の届かない場所には行かせたくないし――。気持ちが重くなる。

夫が新宿署組対課の刑事となれば、家族も気を使う。恨みを持った人間から狙われる可能性はゼロじゃない。栄作の手をぎゅっと握る。だから、夕刻になれば徒歩八分のお友達の家にもこうやってお迎えに行くし、自宅でひとりで留守番をさせることもない。

ゲーム、ゲーム、と栄作が手を振りながら連呼する。そんなに嬉しいのか。よし、決めた。クリスマスプレゼントはゲームだ。頑固な夫を膝詰めで説得しよう。大好きなお父ちゃんがいなくても我慢してるんだもの。

クルマのヘッドライトが滲む。やだ。目尻を指でぬぐう。しっかりしなくちゃ。ゲーム、ゲーム、と二人で手を振って歩いた。

「すみません」振り返る。水銀灯が灯り始めた歩道に若い女性が立っていた。すっと伸びた身体にベージュのハーフコートとデニムパンツ。栗色のレザースニーカー。年齢は二十代後半か。清楚で聡明な顔立ちだ。

「ジブリ美術館はどこでしょう」

艶やかなボブヘアを指先でかき上げ、困った様子で尋ねる。

「たしかこの辺りだと聞いたのですが」

ジブリ美術館は予約制のはず。一度、栄作が幼稚園の時分、仲のいいママ友三人と子供を交えて行ったことがある。もっとも、外観見学だけのジブリファンも多い。

「井の頭公園のなかですよ」ビルの向こう、黒い森を指さす。

「そこの角を右に――」

視界の端で女が動いた。危ない、と栄作を引き寄せたときはもう目の前にいた。シトラスの香りがする。「騒がないで」

脇腹に硬い感触があった。銃だ。小型の自動拳銃を突きつけられていた。

「この拳銃は本物です」凜とした瞳が据えられる。

「わたしの言うことに従えば身の安全は保証します」

表情も言葉も冷静だ。

「洲本明子さん、どうぞこちらへ」

身元を知った上で――恐怖が這い上がる。女は音もなく背中に回り、銃口を当てる。心臓を一発でぶち抜く、という強い意思を感じる。この女は慣れている。プロだ。落ちつけ、慌てるな。わたしは元女性警察官。組対刑事の妻。

お母ちゃん、とか細い声がする。栄作がダウンジャケットの裾をつかみ、不安そうに見上げている。明子はこわばった顔を励まして笑いかける。「大丈夫よ」

栄作はこくんとうなずく。明子は腹の底に力を入れる。この子だけは守らなくては。女に促されるまま歩き、栄作と二人、路肩に停めたシルバーのワゴン車に乗り込む。運転席には黒のキャップを目深にかぶった若い男。こっちも二十代後半。女と同年代だ。スライドドアが閉まり、ワゴン車が発進する。

対面型のシートに座った女は銃を膝におき、銃口を向けてくる。エンジンの軽い振動とステレオから流れるジャズトランペット。男の趣味だろうか。哀愁を帯びたメロディが漂う。

「目的はなに――」

女がひとさし指を唇におき、静かに、と言う。

「いまは特に話すこともないから」

左手を差し出す。「携帯を」

明子は懐に手を入れ、スマホを抜き出す。女は受け取りチェックする。その間も銃口がそれることはない。明子はとてつもない災厄が降りかかったことを悟った。栄作を抱き寄せて囁く。

「栄作は刑事の息子だからね」

幼い顔に決意が漲る。

「泣いちゃダメ。騒いでもダメ。判ったね」

唇を真一文字に結んでうなずく。そのいじらしい覚悟が胸に沁みる。スモークの入った窓の外、三鷹の街が流れていく。これを、と女がアイマスクを差し出す。

「明子さんだけで結構です」

言われるまま装着する。視界が消える。栄作の温もりをしっかり抱え、明子は心に誓う。命に替えても守り抜く、と。


電子音が鳴る。事務机のスマホだ。高木はそっとのぞき込む。液晶に〈明子〉の名前が。洲本の妻だ。洲本は舌打ちをくれ、つかみ取る。妻はたしか元女性警察官の——。いやな予感がした。よほどの緊急事態が発生しない限り、仕事中の夫に連絡しないはず。ましてや業務用の携帯端末だ。

「どうした」洲本がスマホを耳に当て、ぶっきらぼうに問う。こんばんは、と明るい女の声がした。スピーカー機能のままだ。洲本が眼を剝く。素早く通常機能に戻し、再度耳に当てる。あんただれだ、と問う。

十秒後、洲本はどういうことだ、とかすれ声を絞る。通話が切れたらしく、スマホ片手に茫然と立ち尽くす。顔が死人のように真っ青だ。

「なにがあった」

桜井だ。いつの間にか椅子から立ち上がっていた。我に返った洲本。すがるように凄腕刑事を見上げる。桜井はさらに問う。

「柔らかな腹、か」

瞬間、洲本の顔を驚愕が覆う。スマホを掲げ、あの女こう言いやがった、とひび割れた声を絞る。「女房と息子を拉致した、と」

なんだと？　高木の頭は一気に沸騰した。

「主任、どういうことですっ」

待て、と桜井が片手で制す。

「落ちつけ。こういうときはパニックが怖い。冷静に、順を追って動こう。洲本」

指揮官の口調で言う。

「カミさんの携帯にかけ直してみろ。次いで自宅の固定電話」

はい、と洲本はうなずき、震える指でスマホを操作する。耳に当て、五秒。出ない、と呟く。次いで自宅。長い沈黙の後、スマホを切る。宙を睨み、うなるように呟く。

「清家、か」

清家が食い破る柔らかな腹——ならば、女の声は。

「看護師、だろう」桜井が引き取る。

「洲本、おまえが名刺を渡した看護師だ。広瀬、という名だ」

広瀬、だと。ちょっと待て、なぜあんたが？　高木は記憶を辿る。名刺の件は清家が電話で明かしている。ここまではＯＫだ。しかし、〝広瀬〟の名前はなかった。なぜ、桜井が知ってる？　わけが判らず、ただ見つめることしかできなかった。洲本も同じだ。

桜井は後輩刑事二人の視線を受け止めて語る。

「看護師、広瀬のフルネームは広瀬雅子。二十七歳。受付カウンターの男性事務員が二卵性双生児の弟で、広瀬隆彦だ」

つまり、姉弟で同じ病院に勤務。高木は息を詰め、凄腕刑事が開陳する情報に聞き入った。

「姉は気が強くて弁が立つが、弟は借りて来た猫のように大人しい」

桜井は被疑者の経歴を説明する刑事のように語る。

「あの姉弟、『水原病院』で働いているが、それは仮の姿だ」

二人の顔が浮かぶ。整ったキツイ顔立ちの姉と、黙々とパソコンを操作する弟の静かな横顔。

「広瀬姉弟は不幸な子供時代を過ごしている。ホステスの母親は二人が幼い時分、店のボーイと蒸発。以後、父親に育てられたが、こいつも元極道のろくでなしでな。二人が小学生のとき、どこかのバカ野郎に殴り殺された」

桜井は肩を上下させて嘆息する。

「姉弟が心を許す人間はただ一人、『光の家』で出逢った藤田秀夫こと清家文次郎だけだ」

見えてきた。暗闇から一筋の光がすっと射す。清家と広瀬姉弟。両者の強い紐帯《ちゅうたい》。

「清家と水原晴代は昔、わけありだから、清家は姉弟を『水原病院』に紹介したんだろう。そして清家はおれの大事なネタ元だ。おれが広瀬姉弟のことを知っていてもおかしくない。だろう」

　そう、おかしくない。が、釈然としない部分もある。高木は問う。

「広瀬姉弟も惨殺された神尾明と同じく、清家が運営する『光の家』の出身者ですね」

「そういうことだ」

「では、桜井さんは『光の家』にいた神尾明のことも知っていますね」

　いや、とあっさり否定する。

「おれが知っているのはあくまでも六本木『港連合』の若頭としてだ。神尾は大学時代、OBとして『光の家』を手伝っていたようだが、な」

　とたんにトーンダウンする。ならばなぜ、広瀬姉弟のことは詳しいのか？

「待てよ」洲本が怖い顔で迫る。

「いまはそんな話、どうでもいいだろ」

　そう、最優先すべきは洲本の妻と息子。洲本は桜井につかみかからんばかりに迫る。

「広瀬姉弟は清家の指示で動いていますね」

　桜井は重々しくうなずく。

「清家が死ね、と言えば即、命を断つ。殺せ、と言えば女子供だろうが殺す。そんな関係だ」

　洲本の唇がゆがみ、握り締めた拳が白くなる。桜井が右手を上げる。洲本の鼻先にVの字の指を突きつける。

「おまえがとるべき途《みち》は二つある」

桜井は厳かに前置きして告げる。

「まずひとつめ。妻子の拉致誘拐を七階の捜査本部に上げ、総力戦で清家の行方を追うこと」

洲本は毒を飲んだように顔をしかめる。当然だ。自らの敗北を認めるだけでなく、公安にすべての情報を譲ることになるのだから。ふたつめ、と桜井は続ける。

「拉致誘拐の事実を確認すること」

確認？　いまさら？　凄腕刑事は理路整然と語る。

「清家は狡猾だ。柔らかな腹、などと散々煽《あお》ったあげく、妻子の誘拐を演出しておまえをとことん虚仮《こけ》にする可能性もある。たとえば買い物中の女房からスマホを盗み、夫に電話を入れるとか」

つまり、と高木は言葉を引き取る。

「捜査本部が拉致専門の特殊部隊を配置し、いざ捜査に動いたところ、拉致などされていなかった、という事態もあり得るわけですね」

「洲本は一生、嗤われ、ダメ刑事の烙印を背負っていくことになる」

ばかやろう、洲本は吠え、両手で頭を抱える。顔が苦悶にゆがむ。

「その逆もある」

桜井は苦悩するスッポンを挑発するように言う。

「自宅に惨殺体が二体、転がっている可能性もなきにしもあらず」

なんだとぉ、洲本がうなる。血走った眼が破裂しそうだ。桜井は冷たい口調で言う。

「相手は清家文次郎だ。何を仕掛けてくるか判らない。一気に柔らかな腹を引き裂き、致命傷を与えることもあり得る」

言葉にならない悲痛な声を上げ、洲本がダッシュする。我を失ったスッポンがドアに突進する。慌てるなっ、桜井は椅子を蹴って素早く立ち塞がる。

「どけよ」拳を固めてスッポンが凄む。いまにも殴りかかりそうだ。桜井は、静かに語りかける。

「冷静になれ。おまえは指揮官だろう。おれと高木くんはおまえの指揮下にある。判るな」

洲本は拳を解き、眼を伏せる。

「指揮官が大事な部下を放り出して行くのか、おまえはその程度の刑事なのか」

うなだれる。桜井はほくそ笑む。

「ということで、おれたちは一心同体だ。行くぞ」

返事も待たずポールスタンドにかけたコートをつかみ、袖を通しながらスチールドアを蹴り開けて走る。高木も続く。

「高木くん、捜査車両はあるな」

「バックヤードに面パトがあります。スカイラインですが」

「上等だ。案内しろ」

ちょっと待て、と洲本がコート片手に追ってくる。

「桜井さん、どういうことだ」

「だから三人でまずおまえの家に行くんだよ。おまえの妻子が大変な危機に見舞われているかもしれないんだ。当然だろ。おれたちは仲間だぞ」

洲本の眼が潤む。鬼の眼にも涙、か。桜井が先頭を切って走る。階段を駆け降りる。

三人の靴音と荒い呼吸音が響く。

一階ロビー隅を目立たぬよう、小走りに駆ける。

「洲本っ」胴間声がかかる。

「そんなに泡食ってどうした。ホシでも見つかったのか、ああ?」

禿頭《とくとう》に痩身、ぱりっとした制服。副署長だ。

「勘弁してくださいよ」

洲本は軽い調子で返す。

「新宿署と本庁の精鋭で固めた五十人体制の帳場も未だ収穫ゼロですよ、ゼロ」

ゼロを強調して言う。副署長は一転、不機嫌な顔になる。

「きみは自分の立場が判ってんだろうな」

副署長は小柄な刑事を見下ろし、傲然と言い放つ。

「我が新宿署も本庁も大変な便宜を図っているんだ」

高木と桜井に胡散《うさん》臭げな一瞥をくれ、向き直る。

「きみは自ら捜査員をチョイスし、独自の捜査方法を貫いている。自信があってのことだろう。成果なしじゃ済まされんよ」

そうかい、と洲本は一転、伝法な口調で迫る。

「こっちは掛け値なしの命懸けなんだよ」

副署長の顔に怯えが浮かぶ。洲本は一歩、踏み込む。

「おれたちが帳場に後《おく》れをとったら――」

手刀で己の首を二度、三度と叩く。

「どうぞこの素ッ首を刎《は》ねてくださいや」

副署長が青ざめる。もし、と高木は想像する。この場でせいぶんの情報を明かしたら、副署長は眼を丸くして仰天し、新宿署は上を下への大騒ぎとなるだろう。半世紀近い歳月を経て甦った大物テロリストに本庁もパニックになり、公安は激怒し――背筋がぞくりとした。いや、洲本の妻子の拉致も大事件だ。ああ、頭がおかしくなりそうだ。

逃げるように立ち去る副署長。エレベータに吸い込まれ、消える。

「ちょいと便所」

洲本が苦悶の表情でトイレに駆け込む。顔面蒼白だ。腹でも壊したのか？

「吐くんだろ」桜井がこともなげに言う。

「不安と緊張、恐怖、絶望が押し寄せて胃袋がひっくり返るんだ。辛いぞぉ。しまいには胃に穴がぼこぼこ空いて血を吐くからな」

なるほど。闇社会の捜査で心身を病み、コカインに縋《すが》った刑事の言葉だけに説得力抜群だ。

「家族持ちはなにかと気苦労が多いぜ」

なあ、高木くん、と肩をつかんでくる。

「結婚が怖くなるだろ」

別れましたから、と肩の手を外す。そして怪訝そうな桜井に告げる。

「結婚を約束していた彼女とは別れました。あしからず」

そうか、とうなずく。

「人生の選択はひとそれぞれだ」

仕事を優先し、家庭をぶっ壊した刑事が言う。

「死ぬとき後悔しなきゃいいんじゃないの」

「後悔だらけの人生になる気がします」

いてっ、と桜井が胸を押さえ、顔をしかめる。どうした？　心臓発作か？　久しぶりのコカインがハートアタックを招いたか？　へへっ、と眼が垂れる。

「今の言葉、おれの心にぐさっと突き刺さったよ」

なんだ。ほっと安堵の息を吐きながら、桜井の寂しげな笑みが胸に沁みた。もう五十七、いや五十八になったのか。しかもコカイン中毒に、この捨て身の捜査。先はそう長くない気がする。

三人、面パトのスカイラインに乗り込み、高木の運転で出発する。助手席に洲本。後部座席中央に両腕を組んだ桜井。

ヘッドライトがびっしり埋める青梅街道に入るや、高木はスイッチがずらりと並んだサイレンアンプを操作した。天井板がスライドし、回転式赤色灯がせり上がる。野獣の咆哮のようなサイレンが響き渡る。

アクセルを踏み込む。トラックやタクシーを追い越し、疾走した。三鷹市の警察官舎まで約二十分。助手席の洲本は一心にスマホを操作している。妻のスマホ、自宅の固定電話。その胸中たるや察するに余りある。なにか言わなければ。が、言葉が見つからない。

「うまいねえ、高木くん」

ルームミラーから桜井が笑いかける。

「本業の刑事はともかく、運転は上々だ。将来、安泰だな」

どこが、とつっこみを入れたいところだ。せいぶんを取り逃がしたら終わりだ。刑事失格の烙印を押され、新宿署を放り出されるだろう。いや、連帯責任で洲本共々、馘《くび》かも。さすがに考えすぎか？　桜井が微笑む。

「警察を馘になってもタクシー運転手で食っていけるぞ」

やっぱ馘もありかよ。スカイラインは中野坂上交差点にさしかかる。信号が青から黄に変わる。高木はハンドマイクをつかみ、やけくその大声を張り上げる。警察車両が通ります、道を開けてください、路肩に寄ってください——。助手席の洲本はスマホを操作し続ける。なにも眼に入らないようだ。

スカイラインは夜の青梅街道を疾走する。響き渡るサイレンと、慌てて前を譲るクルマたち。対向車線のヘッドライトの群れが眩しい。

「桜井さん、ひとつだけ質問」

なんだ、とばかりにルームミラーから鋭い眼を向けてくる。

「清家が桜井さんのネタ元になった、ということはつまり」

ひと呼吸おく。

「意気投合したわけですよね」

ふむ、と桜井は視線を遠くにやる。

「おれは栃木の高校を卒業してサッカンになった生粋の叩き上げだ。世間を知らなくてな。清家の話は実に面白かったよ」

「どういうところが、でしょう」

そうだな、とあごをしごき、語る。

「たとえば極左とヤクザだ。根っ子は同じらしい」

「初耳です」

「おまえも大学、出てんだろ」

「東大法学部とはちがい、二流私大のボクシング部ですから」

桜井は冷ややかに笑い、受け売りだが、と断って語る。

「近代ヤクザは明治時代末期、貧しい炭鉱労働者や港湾労働者が自らを守るために結成した労働組織から誕生しているんだな。低劣な労働条件を改善すべく、資本家に対して集団で職場闘争を仕掛け、暴力で立ち向かったんだ」

言葉が勢いを増す。

「労働組織のメンバーには、資本家が恐れ戦《おのの》く集団暴力のパワーに惚れ込む連中もいてな。抑圧されてきた分、逆バネも利く。暴力専業のヤクザに転身するさばけた野郎どもが続々と出てきたわけだ」

「なぜ極左とつながるのか判りません」

面パトは青梅街道から五日市街道に入る。

「ボクシング部、最後まで聞けよ」

桜井は苦笑して続ける。

「気骨あるヤクザは貧民のために先頭に立ち、資本家とやり合った。そして理想に燃える社会主義者も仲間に加わり、共に闘ったんだ」

「いい話ですね」

おっ、と桜井が大仰に身を引く。

「あくまでも清家から聞いた話だからな。ダメヤクザも腐るほどいたと思うぞ。守ってやったんだからカネを寄こせ、女を抱かせろ、と迫るゲス野郎がいてもおかしくない」

それはそうですが、と言葉を濁しながらも、思う。まだ十代の、脳みそが柔らかな時分、弁の立つ孤高のテロリストから理想的な社会正義の話をされたら、感化される向きも出てくるだろう。

ふと、脳裡に浮かぶ顔がある。昨夕、『栄光スクール』からの帰り際、声をかけてきた少年。文庫『チェ・ゲバラ伝』を大事そうに持ち、革命家ゲバラの魅力を熱っぽい口調で語った、的場祐介なる少年だ。彼もせいぶんに感化された口だろう。ならば——。

「惨殺された神尾明はヤクザであり、極左だったのでしょうか」

返事なし。桜井は眼を遠くにやったままだ。環八を越え、左に折れる。ふたつめの交差点。高木はマイクをつかみ、前のトラック、左に寄って、と叫び、ハンドルを右に回す。人見街道に入る。マイクを戻し、独りごとのように語る。

「清家の庇護のもと、成長した神尾は『港連合』の若頭になるや、魔術師と畏怖される情報収集力を駆使し、莫大なカネを稼いでいます。清家が極秘情報を流していたとしか思えません」

「なんのために」

桜井が真顔で問う。

「なあ、高木くん、清家はなにが目的で極秘情報を流したんだ?」

さあ、と首をひねり、革命じゃないでしょうか、と口にしてみる。

「極左の最終目的である暴力革命に備え、莫大な資金を得るために」

言ったそばからおかしくなる。まさか。あり得ない。飛躍しすぎましたね、とルームミラーを見る。息を飲んだ。桜井の眼が怖い光を放つ。唇が動く。

「清家は強烈なカリスマだ」

声が低く、重くなる。

「雄弁に語られる資本主義社会の現実と限界、虐げられる弱者の悲劇と絶望、革命への憧憬《しょうけい》、世界の革命家たちの気高い勇気と苛烈な生き様を聞いていると、魂をぐっとつかまれ、持っていかれそうになる」

高木の脳裡に、せいぶんを愛し、賛美する水原晴代の顔が浮かぶ。桜井は滔々《とうとう》と語る。

「カストロとゲバラの奇跡のようなキューバ革命と、マルコス独裁政権に対するフィリピン共産革命軍の勇猛果敢な闘い。それに〝第二のキューバ革命〟と謳われたニカラグア革命のゲリラ戦。臨場感たっぷりに語られると、苔の生えたマルボウ刑事のおれでさえ、心湧きたつものがあった。若い純粋で生真面目な野郎は一発で取り込まれるだろう」

あなたも洗脳されたんですか、と冷めた声が飛ぶ。助手席の洲本だ。未練を断ち切るようにスマホを指で弾き、懐に戻す。

「革命とかなんとか、どうでもいいですよ。せいぶんの野郎、おれがわっぱをかけてやる」

洲本の眼に青白い憤怒が浮かぶ。

「なんかあったら殺すからな」

回転灯が街路樹を赤く染める。おい、と洲本があごをしゃくる。

「そろそろだ。サイレンとパトライトを止めろ」

高木は速度を落とし、サイレンアンプを操作する。けたたましい光と音が消える。警察官舎手前の路肩に停める。ドアを開けるや洲本が駆け出す。高木と桜井は肩を並べて後を追う。

「天下のスッポンがなんて様《ざま》だ」

桜井が走りながら言う。

「あの狼狽ぶりはどうだ。まだ妻子が殺されたわけじゃなし」

「家族がそれだけ大事ということでしょう」

「じゃあ刑事にならなければいい」

暴論です、と斬って捨てるのは簡単だ。しかし、できない。妻と幼い息子を囮に、ヤクザ二人を血達磨にした桜井。家庭を崩壊させた自称、本物の刑事。この男の前ではいかなる正論も空しい。常に自分がルールだ。改めて桜井文雄の怖さを思い知る。

午後六時。古びた警察官舎の階段を上がる。二階、三階、四階。刑事三人の荒い呼吸が響く。ドアの前で洲本が一瞬、固まる。ロックを解く前に引いてみたドア。なんの抵抗もなく十センチほど開き、次の瞬間、洲本が獣《けもの》のようなうなり声を上げて飛び込む。

あきこっ、えいさくっ、と妻子の名を呼び、ライトを点けて回る。六畳二間と四畳半の三室。それにダイニング。洲本はトイレから風呂、ベランダ、押入れまでチェックし、ほっと息を吐く。だれもいない。死体もない。とりあえず、最悪の事態は免れた。

おい、と桜井が呼ぶ。ダイニングのテーブルを指さす。部屋のキーと白いケースに入ったスマホ。妻、明子の持ち物だろう。洲本が駆け寄る。右の手でつかもうとするも、寸前で思い留まる。

「使え」

桜井が鑑識用の白手袋を渡す。一礼してはめる。キーをつまみ上げて確認し、次いでスマホをチェックする。指が止まる。顔が氷のようにこわばる。高木はそっと背後からのぞく。絶句した。

液晶画面に映る女性と子供。クルマの座席だ。おそらく大型のワゴン車。ダウンジャケットにデニムパンツの女性。アイマスクをかけたまま、膝に子供を抱えている。紺のジャンパーにベージュのズボン。丸顔。眼を伏せ、唇を一文字に引き結ぶ男の子。

えいさく、と切ない声が漏れる。洲本が肩を震わせる。妻子は拉致された。高木は素早く室内を見回す。台所の食器棚と冷蔵庫。壁に怪獣ウォッチのワッペンが貼ってある。四畳半には学習机。椅子に背負わせたランドセル——。

あれ？　思わず声が出た。なんだ？　洲本が涙眼を向けてくる。

「桜井さんが」

いない。二人、同時に動いた。洲本は風呂とトイレをチェックする。高木はベランダ。

姿がない。煙のように消えてしまった。

「あの野郎、逃げやがった」

洲本が鼻にシワを刻み、歯を剝く。

「怖くなって逃げやがった」

拳を平手に打ちつける。ちがいます、と高木は喉を絞る。

「拉致が事実と知り、おくさんと息子さんを助けるために独自の行動をとられたのです」

赤黒い眼が睨んでくる。高木は両足を踏ん張って言う。

「独自のルートで清家に接触を試みるのでしょう。残念ながらわたしたち二人は並の刑事です。清家にとって百パーセント敵です。規格外の凄腕刑事、桜井文雄と共に行動をとることはできません」

「確証はあるのか」

洲本は顔をゆがめて問う。

ありますよ、ときっぱり返す。

「桜井さんと清家には特別な、他人には窺《うかが》い知れない絆があります。でなければテロリストが刑事のネタ元になどなりません」

特別の絆。ある、と信じたい。洲本は宙を睨む。高木はここぞとばかりに言葉を重ねる。

「じきに桜井さんから連絡がきます。賭けてもいい。おくさんと息子さんが無事解放された、と」

行くぞ、洲本がコートを翻して玄関に向かう。

「どこへ」

ばかやろうっ、怒声が飛ぶ。

「この現状を考えろ、誘拐犯の関係者んとこに決まってるだろう」

部屋を出て行く。高木はライトを消し、ドアを閉めて出た。


そこは殺風景な空間だった。ダイニングに六畳と四畳半。ウィークリーマンションだろうか。男はキッチンテーブルでコーラを飲みながらスマホをいじっている。手許には小型の自動拳銃。女が突きつけたものと同型だ。

黒のセーターにチノパン。清潔な短髪と筋肉質のほっそりした身体。一見すると爽やかな二枚目だ。

しかし。寡黙だ。ここへ連れ込まれて十分程度。まったく喋らない。女は五分で出て行った。大人しくしていたら危害は加えない、騒いだら問答無用で撃ち殺す、と脅すだけ脅して消えた。怖い女だった。車中でスマホを奪い、夫に電話を入れた際の、あの愉悦に満ちた声は普通じゃない。スマホで写真も撮っていた。それに較べて目の前の男は静かだ。

ねえ、と呼びかけてみる。男が顔を上げる。

「子供になにか飲ませたいんだけど」

六畳の和室。膝にすがりついたまま動かない栄作。男は拳銃片手に立ち上がる。

「ジュースならトマトとオレンジ、牛乳とミネラルウォーターもあります」

落ちついた丁寧な言葉に少し拍子抜けした。

「じゃあ、オレンジジュースを」

男は小さな冷蔵庫を開け、パック入りのジュースを持ってくる。

「どうぞ」

ありがとう、と頭を下げ、男の表情をチェックする。眼は冷たいが、穏やかな表情だ。明子はほっと胸を撫で下ろす。結婚前、品川署の交通課にいた時分、暴走族の荒っぽい連中を腐るほど見てきた。根っからの暴力志向の人間は雰囲気で判る。

栄作にジュースを飲ませ、トイレを使わせた後、膝の上で横にする。笑顔で、大丈夫だから、と囁く。緊張していたのだろう。すっと眠りに落ちる。男が栄作をじっと見ている。

「夫が関係あるんでしょう」

男は我に返り、鋭い視線を向けてくる。話の糸口はなんでもいい。とにかく語りかけることだ。

「わたしたちを誘拐した理由よ。刑事の夫のせいよね」

会話さえ続けば必ず突破口が見えてくる。警察官時代、散々経験したことだ。消えた女は分厚い氷のベールをまとってとりつく島なしだが、この男は付け入る隙がある。

「新宿署組対課の洲本栄が憎いんでしょう。あなたの知り合いが刑務所に放り込まれたの？」

返事なし。

「あるいは現在、進行中の事件とか」

夫は仕事のことは一切口にしない。が、新宿署に捜査本部が立つ凶悪事件なら新聞テレビ等で判る。明子は情報を整理して、ほら、あれよ、と告げる。

「大久保で発生したヤクザの惨殺事件」

男の顔が変わった。眼を丸く剝き、ほおがこわばる。当たりだ。明子は恐怖に震えながらも、冷静を装って問う。

「事件に関係したヤクザから命令されてるの？　洲本が邪魔だから家族を拉致してしまえ、と。それともあなたがヤクザ？」

ちがう、と激しく首を振る。

「ぼくはヤクザなんかじゃない」切迫した口調で訴える。

「ぼくはただ、おじちゃんの命令でやっています」

おじちゃん？　見えた、突破口。明子はすかさず攻め入る。

「ご両親より大事なひとなの？」

もちろん、と男はうなずく。「ずっと、遥かに」

なんだろう。両親よりずっと大事なおじちゃん。子供は、と男が指さす。膝で寝入る栄作だ。

「大事ですか」

むっとする。こんな状況でからかってるのか？

「当たり前じゃないの」栄作を抱き寄せる。

「この子のためなら死んでもいい」

ホントに？　と男は首をかしげる。

「ホントに決まってるじゃないの。わたしの夫もそうよ」

へえ、とうつむく。そうなのか、と呟く。寂しそうだ。ピン、とくるものがあった。

「あなたは――」躊躇しながらも斬り込む。

「ご両親からひどいことをされていたの？」

空気が震えた。男は高圧電流に打たれたように硬直し、ちがう、と囁く。眉を吊り上げ、必死の形相で訴える。

「ママはちがいます」

じゃあパパ？　と明子は間髪を入れず切り返す。男の顔色が変わる。ぐっと息が詰まり、土気色になる。手をこじ入れた突破口がさらに開く。明子は尖った質問を突き入れる。

「パパはどんなことをしたの」

パパは——男は虚空を睨む。明子は息を殺して待つ。パパは——。男はあえぐように言う。

「パパはぼくとおねえちゃんにひどいことをしました」

おねえちゃん。拳銃を突きつけてきた女。

「ぼくたちはとても辛くて苦しくて」

堰《せき》を切ったように告白する。双子の姉弟。父親の暴力、レイプ、身も凍る虐待、食事制限。泥沼に引き込まれていくようだった。耳を塞ぎたかった。が、これは姉弟が体験した現実だ。地獄だ。明子は熟睡する栄作を抱きしめ、ただ聞き入った。

「泣いているのですか」

男が心配げに覗《のぞ》き込んでくる。明子はハンカチで顔を押さえ、うなずくことしかできなかった。

あなたは、と男は感極まった声で言う。

「ぼくらのために泣いてくれたのですか」

「がんばったね」

よく生きてきたと思う。男は哀しげにうつむき、答える。

「おじちゃんがいたから」

おじちゃん。組対刑事の妻子を拉致するよう、命じた男。

「でも、おじちゃんは怖いひとです」

男の眼が焦点をうしない、くちびるがわななく。

「簡単にひとを殺せる悪魔です」

悪魔――。空気が変わった。凍った視線が明子を貫く。

「ぼくもおじちゃんのような悪魔になれるでしょうか」

男は拳銃をかまえる。銃口を据えてくる。唇を吊り上げ、冷笑する。

「ねえ、どう思います？」

男は腕を伸ばす。銃口が迫る。トリガーに添えた指が動く。明子は栄作を胸に抱え、覆いかぶさった。わたしを殺しなさい、子供だけはやめて、と悲痛な声を絞る。お願い。己の心臓の音だけを聞きながら抱きしめる。栄作の肌の温もり。これだけは守る。いるはずもない神に祈り、明子は待った。

ひぃっ、とか細い悲鳴のような声が聞こえた。首筋に熱いものが落ちる。涙だ。男は拳銃を片手に、声を殺して泣いていた。


では、と水原晴代が真っ青な顔で問う。

「せいぶんがあなたのおくさんと息子さんを」

そうですよ、と洲本は眼に憎悪の色を浮かべて答える。

「おたくの看護師、広瀬雅子を使ってね」

晴代が口に手を当て、絶句する。それと、と高木は言葉を挟む。

「事務員の男性、広瀬隆彦も」

午後七時半。花園神社近くの『水原病院』。午後の診療から事務作業までひとりでこなしたという晴代の顔には濃い疲労がべっとりはりついていた。しんと静まり返るロビー横の応接室。

高木と洲本は今日二度目の訪問を半ば強引に実現させた。カーテンが降りた玄関を叩き、インタホンを鳴らし、洲本が怒りも露わに大声で呼ばわって。

「清家に連絡はとれませんか」

洲本は改まって問う。

「広瀬雅子か隆彦でもいい」

晴代は眼を伏せ、懺悔するように言う。

「だれにも連絡がつきません。雅子ちゃんにも、隆彦くんにも」

顔を悔しげにゆがめる。

「もちろん、せいぶんにも」

応接室に重い沈黙が降りる。肩を落とし、背を丸めた老医師。孤独、という言葉がこれほど似合う女性を高木は知らない。

微かな電子音がした。失礼、と洲本が懐からスマホを抜き出す。顔が赤らみ、険しくなる。高木はそっと眼をやる。液晶画面に〈公衆電話〉の文字。もしかして清家？　それとも――。

洲本は耳に当て、腰を上げる。息を吞み、そうか、とうめく。高木が安否を問うと、洲本は、無事だ、とひと言。

ああっ、晴代が両手を顔に当て、すすり泣く。痩せた肩が震える。

高木はほっと息を吐き、「我らが凄腕刑事のおかげですね」と囁く。

「主任、ここは素直に感謝しなきゃ」

洲本は複雑な表情になる。少し溜飲を下げて高木は問う。

「おくさんはいまどこに」

洲本はスマホの送話口を押さえる。

「池袋のビジネスホテルで休んでいる。チビがいるんでな」

「どうぞ行ってあげてください」

後輩刑事は笑顔で言う。

「大変な目に遭われたんだ。主任がそばにいてあげなきゃ」

洲本は少し躊躇したが、悪いな、とコートをつかむや、駆け出して行く。その背は弾むようだった。

「さて」高木は居住まいを正し、肩を震わせて泣く晴代と向き合う。

「先生、邪魔者は消えました」

晴代が涙で濡れた顔を上げる。意味が判らないようだ。

「洲本は所詮、脱落者ですよ。本物の刑事にはなれない」

ハンカチで顔を拭きながら、どういうこと、と訊いてくる。高木は答える。

「妻子が誘拐されて我を失うようでは刑事失格です。囮にするくらいの胆力がなくては」

茫然と見つめる女医に告げる。

「脱落者のことなど、この際どうでもいい。忘れましょう。わたしがいま、この場で興味があるのは、本物の革命家のことです」

高木はぐっと身を乗り出す。

「清家は東大法学部時代から革命一筋だ。望めば学者にも高級官僚にもなれた優秀な男なのに、まったくぶれていない。海外逃亡中も弱者の味方を貫き、武力闘争に参戦しています。敵ながらあっぱれだ」

言葉に力を込める。

「官憲の眼を欺《あざむ》き、極秘帰国を果たした後も己の身の危険を顧みず『光の家』を立ち上げ、貧しい子供たちに救いの手を差し伸べている。才色兼備の先生が生涯をかけて惚れ抜いて当然です」

それで、と晴代は先をうながす。しらっとした表情だ。高木は続ける。

「先生のこと、気になりましてね」

晴代がじっと見つめてくる。漆黒の瞳に吸い込まれそうだ。世俗の垢にまみれた刑事は空咳を吐き、おもむろに告げる。

「今朝、ここをお暇《いとま》した後、少し調べてみました」

晴代は小首をかしげる。

「相棒の洲本さんと？」

とんでもない、と高木は大きく手を振る。

「わたしひとりです。洲本から押し付けられた仕事をこなしつつ、先生の周囲を探りました」

自分でも嫌になるくらい働き者なんですよ、と懐から手帳を抜き出して開く。

「銀行から一億近い融資、受けてますよね」

晴代の表情を確認する。瞳が揺れ、動揺の色が浮かぶ。高木は応接室を見回して言う。

「担保はこの病院だ」

返事なし。高木は手帳に眼を落とす。

「不動産を購入されたようだ」ページをめくる。

「清家と余生をすごす豪華別荘かな、と思ったのですが、調べると都内でした。中野区の一軒家」

晴代のほおが震える。高木は手帳を閉じ、笑いかける。

「驚かないでください。わたしはあなたの闇医者業を承知していた男ですよ。それなりの情報網は持っている。間にペーパーカンパニーを挟もうと、代理人を置こうと、事実はひとつです」

高木は笑みを消して問う。

「そこに清家を匿《かくま》っていません？」

女医は柳眉を上げ、冷然とした顔で返す。

「もしそうお思いなら、警察が動けばいいじゃありませんか」

一転、挑発的な物言いになる。逆に刑事は、それがですねえ、と声が小さくなってしまう。

「警官隊を率いて踏み込めない理由があるんですよ。洲本の方針でうちのセクションは徹底したアウトローになってしまいまして」

「よく判らないわね」

「ですよね」

晴代は、呆れた、とばかりに肩をすくめて問う。

「それでわたしになにをどうしろと？」

高木は両手を膝におき、頭を深く下げる。

「ご同行ください。そして清家を説得してください」

語りながら胸が熱くなる。

「清家文次郎は見果てぬ革命の夢を追い、長く生き過ぎたのです。幸い、広瀬姉弟による拉致は丸く収めることができそうです。これ以上、若い人間を悪の道に引きずり込む必要はありません」

返事なし。重い静寂が流れる。針一本落ちても聞こえそうだ。高木は待った。五秒、十秒——。

ダメか、と諦めかけたとき、声がした。「判りました」

高木は顔を上げた。晴代の凜とした瞳が崖っぷちの刑事を深々と射抜く。

「五分ほどお待ちください」

音もなく立ち上がり、応接室を出ていく。

きっかり五分後、晴代は現れた。厚手のジャンパーにジーンズ、モスグリーンのニット帽、足元を編上げブーツで固め、脇に黒革のショルダーバッグ。その一分の隙もない装いから確かな覚悟が滲む。高木は再度頭を下げ、病院を出た。

面パトで中野区に向かう。

「本当は歌舞伎町か大久保辺りに買いたかったのよ」

助手席の晴代は問わず語りで言う。「さすがに手が出なかった」

もしかして。高木は問う。「新しい『光の家』ですか」

そう、とあっさり認める。

「賃貸でまたゴタゴタするのも嫌だから、売り物件を探したんだけどね」

「清家の希望ですか」

バカな、と晴代は斬り捨てる。

「『光の家』を閉じてからはまったく。あの人はそんな意欲を失ってしまったのよ」

横顔に怒りがある。

「また昔の、精力的なせいぶんに戻って欲しかったんだけどね」

両側にネオンの壁がそびえ、歩道を無数の人間が群れとなって移動する。雑多なノイズと極彩色のカオス。まるで街全体が沸騰しているようだ。歌舞伎町は今夜も華やかで毒々しい。

赤信号で面パトが停まる。横断歩道にどっと人の波が溢れ、停車したクルマの間まで分け入り、走って歩いて喚く。車道の中央で記念写真の撮影に興じる、中国人らしき観光客の集団もいる。

「鳴らさないの？」

晴代はサイレンパネルを指さす。高木は困り顔で返す。

「レディをのっけて無作法に突っ走るのもどうかと」

そう、とウィンドウにもたれる。虚ろな顔がネオンに染まる。潤んだ瞳から赤い涙がこぼれそうだった。

「絶対に助けてよ」

「判った」

洲本はちっぽけなソファから腰を上げ、ベッドで寝入る栄作のほおを撫でる。鼻の奥が熱くなる。子供はこんなに可愛いのにな。

ほら、と肩を叩かれる。

「そのおかしな親玉をはやく逮捕しなくちゃ」

険しい表情の明子が言う。

「隆彦くんが殺されるかもしれないのよ」

池袋の明治通り沿いに建つビジネスホテル。三〇三号室。隆彦が自らワゴンを運転し、ホテルの前で降ろしたのだという。

部屋を後にした洲本は廊下を走り、階段を駆け下りながらスマホを抜き出す。隆彦が語ったおじちゃんこと、せいぶんの悪魔の貌。急がねば。


中野区弥生町。静かな住宅街で面パトを停める。午後九時。晴代が購入した一軒家まで徒歩五分。二人、寒々とした水銀灯の下を歩く。吐く息が白い。

「歌舞伎町からは少し距離がありますね」

「そうね」晴代は穏やかな口調で語る。

「不幸な子供が溢れた歓楽街のど真ん中が理想だけど、逆にこっちなら子供を問題のある親と引き離して寝食を共にした生活もできるわけよ。逆転の発想ね。物事はいい方に考えなくては」

「寮みたいなものですか」

「理想はね」二人の冷たい靴音がアスファルトに響く。

「想像を絶する環境の子供がいるから」

晴代の表情が冥くなる。

「わたしは『光の家』をサポートしながら、本物の地獄があることを思い知ったわ。躾《しつけ》という名の虐待、貧困からくる栄養失調、親の万引き強要――娘に売春を強要するケースも珍しくない」

高木はただ耳を傾けることしかできなかった。

一軒家に到着する。煉瓦塀で囲まれた古い洋館だ。錆びた門の鉄柵の間から建物が見える。周囲に雑木林が生い茂り、ガラスが割れ、壁がはがれた、幽霊屋敷のような洋館だ。高木は努めて明るく言う。

「第二の『光の家』オープンまで、けっこうな時間がかかりそうですね」

晴代は黙って見つめる。その胸に去来するものは絶望か、諦観か、高木には判らなかった。懐のスマホが震える。抜き出し、画面を見る。〈洲本〉。

失礼、と晴代に背を向け、耳に当てる。


「高木、よく聞けっ」

洲本は歩道のビル陰でスマホに語りかける。

「明子が見張りの隆彦からせいぶんの正体を聞き取った。あいつはタガが外れてるぞ、狂っている」

大久保一丁目の『二十世紀ビルヂング』。その半地下部屋。真夜中、せいぶんがやったこと。現場にいた『光の家』の元教え子三人。明子に涙ながらに惨劇を告白した隆彦。

「隆彦は雅子と二人で兄と慕う神尾明を誘いこみ、暗闇から現れた藤田のおじちゃんことせいぶんは革命とかなんとか――」

　神尾を厳しく問い詰め、激昂。ナイフで首を裂いて殺したせいぶん。鮮血を振りまいてのたうつ神尾を前に、愉快気に大笑いした悪魔。その一部始終を見せられた雅子と隆彦の姉弟。

　スマホの向こう、息を殺して聞き入る高木。急げ。

「いまどこだ、『水原病院』か」

　とっくに出ました、とそっけない声が返る。ならばどこだ？　スマホを握る手が汗で濡れる。

「来ていただかなくてけっこうです」

　なにぃ、スッポンのうなり声が耳朶を刺す。高木はスマホに冷たい言葉を送る。

「主任は大事なご家族と一緒にいてあげてください。では」

　通話を切る。荒れ狂うスッポンが見えるようだ。どうしたの？　と晴代が心配げに問う。

「幽霊でも見たような顔をしているけど」

　ああ、とこわばった筋肉を励まし、笑みを浮かべる。

「落伍した刑事が未練がましくいろいろ教えてくれるもので」

まいったな、と頭をかき、ぼそりと言う。

「桜井さんの言ったとおりだ」

やはり拳銃を携行すべきだった。桜井さん？　と晴代が驚いたように見る。

「桜井文雄です。ご存知でしょうか。清家とツーカーの刑事で――」

それは知ってるけど、と晴代が小声で答える。清家と晴代は同志だ。しかも、桜井は『水原病院』で働く広瀬姉弟について詳しかった。ならば晴代とも面識があって当然。

晴代の様子がおかしい。血の気が失せ、唇がわななき、それこそ幽霊を見たような顔になる。どうした？


この電話はお客さまのご都合によりお繋ぎできません――ちくしょう、高木の野郎、通話拒否か。空しくメッセージを述べるスマホを握り締める。言い足りないことがあった。桜井だ。明子と栄作を解放したのは桜井ではなく、広瀬隆彦だ。心優しき弟の独断だ。ならば桜井文雄はどこへ行った？　あの凄腕はなにをしている？

洲本は池袋の夜の雑踏をあてもなく歩いた。桜井、どこだ、どこにいる？

「桜井さんは」

触れれば砕けそうな表情の晴代が問う。

「コカイン中毒の治療で長期入院中、と聞いたけど」

「清家から？」

ええ、とうなずく。あり得る話だ。が、反応がおかしくないか？　高木は困惑しつつ返す。

「ちょいと事情がありまして。いまはとても元気――」

言葉が止まる。暗闇からぬっと大柄な人影が現れる。水銀灯の下、浮かんだコート姿の男。えっ、と声が出た。

よう、と左手を上げる。

「丸腰刑事、がんばっとるねえ」

桜井文雄だ。右手にぶらさげたものが明かりを反射して鈍く光る。まさか。いや、間違いない。それは、と指さす。

「おお、こいつか」

小型の回転式拳銃を愛おしそうに撫でる。

「極道の抗争の真っさい中だから高騰してな。このチーフスペシャル、通常は三十万のとこ、九十万だぞ。弾丸も一発五千円が一万だ。武器屋も強気でな」

不敵な笑みを浮かべる。

「これでも値切りに値切ったんだぜ。とんだ散財だ」

つまり、あなたが――。高木は喘ぐように問う。

「三鷹の官舎から突然、消えたのは」

もちろん、とチーフスペシャルを掲げる。

「この調達に決まってるだろ。文句ならシブチンのスッポンに言え」

コートの袖に隠し、銃口を向けてくる。笑みが消え、眼が険しさを増す。

「洲本の野郎、病院から泡食って出ていったが、妻子の拉致に進展があったのか」

無事に解放されました、と告げながら、足元が崩れそうな感覚に襲われる。そうかい、と桜井は愉快げに微笑む。

「元サツカンにして刑事の妻だ。当然だな。スッポンよりずっと刑事に向いてるかもよ」

高木は萎えそうな両足を踏ん張って返す。

「後を尾けましたね」

おいおい、と幼子を教え諭すように言う。

「尾行するレンタカーくらい気づけよ。きみは面パトだろうが」

易々と尾行を許した警察車両。屈辱に身も心も焦げそうだ。

「いきり立った凸凹コンビが向かう先くらい判る。おれはチャカを調達して即行で駆けつけたよ。するとクラシカルな『水原病院』の前に無粋な面パトが停まってやがる。バカだねえ」

せせら笑う。

「凸凹コンビはそこがどん詰まりの限界だが、聡明な晴代先生ならせいぶんの元へ連れてってくれるかも、と踏んでね。ドンピシャだろ」

高木はただ立ち尽くすしかなかった。

先生、と凄腕刑事は晴代に向けて朗らかに言う。

「お元気そうで」

あなた、と細い眉をひそめる。厳しい医者の顔だ。

「コカイン、やってるわね」

ばれました、と舌を出す。

「いまもたっぷり吸い込んできまして。おかげでビンビンです」

「死ぬわよ」

「医者が言うんだからそうなんでしょうな」

さあ、先生、と銃口を据える。

「清家のとこへ連れて行け」

声が凄みを帯び、全身に殺気が漂う。晴代は観念したのか、素直に従う。門横の勝手口を押し開く。ギイ、と木製のドアが軋む。高木くん、きみもだ、と銃口を振る。わたしは、とかすれ声を絞る。

「刑事ですけど」

桜井は鼻で笑い、トーシロ同然の丸腰刑事だろ、と突き放す。高木は肩を落とし、勝手口を潜った。鬱蒼と茂る雑木林の間、傷んだセメント張りのアプローチを歩き、晴代はカンテラ型のライトの下、玄関ドアの真鍮ノッカーを鳴らす。カーン、と高い音が響く。せいぶん、と若々しい声で呼ぶ。五秒ほどの静寂の後、荒々しい靴音が迫る。ドン、と観音扉が開き、白髪の男が現れる。長身の逞しい身体。ノミで荒く削ったような武骨な顔が凄む。清家文次郎だ。

「おまえとはもうなんの関係もないっ」

ワイン色のジャンパーにベージュのズボン。一見すると別荘地で余暇を愉しむ富裕層の紳士だが、その表情は怒った虎のようだ。

「とっとと帰れっ」

ごつい指で鉄門を指す。眼が合う。どうも、と高木は頭を下げる。

「新宿署の者です」

身分証を出す。清家の顔が怒気を帯びる。瞬間、黒い影が疾《はし》った。桜井だ。清家のこめかみに拳銃を突きつけ、耳元で囁く。

「せいぶん、動くなよ」

素早くボディチェックを行い、清家の懐から大型の自動拳銃を抜き出す。ベレッタM92。米軍をはじめ世界中の軍隊、法執行機関で採用されている、破壊力抜群のイタリア製のオートマチックだ。

桜井は片手で器用にマガジンを抜き、雑木林に放る。拳銃は別方向へ。共に闇に吸い込まれる。

「なかで話そう」清家の広い背中に銃口を当てる。きみらも、とあごをしゃくる。ちょっと待て。おかしくないか？　身柄を拘束しないのか？　相手は清家文次郎だぞ。国際指名手配犯だぞ。

「行きましょう」

晴代が丸腰刑事の肩を押す。

「桜井刑事は本気だから」

高木は腹をくくり、奥に進む。ほら穴のような廊下を歩き、天井の高いリビングに入る。骨董品のような大シャンデリアの下、優に二十畳はある広々としたフローリングの床。壁を飾る風景画の油絵。石を組んだ暖炉で火が燃え、薪がはぜる。正面に古びたソファセット。時が止まったようなカビ臭い空間だった。

桜井は拳銃を向けたまま左手を振り、清家に座るよう促す。

「せいぶん、洲本の妻子は解放されたよ」

右腕を伸ばし、銃口を据える。見事な立射の姿勢だ。

「知っている」清家はソファに腰を下ろす。

「隆彦から謝罪のメールがあった。独断で解放したそうだ」

片ほおをゆがめ、苦笑する。

「この日本で本物の戦士の養成は難しい、とつくづく思い知ったよ」

「神尾明も失敗作、だな」

笑みが消える。桜井はシビアな言葉を重ねる。

「『港連合』の神尾は戦士になれなかった。だからせいぶん、あんたが始末した――おれの推理は間違っているかい」

清家の顔が変わる。眼が青みを帯び、鬼の形相が現れる。

「神尾には幻滅したよ」

宙の一点を睨み、独り言のように語る。暖炉の炎に鬼が揺れる。

「あいつはこう言った。この腐った島国で革命などできるわけがない、おれは組の維持だけで精一杯、日本の過激派は天然記念物のトキみたいなもの、先生が同志と暴れ回った一九六〇年代とはちがうんだ、騒乱の時代はとっくに終わったんだ、もうだれも興味を持ちません――」

晴代がそっと動いた。ブーツがコツンと音をたてる。桜井は？　銃口が僅かに揺れたが、それだけだ。晴代は黒革のショルダーバッグを抱え、さも当然のように清家の右隣に座る。その膝に手をおき、心配そうに横顔を見つめる。

「おれはもう身体の芯まで極道です――」

清家は晴代の手を握り、朗々と神尾のセリフを語る。

「革命への夢などとっくに醒めている、先生が望むような革命家には未来永劫、なれません、諦めてください――。軟弱な世迷い言の数々にわたしは打ちのめされた」

悔しげに唇をゆがめる。

「本格的な武力闘争に備え、人員と火器を確保しているはずが、周りにいる連中は頭の悪い本物の極道ばかり。火器も抗争用の拳銃オンリーだ。TNT火薬どころか、ダイナマイト一本ない。わたしが与えた情報を使い、莫大なカネを稼ぎながらなんという様《ざま》だ」

晴代が身体を寄せる。すがるような表情で、もうやめて、と悲痛な声を絞る。闇医者に手を染め、孤高の革命家を助けた女医。その願いを無視し、清家は野太い声で訴える。

「政治の堕落に格差社会の膨張。弱者は斬り捨てられ、見向きもされない非情な社会に我々は住んでいるんだぞ。こんな国をだれが望む？　日本国の再生にはもはや革命しかない」

己の胸を拳で叩く。

「わたしはもう六十八だぞ。老人だぞ。わたしの絶望が判るか？　桜井、おまえに判るか？　国家権力に養われた犬のおまえに」

桜井の表情は変わらない。高木は困惑した。脳裡にへばりついた疑問が膨張する。桜井はなぜ清家の身柄を拘束しない？　仮にも刑事だぞ。

深まる困惑をよそに、事態は刻一刻と進展していく。

「桜井、これはわたしのルールだ」

老革命家は荒い息を吐き、告げる。

「裏切り者は殺すしかない。息子同然の男にせよ、な」

毅然とした言葉だった。

「狩猟ナイフで首を裂いてやったよ。おまえは知ってるかな」

銃口を据え続ける刑事に向けて、講義するように言う。

「ジャングルの闘いでもっとも有効な武器はナイフだ。音もなく接近し、音もなく殺す。そして次の敵に向かう。その繰り返しだ」

桜井は無反応だ。高木は乾いた喉を絞り、清家さん、あなたは本気で、と強引に割り込む。

「本気で神尾明を革命家に育て上げる気だったのですか」

当然だろう、と清家は答える。

「あいつの学習能力はピカ一だ。悲惨な生まれ育ちだけに、民衆の苦しみも、革命の理論と闘争術、そして革命がもたらす幸福と平和も、乾いたスポンジが水を吸い込むように理解した」

表情も声も昂揚してくる。

「わたしは『光の家』から奇跡のように現れた頭脳明晰な少年に未来を託した。大学に進ませてやり、闇社会から得た数々の極秘情報を与え、若き実業家として成功させた。『港連合』の幹部となった神尾はわたしが与えた情報を駆使し、莫大な富を築き、敵対する組織を圧倒した」

「すべて革命のためですね」

どの国の、いつの時代の話だ？　と混乱しながらも高木は語りかける。

「しかし、革命家、清家文次郎は裏切られてしまった。あなたの血の滲む努力は水泡に帰した」

清家の顔が苦悶にゆがむ。高木はさらに言う。

「あなたには聖者と悪魔が同居している」

ほう、と桜井が面白がるように唇をゆがめる。高木は言葉を選び、語る。

「日本を捨て、異国のジャングルに潜んで政府軍を刺殺する狂気。歓楽街の不幸な子供たちに食事と勉学の場を与える善意。さらに——」

大きく息を吸い、ショート寸前の脳みそに酸素を送り込む。

「背乗りで三十年近く別人になりきる精神力。いずれも一般人には理解できないことばかりだ。しかし、わたしは支持します」

「きみは国家権力側の人間だろう」

そうです、と高木は返す。

「我が師匠である桜井刑事と同じく」

当の凄腕は立射姿勢をとったまま冷たく笑う。高木は無視し、清家に語りかける。

「しかし、今回の件は別だ。許せません」

「どうして」

「あなたは神尾を兄と慕う広瀬姉弟を使い、『二十世紀ビルヂング』の半地下に誘いこんでいる。可愛がってきた姉弟が『光の家』の跡地へ行きたい、と懇願すれば、神尾は応じたでしょう」

　深夜、広瀬姉弟と談笑しながら『光の家』跡地へと向かう神尾。暴力団の子分らには決して見せない快活で無防備な笑みを浮かべ、姉弟に優しい言葉もかけていたはず。

「あの半地下は他人には単なる廃墟でも、地獄から這い上がってきた二人には聖地です」

　清家の眼が、過去を追慕するように遠くを見る。しかも、と高木は言葉に力を込める。

「あなたは広瀬姉弟の目の前で神尾を惨殺している。高笑いも轟《とどろ》かせている。二人の哀しみと恐怖はいかばかりか——」

　ダメだ。あとが続かない。

「性格の弱い隆彦には逆効果だったな」

　清家は無念を滲ませて言う。

「洲本の妻子を解放するなど、いままでの隆彦には考えられない」

「雅子も同じです」

　怪訝そうな清家。高木は静かに告げる。

「彼女は神尾の死亡推定時刻の三十分後、交番に電話を入れています」

　清家の顔がゆがむ。動揺している。高木は雅子の悲痛な言葉を打ち込む。

「最寄り交番の警察官に『二十世紀ビルヂング』の半地下に転がる死体のことを告げ、はやく見つけてあげて、と懇願しています」

　まさこが、と口を半開きにした老革命家。全身から精気が抜けていく。

ふっと冷たい風が吹く。暖炉の炎が揺れる。おじちゃん、張りのある声が飛ぶ。若い女だ。瞬時にリビングの空気が凍った。

玄関に続くほら穴のような廊下。ハーフコートの女性がいた。広瀬雅子だ。両手に握った小型の自動拳銃。腰を落としてかまえる。狙うは桜井。背後をとられ、成す術もない。

「わたしは隆彦とはちがう」

凛とした言葉が虚ろなリビングに響く。

「神尾のおにいちゃんともちがう」

トリガーにかかった指が動く。万事休す。雅子は老刑事に命じる。

「拳銃を下ろしなさい」

背後をとられた桜井は肩をすくめ、チーフスペシャルを下ろす。

「革命は実現するのよっ」

雅子っ、ソファの清家が立ち上がる。真の革命家の誕生を確信したのだろう。輝くばかりの歓喜の表情だ。両腕を大きく広げ、一歩、踏み出す。高木には祝福を与えるキリストに見えた。それを追うように晴代が動く。ショルダーバッグに差し入れた右の手を素早く引き抜くや、駆け寄る。

舞台は突然、暗転した。清家が夢遊病者のように歩き、バランスを失い、両膝を折る。首筋から鮮血が噴水のように散る。悪夢か？　高木は突っ立ったまま動けなかった。

せいぶん、と晴代が優しく呼ぶ。右の手に刃物——鮮血に濡れた手術用のメス。

「あなたのナイフより上手でしょう」

泣き笑いのような奇妙な顔で語りかける。

「血が頸動脈から一気に抜けるから、苦しくないから」

頭から床に突っ込み、ごろんと仰向けに転がった清家は左手で首筋を押さえ、右腕を懸命に伸ばす。晴代はメスを投げ捨て、屈みこむ。

「せいぶん、もういいから」

空しく宙をかく右手を両手でつかみ、晴代は胸に当てる。清家の眼が光を失う。顔が蠟《ろう》のように白くなる。首筋を押さえた左手が震える。指の間から血が溢れ、フローリングを赤く濡らしていく。

晴代は死にゆく清家にすがって泣いた。何故だ？　こんなに愛しているのに。高木は目の前の光景が理解できなかった。

瞬間、鼓膜がビリッと震えた。金属質の悲鳴が疾る。グワンッと銃声が轟く。晴代が床に叩きつけられる。

自動拳銃だ。雅子が両腕を突き出し、狙いをつける。銃口の先、床を這う晴代。撃ち抜かれた右肩と鮮血。ダメだ。殺される。

タン、と乾いた銃声が響く。シャンデリアを砕き、ガラスの破片が落ちる。雅子が硬直する。

やめろっ、気合の入った太い声が飛ぶ。桜井だ。床を這う晴代の楯になり、チーフスペシャルをかまえる。

どけっ、雅子が泣きながら叫ぶ。どいつもこいつも殺してやるっ。

両手で握った自動拳銃を桜井に向ける。二人の距離は十メートルもない。

高木は祈った。撃て、桜井、撃ってくれ。が、桜井はトリガーを引く代わりに両腕を大きく広げる。まったくの無防備だ。顔には柔らかな笑みさえ浮いている。

「雅子、終わりだ」

静かに呼びかける。

「せいぶんは死んだ。もう革命は無理——」

ドンッ、自動拳銃が火を噴く。ドンドンッ、と連続で鳴り、薬莢が飛ぶ。濃い硝煙の臭い。ドンドンドンッ、空気が震える。

胸を、腹を撃たれた桜井が血煙に包まれ、どっと後ろに倒れる。雅子の自動拳銃が下がる。狙うは真のターゲット、うずくまる晴代。雅子は腰を落とし、狙いをつける。

ああっ。高木は声をあげた。全身のこわばりが解け、走った。

雅子が慌てて拳銃を向ける。上等だ、ぶっ放して見ろっ。熱いアドレナリンが全身を駆け巡る。清家は死んだ。我が師匠、桜井も。次はおれだ。刑事のおれだっ。

「雅子、投降しろっ」

血を吐く思いで叫ぶ。これがおれの仕事だ。

りだ。

　雅子がトリガーを引く。銃弾を浴びて倒れる己の姿が浮かぶ——銃声がしない。雅子は眼を丸く剝き、何度もトリガーを引く。自動拳銃特有のジャム、薬莢を嚙んだ弾詰まりだ。

　ちくしょうっ、雅子は吠え、拳銃を投げつけてくる。高木は頭を振ってよける。雅子が背を向けて逃げる。高木はダッシュした。逃がすかっ。

　リビングの出口で雅子が振り返る。なに？　右手に黒いボトル。素早くピンを抜いて放る。ボトルが床を転がる。ヤバイ、両腕で頭をカバーし、屈みこむ。瞬間、白銀のフラッシュが高木をなぎ倒した。凄まじい爆発音が鼓膜を叩く。閃光弾だ。

　ふらつく足で立ち上がる。雅子は消えていた。桜井はどこに——。

　血の海と、大の字に横たわる桜井文雄。ぴくりとも動かない。高木は茫然と眺めた。なにも考えられない。脳みそが現実を拒否する。キーンと激しい耳鳴りがする。五感が溶けていく。

　高木さん、とか細い声が呼ぶ。晴代だ。絶命した清家を抱え、すがるようにこっちを見ていた。その右の肩が鮮血に染まり、ジャンパーを濡らしていく。

　先生、思わず歩み寄る。わたしはいいから、と晴代は左手で制する。

「銃弾は貫通している。出血も大したことない。医者が言うのだから大丈夫。それより」

　目配せする。桜井だ。

「わけが判らないでしょう」

晴代は清家の亡骸《なきがら》を愛おしそうに、左腕一本で抱きしめる。二人の血が混ざり、床に広がる。

「わたしがせいぶんを殺したことも」

瞳から涙がこぼれる。

「桜井がコカインを使い、拳銃片手にせいぶんを追って来たことも」

まったく判りません、と高木は床にへたり込みそうになりながら答える。

「なにがなにやら、さっぱり」

すべてがダウンしそうだ。頭も、身体も。晴代が囁く。

「二人は共犯者なのよ」

共犯者？　頭が真っ白になった。刑事と孤高のテロリストが？

「教えてあげるわ」

せいぶんの死に顔を愛おしそうに撫で、晴代は言う。

「十六年前、桜井は新宿署の刑事だった」

そうだ。バリバリのマルボウ刑事だ。

「二人の絆は思いもよらぬ形で結ばれたの」

晴代が語る刑事とテロリストの秘密。愛する男の首を裂いて殺した理由。高木は世界が崩壊していく衝撃にうめき、桜井文雄のねじれた覚悟に打ちのめされた。

どのくらい経ったのだろう。パトカーのサイレンが聞こえる。高木は重い身体を励まして桜井の亡骸に歩み寄り、右の手からチーフスペシャルを外した。硬直が始まった氷のような指の感触に身震いし、その穏やかな死に顔に涙した。

年が明け、一月中旬。よく晴れた午後、高木は文京区本郷の坂道を息を喘がせて歩いた。運動不足だ。無理もない。あの、通称〝せいぶん事件〟以来、半月にわたってほぼ缶詰状態で事情聴取を受けたのだから。

世間は半世紀近くの歳月を経て現れた清家文次郎に驚愕した。その数奇な人生は、恋人の女医、水原晴代の存在も相まって新聞雑誌テレビで連日のように報じられた。

桜井文雄を撃ち殺した広瀬雅子は弟の隆彦ともども行方不明。公安警察を中心に、警視庁の威信をかけた捜索が続いている。

清家文次郎をメスで殺害した水原晴代は本筋では完全黙秘を貫き、せいぶんが運営した『光の家』の素晴らしさを語るのみ。連日、取調べが終わると、拘置所の独房で数珠を手に慰霊に努める日々とか。

週刊誌等は「闇医者業を強いた恋人への復讐」「安田講堂のバリケードで育まれた愛は憎悪に変わった」「由緒ある医師一家のエリート女医、プライドを踏みにじられて恨み骨髄」と書き立て、捜査員も同様の推測を述べる者が多数あったが、もとより憶測の域を出ない。

肝心の廃墟ビルにおける極道惨殺事件は犯人と目される清家文次郎が殺され、殺害現場にいたという広瀬姉弟の所在がつかめない以上、進展しようもなく、膠着したままだ。

もっとも、数々の大言壮語、挑発的言動で新宿署と警視庁上層部の顰蹙《ひんしゅく》を買った洲本桊は、大久保一丁目の極道惨殺事件こそ解決に至らなかったものの、結果的に国際指名手配犯、清家文次郎の存在を炙り出した功績で差し引きチャラに。五〇五号取調室も引き続き使用できることとなった。

先日、高木が半月にわたった事情聴取を終え、復帰すると、洲本は「おれはなにも変わっていない。生き方を変えてもいない。息子にテレビゲーム機を買ってやるくらい柔軟にはなったが、その程度だ」と言い訳がましく嘯《うそぶ》いた。そして、怒りも露わにこう吠えた。

「おれがいま、もっとも欲しい獲物は広瀬姉弟だ。あいつら、地獄の果てまで追いかけて、ワッパをはめてやるからなっ」

執念深いスッポンを前に、抜け殻のようになった後輩刑事はただ「大願成就、祈ってます」とその場を適当に繕《つくろ》い、さっさと離れた。背後から浴びせられた怒声はいまも耳に残っている。この腑抜け野郎、見損なったぞ――。

高木は坂道の途中で立ち止まり、ひと息入れた。焦げ茶の四階建てビルが見える。本富士警察署だ。ネクタイを整え、胸を張って歩く。

五十がらみの副署長の案内で署長室へ。桜井の息子、倉田辰文に改めて悔やみの言葉を述べ、ソファに座る。

「ご丁寧に恐縮です」

倉田は慇懃に礼を述べながらも、表情に怪訝な色がある。当然だ。桜井文雄警部補の最期についてお伝えしたいことがある、と半ば強引に面会の約束を取り付けたのだから。

振り返ればこの署長室に呼び出されてから九カ月余り。人生は激変した。倉田の推薦による新宿署組対課への異動と、スッポンこと洲本栄との遭遇。が、こんな未来が待ち受けていようとは。

「まず、倉田署長にお渡しするものがあります」

懐に手を入れる。

「桜井さんの遺品です」

チーフスペシャルを取り出し、テーブルにおく。倉田は眼を剝き、のけぞる。

「現場からわたしが密かに持ち出しました」

両手を組み合わせ、厳かに告げる。

「これで盟友を殺しに向かったのです」

倉田は黒光りするチーフスペシャルを茫然と見つめ、盟友とはだれです、と上ずった声で問う。

「せいぶんこと清家文次郎です」

せいぶん、と絶句する。高木は記憶を紡いで語る。水原晴代が告白したこと——。

「清家は広瀬姉弟の父親を殺しました」

　ろくでなしの元極道。姉弟に鬼畜のごとき虐待を繰り返してきたド変態。十一歳、小五の姉弟が逃げ込んできた『光の家』を代表して清家は幾度かボロアパートに説得に赴いたが、逆に罵倒し、暴力を振るい、ついに言ってはならない言葉を口にした。

〝二人セットで一回三万だ。壊さない程度に弄《もてあそ》んでいいぞ〟

　激怒した清家は元極道を殴り殺し、その場に放置。性悪のろくでなしゆえ、殺される理由は片手の指に余った。

「事件は迷宮入りするかと思われたのですが」

　晴代はせいぶんの死に顔に頬ずりをしながら、驚くべき事実を明かした。高木は血《ち》腥《なまぐさ》い告白を反芻して告げる。

「新宿署のマルボウ刑事が独自のネットワークと、粘り強い捜査の末に真相を嗅ぎつけたのです」

「そのマルボウ刑事が――」

　倉田は喘ぐように言う。

「父、ですね」

「闇社会に張り巡らせた独自のネットワークと、果敢な行動力。桜井さんの捜査能力は恐ろしいほどです」

　桜井は撲殺事件の周辺を捜査しているうちに、藤田秀夫の正体に気づき、取引を持ちかけた。ネタ元にならないか、と。代わりに元極道殺害の罪を見逃し、二人は共犯者になった。

ならば父は、と倉田が沈痛な面持ちで問う。

「警察官の使命を放棄し、殺人者に加担したわけですね」

高木は不承不承、うなずく。東大出の高級官僚の思考回路ではそうなるのだろう。

桜井の取引の裏には、革命家・清家文次郎の苛烈な生き様への共感も、運営者が逮捕されてしまえば消滅する『光の家』存続への想いもあったのだが。

高木さん、これは確認ですが、と倉田が声を潜める。

「その時点で父は国際指名手配犯と判りながら見逃したわけですね」

「そうなるかと」

キャリア警察官僚は青ざめ、唇を震わせ、悲痛な言葉を絞り出す。

「この事実がいま、公安に知れれば大変なことになります」

ですから、と高木はテーブルのチーフスペシャルを押しやる。

「桜井さんはコカインを摂取し、武器屋から拳銃を購入。盟友せいぶんを殺しに向かったのです」

「なんのために？」

それは、と眼の前のキャリアに指を突きつける。

「あなたのために」

倉田の喉仏がごくりと動く。高木は砂を嚙む思いで説明する。

「革命の夢が潰《つい》え、壊れ始めた清家が殺人罪で逮捕され、すべてを暴露すれば深刻な事態が生じます。公安は激怒し、殺人犯を見逃したマルボウ刑事の罪が徹底して追及されます。実の息子である倉田警視正へのマイナス評価は避けられません。今後の官僚人生に暗い影を落とします」

しかし、と喘ぐようにエリート警察官は問う。

「仮の話ですが、清家を射殺した場合、父は世間から非難囂々《ごうごう》です」

そうでしょうか、と捜査現場を知るノンキャリ刑事は返す。

「相手は学生時代、数々の破壊工作を手掛け、仲間をリンチして葬り去り、海外へ逃亡した筋金入りの過激派ですよ。しかも他人の戸籍を奪って世間の目を欺き、極道とはいえ息子のような男を惨殺した容疑もある。激しく抵抗され、やむなく発砲した、と桜井さんが言い張ればそう非難はないはず」

「ですが——」倉田はテーブルのチーフスペシャルに眼をやる。

「これは闇社会から仕入れた拳銃ですよ」

「むしろ上層部が非難されてしかるべきでしょう」

はあ、と倉田は首をかしげる。

「危険な捜査に臨む刑事に対し、拳銃携行を許可しなかった上層部の判断ミスこそ問題だと思いますよ。少なくとも我々現場のノンキャリはリスクを顧みずに拳銃を入手し、凶悪なテロリストに立ち向かった桜井警部補を諸手を挙げて支持するでしょう」

なるほど、と東大出の警視正は乾いた笑みを浮かべて返す。

「これも仮の話ですが」

小声で断り、続ける。

「もし水原晴代が清家の首を裂いていなければ」

ひと呼吸おき、宙を見据える。

「父が清家を射殺していたのですね」

「おそらく」

「どうにも腑に落ちないな」

キャリア警察官の眼が鋭くなる。

「なぜ、水原晴代は清家を殺したのかな」

「長年、ヤクザ相手の闇医者を強いられた恨みでしょう。本人は黙秘を続けていますが、捜査関係者はそう睨んでいます」

倉田は両腕を組み、考え込む。優秀な脳みそがフル回転する。ともかく、と高木は半ば強引に結論へと持っていく。

「桜井警部補は自らの命を顧みず、息子のあなたを守ったのです。この事実だけは直接お目にかかって伝えたく、警視正の貴重な時間を頂戴した次第です」

本日はありがとうございました、と深く頭を下げる。さて、鬼が出るか、蛇が出るか。

あろうことか本富士署署長室にイリーガルな拳銃を持ち込んだのだ。すんなり放免になるとは思えない。

父は、と声がした。顔を上げる、思わず息を吞む。倉田がチーフスペシャルを手に持ち、振り出した弾倉をチェックしていた。実弾四発にカラ薬莢一個。

「一発だけ発砲してますね」

弾倉のカラ薬莢を取り出し、硝煙の匂いを確認する。

「広瀬雅子への単なる威嚇です」

高木は厳かに告げる。

「父と慕う清家を殺され、雅子は錯乱しました。自動拳銃で水原晴代の肩を撃ち、さらに止《とど》めを、と狙いをつけたとき、桜井さんは」

天井に向けてトリガーを引く真似をする。

「シャンデリアを撃ったのです」

「それだけですか」

高木は苦いものを吞み込んで答える。

「桜井警部補は負傷した晴代さんの盾となり、両腕を広げて雅子を説得しました。しかし――」

高木は唇を引き結び、かぶりを振る。そうですか、と倉田は頭《こうべ》を垂れる。やりきれなかった。公式には、丸腰の桜井が晴代を庇《かば》い、被弾したことになっている。

拳銃所持の事実を知る者は高木と水原晴代、それに逃亡中の広瀬雅子のみ。もとより完全黙秘を貫く晴代から拳銃の件が出るはずもなく、絶命した桜井の指を外し、拳銃を隠匿した刑事によるでっち上げ話も、いまのところ異議が出ていない。

もし、拳銃をここへ持ち込まなければ、と思う。息子は、秘密裏に処理されたコカインの件はともかく、殉死による二階級特進で警視として旅立った父を誇ることもできたはず。だが、実弾を装塡した拳銃を所持しながら、敢えて撃たずに殺された父はどうだろう。息子の胸中を占める想いは無念か、それともやり場のない怒りか。

高木に後悔はなかった。ただ、桜井の真の姿を知って欲しい、その想いだけで今日、この場にいる。運が悪ければ、不法所持の拳銃と共に監察に突き出されるだろう。目の前の男は日本警察の将来を担うスーパーキャリアだ。保身を考えれば、警察庁上層部に判断を丸投げしてもおかしくない。いや、それが当然だと思う。

倉田は拳銃に眼をやったまま動かない。高木は半ば覚悟して待った。

「でも、ぼくは」

倉田が決然と言う。

「父を誇りに思います」

弾倉を戻す。カチリ、と小気味いい音がする。

「ぼくのために死んでいった父は愚かです。けれど――」

右手に握るチーフスペシャルを見つめる。

「素晴らしい」

それだけ言うと小型の回転式拳銃を懐に入れ、祈るように瞼を閉じる。高木は桜井の

稔やかな死に顔を脳裡に描き、小声で辞去を告げた。一礼して署長室を出る。背後で押

し殺した嗚咽が聞こえた。

的場祐介は足を止め、見上げた。朝の陽射しを浴びて銀色に輝く巨大ビルと、恐ろし

いほど真っ青な空。銀と青の強烈なコントラストが眼に痛い。思わず顔をしかめ、額の

汗を掌で拭う。

この天気はなんだろう。地球温暖化のせいだろうか。まるで初夏のような三月下旬。

午前九時。葛飾区小菅《こすげ》の東京拘置所は来訪者を威圧するかのように、高く、雄々しくそ

びえていた。

一週間後に初公判を控えた『水原病院』院長、水原晴代。藤田秀夫こと清家文次郎の

恋人で、自殺したみっちゃんの初恋のひと。

第一志望の国立大学教育学部に合格した後、祐介は拘置所の水原晴代に無性に会いた

くなった。しかし、方法が判らない。ダメモトで新宿署の刑事に電話を入れてみた。昨

年末、『栄光スクール』の近くで名刺をくれた、ちょっと軽そうな刑事。高木誠之助。

運よくデスクにいた高木は突然の電話を迷惑がることもなく「調べて折り返しかける

から」とこっちの携帯番号を聞きとり、コールバックしてくれた。そして、丁寧に拘置

所収容者との面会方法を教えてくれた。

　面会は収容者が了承すれば基本的に誰でもＯＫ。面会受付は午前八時半から。面会は午前九時から。面会時間は二十分程度。混んでいる場合十分で終わることもある。一日ひと組しか面会できないため、事前に手紙を出し、希望の日を伝えておけばベターだという。

　祐介は礼を述べ、便箋五枚に自己紹介から藤田秀夫との関係、チェ・ゲバラの評伝の感想、いま自分が考えていることをびっしり書いて投函した。が、水原晴代から返事はこなかった。ＯＫだろうと勝手に解釈して、面会希望の日、つまり今日を迎えた。よしっ、と声に出さずに気合を入れ、水色のスニーカーを踏み出す。

「的場くん、いよいよだねえ」

　刑事が首筋の汗をハンカチで拭いながら言う。

「どうだい、緊張するだろ」

　高木誠之助はやっぱり軽い。いや、フットワークが軽い、と言うべきか。五日前電話があり、面会日を訊いてきた。世話になった手前、シカトもできず、事情を説明したところ、わたしも行こう、と半ば強引に同行を決めてしまった。刑事だけに面の皮が厚い。

　しかもだ。こっちは西荻窪から小菅まで、慣れない朝の通勤ラッシュのなか、神田と上野で電車を乗り換えて東京二十三区を横断。とても春とは思えない蒸し風呂のような満員電車でぎゅうぎゅう揉まれ、約一時間かけて、青息吐息でやっとこさ小菅駅に辿り着いたというのに、高木は風呂上がりのような爽やかな顔で迎えてくれた。訊けば、約束の時間の三十分前に到着したという。まったくパワフルというか、暇というか。

もっとも、面会には同席せず、控室で待っているという。当然だ。警察官の面会は水原晴代に百パーセント、拒否されると思う。もちろん、自分が面会できる可能性も客観的に見たら限りなくゼロに近いが。

「行ってみなきゃなにも始まらないよ」

ドキリとした。高木は勝手に喋る。

「ダメモトでトライしないとね、人生もそうだろう」

さあ、と祐介は首をかしげ「まだ人生経験、少ないんで」と曖昧に返す。高木は口笛でも吹きそうな勢いで語る。

「事前に手紙も出して、朝早くから頑張って小菅まで来たんだ。晴代さんも意気に感じて面会を了承すると思うよ」

「高木さん、ずいぶんとポジティブなんですね。朝から元気モリモリだし、羨ましいですよ」

「ありがとう」

あらら。皮肉ったつもりだけどまったく通じていない。さすが刑事。これくらいず太い神経じゃないと新宿署の刑事は務まらないのだろう。体力もメチャクチャあるみたいだし。でも、外見はごく普通のサラリーマンにしか見えない。顔は草食系で、物言いも穏やかだ。新宿署の組織犯罪対策課というから、ヤクザ担当だろう。こんなんで歌舞伎町の猛獣みたいなヤクザに太刀打ちできるのだろうか。日本の治安が心配になる。

一階の受付フロアはホテルのロビーのように広々としていた。長椅子がずらりと並び、面会のひとたちでごった返している。七十人、いや、優に百人はいるだろう。

的場くん、と刑事が耳元で囁く。

「よく見ときな。いい社会勉強だろう」

ブラックスーツの荒っぽいヤクザ集団に、数珠をしごき念仏を唱える老夫婦。赤ん坊を抱え、泣き喚く幼児の手を引く金髪の少女。猿山の猿のように騒がしいヤンキーグループも、疲れ切った中年男もいる。沈痛な面持ちのおばさんは子供との面会だろうか。スマホ片手に、だからシャブがよう、アニキがよう、と大声で喚くパンチパーマの怖いおにいさんもいる。

「人生、いろいろだ」

刑事の言葉だけに、ずっしりと重みがある。

「あいつらには気をつけないとね」

高木があごをしゃくる。その視線の先を追う。どんなワルかと思ったら、ジャケットにチノパンの冴えないおっさんだ。ぶらぶらと長椅子の間を歩き回っている。

「マスコミだよ」

はあ？

「だから雑誌か新聞だろ。いま水原晴代の手記をとれば超特大のスクープだからね。本になれば大ベストセラー間違いなしだ」

どっと冷や汗が出た。刑事は穏やかな口調で語る。

「だが、マスコミはどこも接触できていない。面会はすべて拒否。手紙を送ってもなしのつぶてだ。仕方ないから、ここで張り込んで水原晴代の関係者が面会に訪れるのを待ってるんだ」

「関係者を特定できるんですか？」

「いい質問だ」ほら、と目配せする。

「それらしき人間が来たらああやって」

デスクで面会願にペンを走らせるスーツ姿の紳士。その背後からのぞき込む男が二人、いや三人——続々と集まってくる。

「面会相手の名前を確認してるんだ」

「もし水原晴代だったら？」

高木は意味ありげに微笑み、囁く。

「飢えたハイエナみたいに突進して我先にと名刺を差し出し、うちに手記をとらせてくれ、獄中の水原さんに繋いでくれ、と懇願するよ。脈あり、とみたらその場で具体的な金額を挙げて条件交渉に入るだろう。仲介者への謝礼、手記への報酬」

うっへえ。そこまで。

「実社会は厳しいねえ。競争、競争、また競争だ。警察組織もそうだけど」

深刻な言葉の割に、呑気な笑顔だ。へんなやつ。

「的場くん、学生のうちだけだよ。自由気ままにふるまって、勝手なことも言えるのは。きみもこれから四年間、存分に羽を伸ばすんだね。実社会に出たら大変なことばっかりだぞ」

高木は言うだけ言うと、さて、と首を伸ばし、視線を遠くにやる。

「マスコミ諸君、今朝もがんばっとるねえ」

受付フロアを見渡す。

「ざっと見たところ、十人はいるみたいだなあ」

マジ？　眼を凝らしてみる。判らない。刑事の眼力に舌を巻き、襲いくる不安に気持ちが沈む。

「どうした？」高木が心配げにのぞき込んでくる。

「顔色、悪いけど」

ちょっと無理なんじゃないかな、と祐介は蚊の鳴くような声で答える。

「マスコミがこれだけ頑張っても接触できないのに。おれみたいなド素人が会えるわけ、ないですよ」

そうだ、会えるわけがない。一般人の小僧がなにやってんだろ。朝っぱらから張り切ってこんなとこまでやって来て。場違い、勘違いもいいとこだ。

「なに言ってんだい」

ドン、と背中を叩かれ、つんのめる。刑事は快活な口調でまくしたてる。

「若いのにそんな弱気じゃだめだな。やってみなきゃ判らないだろ。ゴーフォアブローク、当たって砕けろだ。さあ、行こう」

腕を引っ張られ、窓口に向かう。担当者から『面会願』を受け取り、傍らのデスクで記入する。高木は必要事項の記入法を丁寧に指示してくれた。視界の端で人影が動く。なに？　左右から数人の男が『面会願』を覗き込もうとする。マスコミ関係者だ。ペンが震えてしまう。どうしよう。

「なにやっとんじゃっ」

怒声が飛ぶ。ヤクザ？　ちがう。高木だ。ひとが変わったような険しい形相で怒鳴る。

「おまえら、あっちいかんかっ」

仁王立ちになって腕を振る。どこから見ても激昂したヤクザだ。

「おっかさんに会いたい一心で孝行息子が来とるんじゃ、邪魔すんなっ、ぶっ殺すぞっ」

ド迫力の巻き舌で凄まれ、マスコミの人間は蜘蛛の子を散らすようにいなくなる。

「悪いね」高木が片眼を瞑《つむ》る。

「警察官がウソついちゃって」

ウソ？　ああ。おっかさんと孝行息子、か。

「べつにいいです」

ペンを動かす。しかし、凄い。まったくの別人だった。

「高木さん、モノホンのヤクザみたいでした」

そうかい、と刑事はしれっと答える。

「まあ、マルボウ担当だから仕方ないね。朱に交われば赤くなる、炭屋の丁稚《でっち》は黒くなる、というわけだ」

なんとなく納得できる。同時に感謝した。一人ならあっという間にマスコミに囲まれ、ビビって即、逃げ帰っていたと思う。

窓口に『面会願』を提出し、番号札をもらう。二〇二番。フロア正面のディスプレイに番号が点灯すると中に入れるのだと言う。面会拒否だとその旨、連絡があるらしい。

長椅子に座り、ドキドキしながら待つ。右隣の高木は涼しい顔だ。

「お疲れさん」

どん、と勢いよく左側に座るやつがいる。

「的場くん、会えるといいねえ」

ハンチングにワークシャツの小柄なおっさん。だれだ?

「おれも応援してるから」

目深にかぶったハンチングを指で押し上げる。鋭い一重の眼にしゃくれあご。どこかで見た顔だ。だれだっけ。

主任、と隣から高木が声をかける。驚きの顔だ。主任――。頭に閃くものがあった。

年末、『栄光スクール』を訪れた刑事だ。高木と一緒にやってきて、受付で女性事務員に向かって怒鳴っていた男だ。

やばい。不安が身を絞る。拘置所で刑事二人に両脇を固められるって、とんでもない事態じゃないだろうか。もしかして嵌められた？　なんの容疑で？　これって、いわゆる冤罪ってやつか？　それとも面会の阻止か？　いやいや、考えすぎだ。主任、と声をかけた高木の驚きの表情は演技じゃなかった、多分。

もし演技なら、一生、人間不信に陥ると思う。まだ十八歳なのに。

「的場くん、あれっ」

高木が指さす。ディスプレイだ。２０２が点灯している。きたっ。立ち上がる。

「ホントだ、よかったねえ」

小柄な刑事がおざなりに拍手をする。

「行ってらっしゃい。水原晴代によろしくな」

無視して高木に向き直る。何事もなかったかのような笑顔だ。

「きみの熱意が通じたんだ。しっかり話してこいよ」

はい、と一礼し、収容棟に向かう。係員に誘導されてスマホをロッカーに預け、金属探知機を潜り、ボディチェックを受けてエレベータで二階に上がる。

脳裡で疑問が渦を巻く。あの主任刑事は面会の件を承知していた。ならば高木が漏らしたのか？　やはり嵌められた？　なんのために？　そもそも、目的はなんだ？

心臓の鼓動が高く速くなる。こめかみがジンジンする。集中しろ。もう刑事二人のことは忘れた。ともあれ、拘置所の収容棟に入ったのだ。ここから先は藤田が、いや、革命家の清家文次郎が愛した女、水原晴代のことだけ考えろ。

二階に到着し、エレベータの扉が開く。濃い消毒薬の匂いがした。エレベータホールの右横、ガラス張りの受付エリアから女性刑務官がじっと見ている。感情のない無機質な眼が怖い。心臓がドクン、ドクン、と跳ねる。


「主任、どういうことです」

高木は努めて冷静に訊く。

「わたしは主任の監視を受けるようなことはしておりませんが」

まあ落ちつけ、と洲本はハンチングを深くかぶり直し、さりげなく辺りをうかがう。

「知り合いがいっぱいいだ。刑務所へぶちこんでやった野郎もいるが、もう出てきやがったか」

口元をゆがめてせせら笑う。

「さすがに面《つら》をさらす勇気はないな。どっかの親切でおせっかいな刑事さんとちがって」

おまえはまだ新米の半人前、と言われているようでめげる。いや、言っているのだろう。高木は身体を寄せて囁く。

「お得意の尾行ですか」

ぷっと噴く。

「おれもそれほど暇じゃない。さすがに明け方から同僚を尾行するようなやつはここが――」

こめかみの横でひとさし指をくるくる回す。「いかれている」

あんたがそうだ、と声に出さずに告げる。洲本は両腕を組み、短い脚を組む。

「おれはほら、勘が抜群だから」得意げに言う。

「おまえが朝から半休をとると聞いて、これはなにかあるな、とピンときたわけだ」

「それだけで水原晴代の面会の件とは判らないでしょう。ピンポイントじゃないですか」

おいおい、と苦笑する。

「開き直るなよ。病院診察の理由で半休を申請してるよな。立派な虚偽申請だろ」

ちくしょう。洲本は勝ち誇った顔で言う。

「おれはおまえの上司だ。管理責任がある。気になることがあれば徹底して調べるんだよ」

高木はひとつの可能性に思い当たる。おそらく電話だろう。所轄に入る外線電話はすべて録音され、警務課の担当者によりチェックされる。もっとも、的場祐介の電話は用件を聞くなり、いったん切り、スマホでコールバックした。警務課のチェックはクリアしたと思い込んでいたが、甘かった。

つまり、拘置所の水原晴代に会いたい、という的場祐介の訴えだけで洲本に注進に及んだ者が署内にいる、と考えれば合点がいく。が、仮にそうだとしても的場は今春、国立大学教育学部に入学する、ごく真面目な十八歳だ。多忙を極める洲本がわざわざ出張るようなことか？

ハンチングの下、洲本は瞑目し、うつむく。逞しい短軀にバリヤーを張り巡らして外部をシャットアウトする。この刑事はなにを考え、なにを成しにここへ来たのか。高木には判らなかった。


女性刑務官の指示でずらりと並んだ面会室の最奥に入る。アクリル板で二つに仕切られた小部屋。其々パイプ椅子が三脚ずつ。向こう側のドアが開き、小柄な女性が現れる。紺のトレーナーにグレーのズボン。灰色の髪を後ろで無造作に縛《しば》った老女。水原晴代だ。シワが深く、肌艶も悪い。新聞の写真よりずっと老けて見える。隣には女性刑務官。ノートを広げてペンを持つ。面会内容を記録するのだろう。

簡単な自己紹介を行い、祐介はパイプ椅子に座る。

「おめでとう」

アクリル板越しに晴代が笑いかけてくる。穏やかな笑顔だ。

「よかったわね。苦労が実って」

ああ、大学合格のことか。へどもどしてお礼を言おうとしたら、違った。

「立派なお父さまを持って羨ましいわ」

そっちか。親父の再就職のことを手紙に少しだけ書いた。今年に入ってやっとこさ、吉祥寺の小さなスーパーマーケットに採用され、おふくろは、これで大学の入学金も授業料もなんとかなる、とさめざめと泣いた。

そんな、赤の他人のどうでもいいことを笑顔で祝福してくれる元女医。心がすっと軽くなる。晴代は優しい口調で言葉を重ねる。

「きみ、大学も合格したんでしょ」

祐介は居住まいを正し、藤田先生のおかげです、と頭を下げる。そうだ、藤田先生。あの忌まわしい衝撃が甦る。

『光の家』出身のヤクザを惨殺した藤田先生。その正体は東大法学部卒の超秀才で、有名な極左活動家、清家文次郎。通称せいぶん。

ヤクザ惨殺事件と本人の悲惨な最期には度肝を抜かれたが、事件後、マスコミが報じた経歴にはもっと驚いた。

学生時代から交番爆破や警察官襲撃、要人専用列車爆破計画、首相官邸侵入未遂事件、秩父山中での大規模軍事計画等で悪名を轟かせ、同志をリンチ殺人して日本脱出。二十年近い海外での武装ゲリラ活動の後、極秘に帰国した国際指名手配犯。

戸籍を奪われた上野のホームレス藤田秀夫は清家に殺された可能性があるという。

受験期間中は考えないようにしたが、いざ大学に合格してしまえば、恐ろしい現実に身も心もバラバラになりそうだ。

「藤田先生は素晴らしい方でした」

いったん口を開くや、祐介は堰を切ったように語った。予備校講師の傍ら『光の家』を運営し、恵まれない子供達を助けた藤田先生に憧れ、教育学部に入学した。尊敬する藤田先生が殺人犯とは信じられない——。

アクリル板の向こう、黙って耳を傾ける晴代もそうだ。彼女は第二の『光の家』開設を本気で考え、中野区に古い洋館も購入していたという。奇しくも悲惨な大事件の舞台になってしまったが、晴代自身の評判はすこぶるいい。東大医学部時代の仲間や恩師、『水原病院』の多くの患者から減刑を求める嘆願書が提出されている。

この聖女のような晴代が藤田先生の首を裂いて殺したなど、とても信じられない。

刑務官が腕時計を見る。やばい。一方的に喋り過ぎたか？　もうタイムリミットか？　焦った。

「ひとつだけ、どうしても判らないことがあります」

この質問をぶつけないうちに終了では、今日の面会の意味がない。

「あなたがなぜ、藤田先生を殺したのか、判りません」

表情に変化なし。ただ澄んだ瞳が見つめてくる。祐介は額の汗をハンカチで拭き、さらに言う。

「雑誌とかテレビではヤクザ相手の闇医者を強いた藤田先生——いえ清家文次郎が憎くて殺したと言ってますが、おれは信じられません」

面会室に重い沈黙が流れる。ダメか？　晴代が遠くを見る。かさついた唇が動く。あれは、とかすれた声が漏れる。が、そこからは一気呵成だった。

「二十八年前、わたしは三十八歳だったわ」

声が澄んで若々しくなる。

「気持ちのいい春の午後、診察室に現れた髭面の患者さん」

もしかして。

「逞しい身体にがっちりしたあごと鋭い眼光。浅黒い肌。でも、目尻にシワを刻むと、春の陽だまりのような温かい笑顔が現れるの」

晴代はうっとりとした表情で語る。

「黒曜石のような眼と白い歯がきれいだった」

「清家さん、ですね」

そう、とうなずく。瞳が輝き、ほおが薔薇色に染まる。わたしはこうやって、と両腕を差し出す。が、右腕がだらんと下がる。銃弾が貫通した右肩の後遺症だろう。左腕をぐいと伸ばす。

「抱きつき、泣いたわ」

瞳から涙がこぼれる。

「懐かしい匂いがした。一生会えない、と思っていたせいぶんが突然、現れたのよ。この驚きと歓喜があなたに判るかしら」

祐介は黙って見つめることしかできなかった。

「わたしは誓った」

「なにを？」

「せいぶんを永遠に離さないと」

唄うように語る。

「だれにも渡すもんですか。官憲に逮捕なんか絶対させない」

すっと眼が怖くなる。明から暗へ。雰囲気が一変する。

「殺されそうになったらわたしが殺す」

声が低くなる。面会室の温度が下がる。

「だれも殺せない。わたしがせいぶんを殺すのよ」

言ったあと、晴代は肩を上下させてふうーっと長い息を吐く。張り詰めていたものが解け、顔から生気が失せていく。元の老婆に戻る。

「わたしはまったく後悔していない。いま、とても幸せよ」

時間です、と女性刑務官の声が飛ぶ。

「祐介くん、素敵な教師になりなさい」

晴代は緩慢な動きで腰を上げる。

「そして素晴らしい恋をしなさい」

シワだらけの顔が笑う。

「わたしとせいぶんのような」

晴代は笑みを消して一礼し、痩せた背を向ける。その後ろ姿は紛《まご》うことなき老婆のものだ。たまらなかった。祐介は立ち上がり、晴代さんっ、とアクリル板に両手を突いて叫んだ。

「また面会に来ます、いいですよね」

返事はなかった。晴代は女性刑務官と共にドアの向こうに消え、それっきり。面会室がしんと静まり返る。

祐介は動けなかった。殺すって、だれが清家を殺す？　だれかがせいぶんを殺そうとしたのか？　十八歳の祐介には判らなかった。判ることはただひとつ。水原晴代は理想の恋に殉じたということ。それだけだ。


的場祐介が戻ってくる。落ちついた表情だった。洲本が立ち上がる。高木も続く。

「どうだった」洲本がざっくばらんな口調で訊く。

「水原晴代は元気だったかい」

もちろん、と祐介は答える。

「とても羨ましい人生だと思います」

高木は違和感を感じた。眼が異様に輝いている。声のトーンも妙にハイだ。

「あと、感じたことはないかい」

洲本は事情聴取のように質問を繰り出す。

「なんでもいいんだ。自由を奪われた晴代が可哀想とか、美味いもんを食わせてやりたいとか」

ぼくは、とさらに眼が輝く。

「恋をしたいです」

十八歳の生真面目な青年は顔を火照らせて言う。

「藤田先生と晴代さんのような素晴らしい恋をしたい、と思いました。以上です」

一礼し、速足で去って行く。刑事二人、玄関を出て陽射しの中に消えるまで見ていた。

「心、ここにあらずだな」

洲本がぼそりと言う。

「おれたち俗物とかかわっては心が汚される、とばかりに逃げて行きやがった。まあ、俗の極みの刑事だから仕方ないがな」

一重の眼を糸のように細め、口角を上げて笑う。

「逃がしてたまるか」

なんだと？　洲本は唇をぺろりと舐めて凄む。

「おれがとことん、食らいついてやるからな」

視界が眩《くら》む。高木は我を失い、気がつけば両手で洲本の胸倉をつかみ、語気も荒く迫っていた。

「どういうことです」

なんだ、その手は、と睨んでくる。

「いいから答えてください。どういうことです」

「穏やかじゃないな」

言うなり、両の手首をつかむ。

「興奮するな。見てるだろ」

目配せする。極道の集団が、なにごとか、とばかりに険しい眼を向けている。

「とっとと離せ」両手首をひねる。肘が軋む。激痛にあっけなく指が開く。

「拘置所じゃなければぶちのめしているとこだ」

両手で胸を突かれ、一歩、二歩、退がる。洲本はハンチングを引き下げ、何事もなかったかのように長椅子に腰を下ろす。うながされるまま、高木は隣に座る。

「一度しか言わないからよく聞け」

洲本は背を丸め、組んだ両手の指をあごに置く。

「的場祐介はこの先、要監視対象となる」

要監視対象。つまり、危険人物。あり得ない。

「だれが決めたんです」

高木は喘ぐように問う。

「おれがいま、この場で決めた」

素っ気ない言葉が返る。

「闇に潜むシーラカンスが孕《はら》んだ卵は確実に孵化し、育ちつつあるということだ」

言葉の意味を理解するまで五秒、かかった。じゃあ――洲本は前を向いたまま、文書を読み上げるように語る。

「的場祐介は予備校で藤田秀夫こと清家文次郎の薫陶を受け、過激派思想に染まり、清家に薦められるまま関連書物を熱心に購読。過激派思想はさらに強まった」

ちょっと待て。『チェ・ゲバラ伝』を読んでいただけだぞ。洲本は淡々と続ける。

「国際テロリスト、清家文次郎が死亡した後、東京拘置所内の恋人、水原晴代に強いシンパシーを抱き、面会。晴代の言葉に強く感化され、その思想は先鋭化する一方である。なお、的場祐介は国立大学教育学部に合格しており、将来は教師を目指すものと思われる。教え子に過激派思想を吹き込む可能性は大で、大学時代の動向には特に注意を払う必要あり」

「それはやめましょう」

高木は必死の思いで訴える。

「主任、それだけはダメだ。的場祐介は杉並の公団アパート住まいの、とても裕福とは言えない家庭環境のなかで頑張り、見事第一志望の国立大学に合格しています。警察の監視対象になれば教師の途《みち》を閉ざされるかもしれない」

「おれには関係のないことだ」

洲本はばっさり斬り捨てる。

「刑事は情《なさけ》をかけては仕事にならない。他人なんぞ石っころと同じだ。そう教えただろう」

情、か。舌に浮いた苦いものを飲み込む。

「わたしが――」

上手く言葉が出ない。頭を整理して告げる。

「わたしが拘置所へ同行しなければ、的場祐介は監視対象になることもなかったのですね」

心がたまらなく痛い。高木は切ない悔恨を吐き出すようにして言う。

「無防備な的場はハイエナのようなマスコミに囲まれ、その場から逃げ帰り、肝心の面会が叶わなかったでしょうから。一方、わたしは通常の勤務を続け、主任の注意を惹くこともなかった。そうですよね」

さあどうだろう、と洲本は首をひねる。

「仮の話はできない。そんなもの意味がないだろう」

正論だ。しかし、これだけは言わなければ。

「阻止して欲しかったです」

スッポンが刃物のような眼を向ける。続けろ、と凄みのある声が這う。

「主任がわたしの同行を止めてくれたら――」

ダメだ、いまさらなにを言ってる。すべては己のおせっかい、思慮の浅い自己満足のせいだ。

「相変わらず温《ぬる》い野郎だ」

洲本は鼻で笑う。

「おまえは甘い。成長の跡がまったく見えない。イチからやり直せ」

さて、と両手で膝を叩き、洲本は腰を上げる。高木は動けなかった。身体がどうしようもなく重い。全身に鉛を詰め込まれたようだ。

「そうだ、言い忘れていたが」

洲本が見下ろす。

「この先、的場を泳がせておけば大きな獲物が食いつくこともある」

なにを言ってる？　意味が判らない。ハンチングの下、スッポンの眼が鈍い光を帯びる。

「共にせいぶんの教え子だ。どこかで接点が生まれないとも限らない」

共に――つまりそれは。瞬間、頭にガツン、と衝撃があった。

「ばかな」高木は弾かれたように立ち上がる。

「広瀬姉弟、ですね」

そうだよ、と洲本はあっさり認める。

「地下に潜った過激派姉弟と意気投合して、新たな武装勢力となる可能性もある」

「ありえません」

そうだ、ありえない。バカげた妄想だ。が、洲本は真顔で返す。

「おまえはどうして断言できるんだ」

それは——。

「なあ、教えてくれよ」

洲本が一歩、距離を詰め、すくい上げるように見る。高木、と静かに呼びかける。

「今回のヤマであり得ないことばかり見てきただろう。まず——」

右手の親指を折る。

「極秘帰国し、背乗りで四半世紀以上も赤の他人になりすましたせいぶん」

指を順に折っていく。

「闇医者稼業に身をやつした東大出の女医。闇社会の極秘情報を与えられ、莫大なカネを稼いで魔術師と畏怖された極道。その極道を息子のように可愛がりながら惨殺した老テロリスト。そして極め付きが——」

小指を折り、拳をつくる。

「老テロリストを情報元として取り込んだ刑事、桜井文雄だ」

ごつい拳を掲げる。

「しかもいまはネット社会だ。地球の裏側に住む同好の士と瞬時に、ワンクリックで繋がる、冗談のような電脳世界だ。このちっぽけな島国で伝説の極左テロリスト、清家文次郎を信奉する若い三人が集まるなど、なんの不思議もない必然だろ。おれは間違っているか」

ぐうの音も出ない。

「とくに雅子は狡猾で行動力があり、頭も抜群に切れる」

洲本の妻子を拉致し、恐怖のどん底に叩き落とした広瀬雅子。

「素晴らしい恋をしたい、などとほざく的場祐介をたらしこみ、コントロールするなど朝飯前だ」

スッポンの顔が憎悪にゆがむ。

「おれがワッパをはめてやる」

もしかして。高木は恐ろしい推測に背をぐいと押され、問う。

「広瀬姉弟の逮捕が狙いなのですか」

返事なし。ただ冷然とした眼を向けてくる。当たりだ。つまり、的場は単なる囮だ。

高木は湧き上がる憤怒を嚙み締め、つかみかからんばかりに迫る。

「若者の、的場祐介の人生を犠牲にするかもしれないんですよ。あなたはそれでも――」

胸が苦しい。うまく呼吸ができない。両手を膝におき、荒い息を吐く。叶うなら、この場にへたり込みたかった。

「おれは刑事だ」

毅然とした言葉が飛ぶ。

「桜井文雄の跡を継ぐのはおまえじゃない」

なんだと。高木は見上げた。洲本がぬっと顔を寄せ、野太い声で言い放つ。

「このおれだ」

平手で己の胸を叩く。小気味いい音が響いた。

「この洲本栄だ、覚えとけっ」

とどめ、とばかりに食い殺すような睨みをくれ、肩を振り、立ち去る。後ろ姿が遠ざかる。ふざけるな。高木はダッシュした。フロアを走り、玄関を抜け、通路で肩を並べる。強烈な陽射しが脳天を灼く。二つの濃い影が白いコンクリートの通路でからむ。

「主任の好きにはさせませんよ」

「どうして」

「わたしが桜井文雄の後継者だからです」

ほう、とスッポンが意外そうな顔を向けてくる。

「まだ刑事をやるのかい」

「冗談じゃない」

高木は不敵な笑みを浮かべる。

「これからが本番です」

拘置所の鉄門を潜る。小菅駅に続く直線路を速足で歩く。洲本が追い抜く。高木はさらに足を速めて抜き返す。待て、この野郎、とスッポンが凄む。初夏のような青空の下、陽炎が揺れるアスファルトを刑事二人、意地と肩をぶつけ合いながら駆けた。

解説——リアルとフェイクが絶妙にブレンドされた警察小説

村上貴史

■最後の相棒

本書『最後の相棒　歌舞伎町麻薬捜査』は、二〇一七年に刊行された『凄腕』を改題し、文庫化した作品である。

ひとことでいえば、なかなかに異形の警察小説だ。

五章構成の、そう、長篇なのだが、第一章と第二章は、それぞれ短篇警察小説としての色彩が濃い——少なくとも、第二章まで読んだ段階では、そう感じるだろう。その二篇は、いずれも魅力的な短篇であり、また、視点人物も舞台も異なっている。

第一章で描かれるのは、JR立川駅南口で起きた地元の半グレ殺人事件である。事件発生から三週間が経過しても捜査が進展しないという状況で、警視庁から追加の捜査員が投入された。圧倒的な実力派という評判と、頑固で偏屈な変わり者という評判を備えた桜井文雄、五十七歳の警部補である。警視庁で殺人事件を扱う捜査一課ではなく、組織犯罪対策部に所属する筋金入りのマルボウ担当だという。そんな〝大物〟の相棒として抜擢されたのが、三十一歳になる所轄の新米刑事、高木誠之助である。刑事になって初めて参加した捜査がこの事件だが、桜井投入までは、タレコミの電話番をしていたという男だ。高木は、桜井とのコンビで捜査の現場での聞き込みを初めて経験し、桜井という刑事の凄味を目の当たりにしていく。だが、程なく桜井は、高木を置き去りにして姿をくらましてしまった……。

桜井の捜査は、緻密な観察眼と巧みな対人スキル、アンダーグラウンドな社会に関するディープな知識に支えられており、それが立川の所轄の素直な（あるいはウブな）視点で描写されることで、実に判りやすく、刺激的な短篇警察小説として読者に伝わってくる。しかも、終盤にはとことん想定外の展開も用意されているからなおさらだ。

続く第二章は、チキンのマサヤこと戸田昌也という小心者のチンピラが、新宿の半グレと名古屋の暴力団のシャブ取引の橋渡しを画策する短篇として読める。昌也の視点で描かれるこの章では、シャブの新規取引が克明に描写されており、細部の駆け引きやその緊張感で読み手を魅了する。さらに後半の展開も刺激的で引き込まれる。だが——第一章と第二章の連続性がよく判らず、読者は少しばかりのモヤモヤを胸に抱きながら読み進むことになる。こうした展開が、なんとも異形なのだ。

それでも一応、第二章の後半では新宿署組織犯罪対策課に異動になった高木が顔を出し、読者も一定の連続性を見出すことが出来るのだが、第三章では、やっぱり不連続が顔を出す。またしても視点人物が入れ替わるのだ。この章で視点人物を務めるのは二人。高木の上司である新宿署組対課主任の洲本栄と、新宿の暴力団『双竜会』の末端メンバーである二十歳の若者だ。彼等の視点を通じて『双竜会』のトップが企む犯罪が描かれるのだが、この犯罪の扱い方がユニークであり、また、ドライで怖い。要するに、これまた良質な短篇警察小説であり、読者としては、やはり読み続けてしまうのである。

　それに加えて、だ。このあたりから、読者にも大きなうねりが見え始めてくる。各短篇にちりばめられていた〝点〟が、徐々に〝線〟としてつながり始めるのだ。だが、その糸がどこに向かうかを予測できる読者はおそらくいないだろう。それは読み手としては、実に嬉しいことである。素晴らしい短篇警察小説を三篇読ませて貰ったうえに、それらから大きな骨太のストーリーが鎌首を持ち上げる様を堪能できるのである。

　その大きなストーリーを中心に物語が展開していくのが、第四章と第五章だ。ここでもまたそれぞれ新たな事件が発生するのだが、もはやそれらは――第一章からのものも含め――大きな奔流として勢いよく暴れ出している。長篇小説としての迫力を堪能できるのだ。

　そしてその奔流は、最終的に意外な対立関係として決着する。そう、小説としての構成も、主要人物の変化も、大きな物語としての決着も、全てが読者の予想を超越してくるのである。それ故に、ページをめくるのが愉しくて仕方がない。次のページにはいったいなにが待っているのか判らないというスリルが満ちているのである。

それと同時に、安心感もある。いかなる変化球であっても、その変化は著者によってコントロールされていて、きちんと読み進むと自然であり、読者として納得できるものになっているのだ。作者との信頼関係を築けるが故に、スリルを十二分に愉しめるのである。

警察小説としての虚実がくっきりと描き分けられている点も、この信頼関係を後押ししている。キャリア、ノンキャリア、本庁、所轄、捜一、組対、監察、公安、ネタ元、家族――それぞれが本書のストーリーのなかでそれぞれの役割をきちんとリアルに果たしたうえで、そこに著者の大嘘が配置されている。だからこそ、嘘が生み出すドラマの躍動に夢中になれるのだ。内容は決して軽いものでもなければ明るいものでもないが、それでもやはり、こうした読書体験をできるということは、嬉しい。

結局のところ本書は、なかなかに異形の警察小説であり、堅実な警察小説であり、圧倒的にエンターテイニングな警察小説なのである。

■永瀬隼介

永瀬隼介のデビューは二〇〇〇年のことだった。ご存じの方も多いだろうが、そのデビューは少々変化球であった。

まず、同年三月に『サイレント・ボーダー』が刊行される。この作品は、荒れた息子の更生を目指す男と、渋谷で自警団を組織する少年を描いたミステリだった。そして同じ二〇〇〇年の九月に、『19歳の結末　一家4人惨殺事件』を発表する。本名の祝康成名義で発表されたこちらは、一九九二年に千葉県市川市で四人を殺害した少年を題材としたノンフィクションだ。つまり、永瀬隼介は、フィクションとノンフィクションの両面で同じ年に単著デビューを飾った作家なのである。

このデビューが象徴するように、永瀬隼介は、ジャーナリストの視点と、エンターテインメントの作り手としての視点を兼ね備えている。著作数のうえでは活動の軸足はフィクションとなっているが、そのなかでも、三億円事件を掘り下げた『閃光』や帝銀事件に目を向けた『帝の毒薬』（一二年、文庫化の際に『彷徨う刑事』と改題）、あるいは特攻隊の心理を描く『カミカゼ』（一二年）や国家権力の在り方を問う『総理に告ぐ』（一六年）などは、ノンフィクション作家としての視点がたっぷり盛り込まれた小説である。本書でも、第三章の悪役や第五章のキーパーソンの背景、あるいは裏社会の趨勢と暴対法の関係描写などにジャーナリストの視点や知識が登場していることは、読了された方はお気付きだろう。そうした造形に関心を持たれた方は、是非、これらの作品も読んでみて戴きたい。

小説家としての永瀬隼介は、警察小説を多数発表していることも特徴だ。バラエティ豊かな短篇警察小説集『完黙』（〇九年）、監察官を主役とする『狙撃　地下捜査官』（一〇年）、同期の警察官の死の謎を追う『刑事の骨』（一一年）などがそうだし、元警察官の主人公や、複数人の主人公の一部が警察官という小説にまで幅を拡げれば、作品点数は更に増える（ちなみに〇三年の『ポリスマン』は格闘技小説だ）。『12月の向日葵』（一四年）は、それぞれ極道と警察官という道を選んだ高校の同級生が主人公だし、近年の著作で言えば、『霧島から来た刑事』（二〇年）がそうだ。失踪した警視庁の刑事の行方を探るべく、父親である鹿児島県警の元刑事が上京し、自ら〝捜査〟を行うという小説である。とまあここに例示したように、永瀬隼介は、刑事も描けば監察も描くし、男性も女性も若手もベテランも動かす。短篇も長篇も書くし、警察の正義も悪も描写するのである。そしてもちろん、ジャーナリストとしての視線は、警察にも注がれている。

そんな永瀬隼介の執筆経験はもちろん本書にも現れており、警察に関する虚実を操るうえで十二分に機能していることがよくわかる。よくわかるが故に、ついつい欲張りたくなる。本書の終盤では、二人の男の対立構造が示された。おそらくこの対立は今後も続くのだろうが、それがどうなっていくのかを読ませて欲しくなるのだ。リアルとフェイクが絶妙にブレンドされた警察小説での彼等のさらなる大暴れを、切にお願いする次第である。

（ミステリ書評家）

文春文庫

最《さい》後《ご》の相《あい》棒《ぼう》
歌《か》舞《ぶ》伎《き》町《ちょう》麻《ま》薬《やく》捜《そう》査《さ》

定価はカバーに表示してあります

2021年4月10日　第1刷

著　者　永《なが》瀬《せ》隼介《しゆんすけ》
発行者　花田朋子
発行所　株式会社 文藝春秋

東京都千代田区紀尾井町 3-23　〒102-8008
TEL 03・3265・1211㈹
文藝春秋ホームページ　http://www.bunshun.co.jp

落丁、乱丁本は、お手数ですが小社製作部宛お送り下さい。送料小社負担でお取替致します。

印刷製本・凸版印刷

Printed in Japan
ISBN978-4-16-791676-3